KB135981

오늘은 와인이 필요해

오늘은 와인이 필요해

초판 1쇄 발행 2022년 12월 8일

지 은 이 | 송정하
펴 낸 이 | 조미현

편　　집 | 박이랑
디 자 인 | ziwan

펴 낸 곳 | (주)현암사
등　　록 | 1951년 12월 24일 (제10-126호)
주　　소 | 04029 서울시 마포구 동교로12안길 35
전　　화 | 02-365-5051 | 팩스 02-313-2729
전자우편 | editor@hyeonamsa.com
홈페이지 | www.hyeonamsa.com

ISBN 978-89-323-2254-4　03810

오늘은 와인이 필요해

잘 몰라도, 아직 취향이 없어도,
혼자라도 좋은

송정하 지음

현암사

차례

② 뭐랑 마시지?

③ 와인과 조금 더 친해지기

④ 와인을 마실 때 우리가 이야기하는 것들

머리말

이야기가 있는 와인

스물아홉이라는 나이는 한창 나이일까, 많은 나이일까. 그보다 훨씬 많은 나이가 된 지금도 스물아홉을 떠올리면 짙은 회색빛이 떠오른다. 스물아홉의 이맘때, 즉 열아홉의 내가 수능시험을 본지 정확히 10년이 지난 후에도 나는 여전히 시험 공부를 하는 사람이었다. 노랗고 푸르렀던 그해 봄, 사법시험 1차에 합격했다는 소식의 기쁨은 찰나였다. 그때만 해도 나는 기쁨을 온전히 그리고 지속적으로 누릴 수 없는 사람이었다.

다음해 2차 시험을 치르고 난 후 나는 더 이상 사법시험에 미련을 두지 않기로 했다. 그리고는 뜬금없이, 느닷없이 진행된 것, 그것은 바로 프랑스와 사랑에 빠지는 것이었다. 더 적당한 비유가 있을지 모르겠지만 달리 표현할 길이 없다. 자유와 토론과 예술의 나라에서 내가 한번도 가져보지 못한 유연함을 찾고 싶었다. 상처 받은 아이가 엄마한테 조르르 달려가듯 '내가 만든 미지의 프랑스'라는 세계로 도피를 했다는 것도 맞는 말 같다. 다만 그 도피 속에서 많은 것을 배우고, 배움에 필연적으로 따라오는 실망과 이해를 거쳐, 그토록 바랐던 어느 정도의 '느슨한' 사람이 되었으니 나로서는 여전히 프랑스에 고마운 마음이다.

혼자서 배운 알파벳 R 발음을 그런대로 만족스럽게 한 날을 시작으로 언어에 대한 관심은 문화 전반에 대한 애정으로 이어졌고, 그 끝과 본격적인 사랑의 시작이 바로 와인이었다. 와인에는 내가 바라는 그 모든 것이 다 있었기 때문이다. 와인은 인간이 만들고 다져온 역사와 예술, 그리고 숭고한 노동의 집약체다. 그 속에는 수많은 사람과 이야기가 있어 지루할 틈이 없고 결과적으로는 나를 겸손하게 만들었다. (적당한 취기에서 오는 유연함은 그중 가장 위대한 덕목이다!)

프랑스에서 와인을 공부하면서 나는 와인과 관련한 많은 '사소한 이야기'를 하고 싶었다. 그중에서도 '내가 읽고 싶은 글'을 쓰고 싶었다. 오만하게 들렸을지 모르지만 많은 분들이 생각하는 것과는 다르다. 사랑으로 다가간 와인이었지만 와인을 '공부'하기 시작한 이상, 탐구해야 할 지식이고 반드시 알아야 할 의무가 되었다. 와인 관련 새로운 이슈와 정보, 글들은 시간을 들여 챙겨 봐야만 하는 일이고, 공부이며 결코 원해서 읽는 글이 될 수 없었다. 어느새 와인은 지난날의 법 공부와 다를 바가 없어졌다. 나는 다시 느슨한 사람이 되어 와인을 사랑하고 싶었다. 그래서 와인에 대한 칼럼을 써 보지 않겠냐는 제의를 받았을 때 고민할 것도 없이 내가 읽고 싶은 글을 쓰겠다, 그렇게 생각했다. 물론 와인에 대한 국내외적 동향을 심층적으로 분석하고 파악하는, 깊은 논평을 쓰기에 내 소양이 부족했음은 말할 것도 없다.

술은 여기저기에 있다. 그 술이 여기서는 일단 와인이다. 전망 좋은 레스토랑에서 불편한 옷을 입은 채 어깨에 잔뜩 힘을 주고 마시는 그런 무엇이 아니라는 건, 이제는 누구나 안다. 편의점에도 있고 친구나 부모님과의 저녁 식사 자리에도 있으며 홀로 마주한 책상 위에도 있다. 기쁘고 행복한 순간과 조용한 위로가 필요한 순간, 그리고 지독한 고독과 슬픔이 밀려오는 때에도 와인이 있다. 그때 와인이 나에게, 당신에게 많은 이야기를 하게 했으면 좋겠다. 오늘 있었던 눈물 쏙 빠지게 힘들었던 일들, 마냥 행복했던 추억으로 포장되어 있는 과거의 일들, 한치 앞도 예측할 수 없는 내일의 일들에 대한 생각이 곁가지를 치면서 우리로부터 무언가를 끄집어내 이야깃거리를 만드는 것, 그것이 와인이었으면 좋겠다.

이 책은 그랬던 나의 경험들을 글로 옮긴 것이다. 나를 여러 가지 감정의 길로 이끈 것이 와인이듯 많은 사람들이 와인을 마시며 이야기를 하고 그 많은 무의미한 이야기와 생각, 공상 속에서 행복했으면 좋겠다. 어느 소설가의 말처럼, 결국 우리 모두 이야기가 될 것이기 때문이다.

1

와인이 필요한 날

겨울, 눈,
애거서 크리스티 그리고 뱅쇼

◆

지난 5년 동안 눈을 보지 못했다. 덥지도 춥지도 않은 온난한 기후에서 사는 걸 축복으로 여기는 사람이 많지만, 찜통더위부터 한파까지 드라마틱한 기후를 자랑하는 나라에서 온 나는 1년 내내 비슷비슷, 미적지근한 보르도의 날씨가 조금 지루하기도 했다. 무엇보다 나는 겨울을 좋아해서 이상 기후가 아닌 이상 절대로 눈을 볼 수 없는 보르도의 겨울만 생각하면 지금도 무척 쓸쓸해진다. 눈 내리는 광경은 보기만 해도 따뜻하다. 그리고 흰 눈 위에 펼쳐지는 햇볕은 눈이 부시다. 그 차가운 눈부심과 따뜻함의 아름다운 아이러

◆

니를 대체할 수 있는 것이 세상에 또 있을까. 프랑스의 겨울은 흐리고, 비가 오고, 온통 회색이며 그래서 마음도 축축해진다.

올 겨울은 유난히 따뜻하다더니 그래서일까. 아직까지 서울에는 이렇다 할 눈 소식이 없다. 나에게는 완벽한 만족과 안락함을 보장하는 하나의 장면이 있는데 이를테면 이런 거다. 창밖에는 눈이 그야말로 펑펑 내린다. 나는 노란 불빛에 의지해 안락의자에 앉아 추리소설을 읽고 있다. 고요함 속에 들리는 소리라곤 발 옆에 있는 난로 속 타닥타닥 타들어가는 장작불 소리 그리고 책장 넘기는 소리뿐이다. 나는 한 챕터를 읽고 따뜻한 음료를 한 모금 마신 다음 고개를 들어 창밖의 눈을 한번 바라본 후 다시 소설 속 사건에 집중한다. 여기서 내가 볼 책으로는 역시 애거서 크리스티의 소설이 제격이다. 추리소설 혹은 범죄의 여왕이라 불리는 그의 작품들은 잔인한 설정 없이 사건의 퍼즐을 하나하나 해결해 나가는 고전적인 수법에서 오는 아늑함이 있다. 등장인물들의 심리와 상황을 분석해 사건을 풀어내는 영리하고 개성 강한 두 탐정, 에르퀼 포와로와 미스 마플은 긴장감 있는 미스터리 속에서도 편안함을 준다. 이런 소박하면서 조금은 전형적인 로망을 가지고 있는 사람, 나만 그런 건 아니겠지?

프랑스에서 언어의 한계로 마음껏 소설을 보기 힘들 때에는 두 탐정의 이름을 타이틀로 내세운 드라마 〈아가사 크리스티 : 명탐정 포와로Poirot〉와 〈아가사 크리스티 : 미스 마플Miss Marple〉을 열심히 챙겨 보곤 했다. 차분하고 침착한 추리를 하는 그들은 너그러우며, 인생을 느긋하게 즐길 줄도 아는 인물들이라 현실에는 없는 나의 롤모델이 되었다. 그런 그들에게서 술이 빠질 수 없다. 포와로는 와인에도 일가견이 있지만 사교모임에서 종종 크렘 드 멍트Crème de Menthe라는 민트 맛이 나는 리큐어Liqueur(증류주에 설탕과 식물, 향료 등을 섞어 만든 술)를 마신다. 두툼한 손으로 영롱한 비취색의 술이 담긴 작은 잔을 들어 그의 멋진 콧수염 아래로 천천히 입에 가져가는 모습을, 나는 화면 너머 호기심 가득한 눈으로 쳐다보곤 했다. 어떤 맛일까 상상하면서 말이다.

미스 마플은 또 어떤가. 이 귀여운 할머니에게는 살인사건 해결 말고 또 다른 취미가 있는데 바로 댐슨 진Damson gin을 만드는 것이다. 자두와 비슷하지만 그보다 작은 과일인 댐슨을 설탕과 진Gin에 절여 만든 것으로 역시 리큐어의 일종이다. 선명한 루비색이 미스 마플의 발그레한 볼과 너무도 잘 어울린다.

늘 주변을 관찰하고 분석하는 이 탐정들은 당연하게도 고주망태가 되는 법이 없다. 명민한 두뇌와 절제는 탐정이 가져야 할 필수 요소이기 때문이다. 나도 한번쯤 그들이 마시는 술을 마셔보고 싶은 충동이 들곤 한다. 사건의 추이를 머릿속으로 정리하며 한숨 돌리듯 마시는 그 맛은 어떨지, 상상만으로도 마치 주인공 탐정이 된 듯 기분 좋은 착각이 든다. 하지만 현실은 어떨까.

프랑스에서의 삶을 부러워하는 친구의 편지 앞에서 나는 그저 허허 웃을 수밖에 없었다. 라디에이터 하나에 의지하는 프랑스의 작디작은 아파트는 겨울에 추워도 너무 춥다. 장작불이 타는 벽난로는 고사하고 하나 있는 라디에이터는 내 몸과 방은커녕 자기 몸 하나도 데우지 못했다. 무엇보다 라디에이터가 웬 말인가. 녹슨 회색 라디에이터는 창밖의 회색 하늘과 완벽한 일치를 이루고, 어떻게든 제구실을 해 보려는 그 틱틱 거리는 소리가 언제든지 폭발할 것만 같다. 이럴 땐 크렘 드 멍트고 댐슨 진이고 뭐고, 마음과 몸을 데워줄 뜨끈한 뭔가가 필요하다.

결국 나는 마시다 남은 와인으로 뱅쇼Vin chaud - 내 귀엔 아무리 들어도 '방쇼'라고 들린다 - 를 만든다. 뱅쇼는 말 그대로 뜨거운chaud 와인vin을 의미하는데, 와인에 각종 향신료(계피, 생강, 정향, 육두구, 오렌지 껍질 등)와 꿀 혹은 설탕을 넣고 끓인 것이다. 이제는 한국에서도 많은 사람들이 즐겨 마시는데 유럽에서는 연말이 되면 플라스틱 컵에 한가득 담긴 3~5 유로짜리 뱅쇼를 한 손에 들고 붐비는 크리스마스 마켓을 돌아다니는 사람들을 자주 볼 수 있다.

어떤 와인 애호가들은 향신료를 넣고 와인을 푹푹 끓여 먹는 것이 마치 한여름, 얼음에 와인을 부어 마시는 것이라도 보듯 질색하기도 하지만 겨울에 뱅쇼를 마시는 것은 유럽에서 꽤 오래된 전통이다. 이러한 조리법은 와인의 산화를 방지해 오랫동안 마실 수 있는 장점이 있다. 겨울이 매우 혹독한 스웨덴에서 글뢰그Glögg라는 이름으로 크리스마스 즈음에 만들어 마시던 전통이 독일과 프랑스 등 유럽에 전해져 오늘날까지 사랑받는 겨울 음료가 되었다고 한다. 길고도 추운 겨울날 몸을 데워줄 뿐만 아니라 함께 끓인 향신료들 자체가 주는 효능 덕분이다. 계피는 소화를 돕고 피로 회복에 좋으며 심지어 당뇨를 조절하는 역할을 한다고 한다. 정향의 항박테리아 성분은 부어오른 목을 가라앉히는 효과가 있으며, 생강이 감기를 물리치는 효험이 있다는 것은 모두가 아는 사실이다. 첨가한 오렌지 껍질에서 나오는 비타민과 달콤한 꿀이 움츠러든 몸에 에너지를 주는 것은 말할 것도 없다. 한마디로 '만병통치 스태미나 술'이라고나 할까. 물론 남아 있는 알코올을 고려해 적당히 마셨을 때의 이야기다.

뱅쇼를 만들기 위해 보르도의 최고급 와인인 그랑 크뤼 클라세Grand Cru Classé를 냄비에 들이붓는 사람은 없을 것이다. 그렇다고 아무 맛도 향도 없는 와인을 재활용한답시고 넣을 수도 없는 노릇이다. 와인은 과일향이 아직 풍부하게 살아 있는 것으로 선택하되 앞으로 첨가할 설탕의 양을 줄이기 위해 지나치게 떫은 와인은 피하는 것이 좋다. 품종을 예로 들자면 메를로Merlot나 타닌, 즉 쓴맛이 적은 가메Gamay 혹은 농축된 과일향으로 유명하며 모나스트렐Monastrell이라고도 불리는 무르베드르Mourvèdre가 적당할 것이다.

겨울의 한가운데다. 나에겐 이제 한글로 번역된 친절한 애거서 크리스티의 소설이 있고, 마트에서 산 저렴하면서도 질 좋은 메를로 와인이 있다. 있으면 있는 대로 없으면 없는 대로, 적당히 구색을 갖춘 향신료도 있으니 축축했던 지난 겨울날들을 추억할 뱅쇼를 만들 준비가 끝났다. 그런데 이번엔 또 지나치게 훈훈한 한국의 집이 문제다. 으스스한 프랑스의 아파트였다면 뱅쇼 맛이 더 그럴듯했을 텐데. 싸구려 컵에 담긴 뱅쇼를 호호 불어가며 마시는 것은 마치 바람 부는 한강 둔치에서 약간 궁색하게 먹는 컵라면 같다고나 할까. 역시 낭만은 풍요와 비례하지는 않다는 걸 몸소 느낀다.

자, 이제 눈이 펑펑 내려줄 일만 남았다. 단 한 번만이라도. 두 번이면 더 좋고.

2018.9.30.
SENG

감기와 향수병을 달래 준 맵고 달콤한 맛

예스러운 건물들과 확연히 대조되는, 너무나도 21세기스러운 전차가 느릿느릿 지나가는 도시가 보르도다. 내리쬐는 햇살 아래라면 공원 잔디든 강가의 시멘트 바닥이든 어디든 누워 일광욕을 즐기고, 깜깜한 밤이 되어도 아무렇지 않게 산책을 할 수 있을 정도로 비교적 안전한 도시이기도 하다. 이러니 저러니 해도 나도 그들 틈에 섞여 아무렇지 않은 평범한 일상을 지내는 보르들레즈Bordelaise, 즉 보르도 사람이 되어 갔다. 그래서 보르도에도 신종 코로나 바이러스 확진자가 나타났다는 것을 기사로 접했을 때에는 기분이 이상했다. 한동안 프랑스를 공포에 떨게 한 테러도, 무시무시한 사건 사고도 보르도를 비껴가서 국제적인 사건과 보르도는 어울리지 않는다고 생각했기 때문이다. 그러나 이제는 누구나 한 번쯤 코로나를 겪은 상황에 이르렀으니 그제야 팬데믹이란 단어가 실감이 난다.

코로나로 인해 아시아인들을 향한 인종차별이 만연하다길래, 걱정이 되어 보르도에 있는 한국인 친구에게 연락을 해보았다. 아니나 다를까 버스에서나 길거리에서나 사람들의 시선이 눈에 띄게 달라졌다고 했다. 코로나 발병 초기만 해도 한국 영화나 케이팝의 위상이 지금과 같지는 않았으니 무지에서 오는 동양인에 대한 편견이 강했을 것이다. 마스크가 익숙하지 않은 그들에게, 마스크를 쓰고 돌아다니는 것은 바이러스 감염자라는 인식을 주어 이러지도 저러지도 못한다는 친구의 말에 마음이 무거워졌다. 5년 전 이맘때 나도 한국에서 미리 가져온 마스크를 쓰고 보르도 거리를 걸은 적이 있다. 몸이 으슬으슬 춥고 기침이 심해 의사를 만나러 가는 길이었다. 그때 횡단보도에서 눈이 마주친 한 남자는 나를 향해 엄지손가락을 척 들어 올려 보였는데, 순진했던 나는 마스크를 쓴 내가 그 사람 눈에 꽤 쿨하게 보이는 줄 알았다. 그러나 마스크를 쓴 모습이 그들 입장에서는 매우 특이하고 이례적이며, 나를 향한 그의 행동이 차별적이었다는 것을 지금은 안다.

감기에 걸린 그 주에 나는, 며칠에 걸친 시음 수업을 앞두고 있었다. 아무리 와인을 잠깐 음미한 후 뱉는다지만 반복하다 보면 술이 목구멍으로 들어가게 되고 결국 알코올 기운으로 조금 알딸딸해지기 마련이다. 나는 의사에게 와인을 시음해도 되는지 걱정스레 물었다. 그런데 의사가 눈을 동그랗게 뜨고 대답했다.

"왜요? 알코올 중독 문제라도 있어요? 그게 아니면 당연히 마셔야죠. 와인이잖아요."

와인을 대하는 프랑스인들의 너무도 뻔한 고정관념을 내가 실제로 겪어보니 왠지 웃음이 피식 났다. '그래, 여기는 프랑스고 프랑스 의사의 말이니 프랑스에서 발병한(?) 환자인 나는 믿고 따라야지' 하는 가벼운 마음으로 병원 문을 나섰다. 큰 병이 아니라면, 어쩌면 의사의 역할은 환자의 두려움을 가라앉혀 주는 것, 그게 가장 중요한 것일지도 모르겠다.

머리가 무겁고 콧물까지 나더니 눈가가 흐릿해져 앞이 잘 보이지 않는다. 흔한 감기는 어느새 향수병으로 변해 정말 심각한 병이 되려고 한다. 이럴 때는 무조건 한국 음식을 먹어줘야 한다. 직접 겪어본 확실한 처방전이다. 그리고 해외에 있는 모든 동포 여러분들이 인정할 처방전이라고 확신한다. 나는 발길을 돌려 이미 지나쳐 온, 중국인이 운영하는 아시아 마트로 향했다.

이 마트를 가려면 보르도의 가론 강La Garonne을 가로지르는 '퐁 드 피에르Pont de Pierre'(이름하여 돌다리)를 건너야 한다. 콧물과 눈물로 뒤범벅된 얼굴이 안경과 마스크로도 가려지지 않는 것 같다. 매운 라면을 사겠다는 일념을 가지고, 엉망이 된 얼굴도 가릴 겸 굳이 대중교통을 마다하고 분주히 '리, 김, 학'(아직도 이 아시아 마트 이름의 뜻을 알 수 없다)을 향해 돌진했다. 그때 걷던 저녁 어스름의 돌다리가 아직도 눈에 선하다. 다리 위로 피어오르는 저녁 안개의 습기가 내 안구와 마스크에 가득 차올랐다.

강 건너 다리 건너 비싸게 주고 데려온 한국산 인스턴트 라면에 고춧가루까지 과도하게 넣어 먹으니 금세 기분이 좋아진다. 기분이 좋으면 몸도 좋아진다. 그리고 의사의 말을 실행하기 위해 며칠 전 사 둔 세 병의 와인 중 디저트 삼아 마실 하나를 고른다. 정신이 번쩍 나는 매운 걸 먹었으니 그 다음 순서는 당연하게도 불 난 입안을 진정시킬 만큼 달달하면 좋겠다. 그렇다면 역시 화이트 와인 품종인 세미용Sémillon이 70% 이상 블렌딩된 보르도의 달콤한 화이트 와인이다. 이건 또 보르도에 사는 특권이다.

우리처럼 매운 음식을 먹는 것도 아닌데, 서양인들에게 디저트란 무조건 달콤한 것이다. 그들 말로는 달콤한 디저트가 식후 입안을 개운하게 해준다고 한다. 밥을 먹은 후 시원한 배 한 조각이나 오미자 주스 한 모금 등으로 식사를 마무리 하는 한국인의 입장에서 이 개운함의 개념이 그 당시 나에게는 참으로 난제였다. 하지만 난해한 문제라는 것도 언젠가는 몸으로 이해하는 때가 오는 것 같다. 요즘은 배가 부르도록 잘 차려 먹은 후에도, 포크로 얇디 얇은 바삭한 껍질을 깨는 묘한 쾌감과 그 안의 아찔하게 달콤한 부드러운 맛을 동시에 즐길 수 있는 크렘 브륄레 한 스푼을 먹으면 그야말로 식사를 완벽하고 개운하게 마무리할 것 같은 느낌이 든다. 국어사전이 말하는 '개운하다'라는 단어가 뜻풀이대로, 기분이나 몸을 상쾌하고 거뜬하게 해주는 것이라면 그것이 시원한 과일 한 조각이든, 몸이 녹아내릴 듯한 달콤한 과자든 상관이 없는 것이었다.

디저트가 식후에 먹는 달콤한 것이니, 디저트 와인이란 것도 당연히 식후에 마시는 와인으로서 역시 달콤한 것이 대부분이다. 식사는 무조건 '스윗'하게 끝나는 것이 일종의 관습법인 것이다. 대표적인 것이 포르투갈의 포트와인Port wine(발효 과정 중에 강한 브랜디 즉 특별한 향이 없는 증류주를 첨가해 발효를 중단시키고 결과적으로 당분을 유지한, 달콤하고 도수 높은 와인)이지만, 달기만 하면 모두 디저트 와인이 될 자격이 있다. 예를 들어 늦게 수확한 포도로 만든 와인이나, 언 포도로 만든 아이스 와인도 디저트 와인이 될 수 있다. 그러나 뭐니 뭐니 해도 내게 달콤한 디저트 와인이란, 보르도 산 세미용 품종으로 만든 '고귀한 곰팡이 와인'이다.

이 달콤함의 비결은, 한 번에 절대 외워지지가 않는 학명 즉 보트리티스 시네레아Botrytis cinerea라는 미세한 곰팡이에서 나온다. 이는 수확 시에 포도가 적당히 익는 것을 넘어 과도할 정도로 숙성이 되어야 가능하다. 이 미세 곰팡이는 세미용 포도의 얇은 껍질에 침투해 포도알을 쪼글쪼글하게 하고, 결국 포도 알갱이들은 수분이 날아가 건포도 비슷한 상태가 되어 병든 것처럼 보이는 보랏빛 갈색을 띄게 된다.

보르도의 달콤한 화이트 와인을 전 세계적으로 유명하게 한 것은 역시 그 유명한 소테른Sauternes 지방의 특등급 와이너리인 샤토 디켐Château d'Yquem이다. 샤토 디켐을 비롯한 이러한 와인들은 아주 비싸기로도 유명하다. 위와 같은 포도 상태에 이르기 위해서는 단순히 늦은 수확만으로는 충분하지 않고 최상의 조건인 더위와 습함이 번갈아 나타나는 날씨를 요하며, 당연하게도 이는 매년 있는 일이 아니기 때문이다. 또한 모든 포도송이에 그 미세 곰팡이가 생기는 것도 아니고, 한 송이의 모든 포도알에 그 곰팡이가 나타나 주는 것도 아니니 사람이 일일이 몇 번에 걸쳐 눈과 손으로 선별해 따는 절차를 거쳐야 한다. 자연히 수확량은 적을 수밖에 없다. 그래서 이렇게 어렵게 수확한 포도에 귀할 귀貴와 부패할 부腐를 붙이고, 그 와인으로 만든 것을 귀부Noble rot와인이라고 부르며 비싸게 가격을 매기는 것이다.

하지만 보르도에 샤토 디켐만 있는 것은 아니다. 샤토 디켐이 있는 소테른 주변의 바르삭Barsac 또는 그 맞은편의 루피악Loupiac 지방 등의 와인들은 상대적으로 저렴한 가격에 즐길 수 있다. 아무리 한국산 라면 하나 구하기가 힘든 보르도지만, 이 사실만은 보르들레에게 주어진 황홀한 혜택인 것이다.

그날 내가 마신 것은 소테른 맞은편에 있는 생트 크루아 뒤 몽Sainte-Croix-du Mont 지방의 2010년산 와인이었다. 아카시아 꽃향기와 꿀, 약간의 말린 무화과향이, 함께 블렌딩된 소비뇽 블랑이 주는 상쾌함과 어우러져 달콤하면서도 신선한 맛을 동시에 즐길 수 있다. 오랜 숙성을 가능케 해 복합적인 풍미를 주는 것이 세미용의 특성이지만, 나는 그 순간의 직선적이고 달콤한 청량감이 너무도 좋았다. 지금 생각하니 매운 인스턴트 라면과 귀부와인의 만남은 참으로 호사스러우며 짓궂은 조합이다.

매운 음식을 먹고 나서 그 자체로 디저트가 되는 달콤한 와인까지 한 모금 마시니 감기는 저만치 달아나고, 동서양의 상반된 맛을 즐길 수 있는 이 모든 환경이 그저 감사해 향수병마저도 눈 녹듯 사라지는 것 같다. 미식이란 인간의 몸과 마음을 얼마나 지배하는 것일까. 복잡하고 고단한 정신 세계도 일단 기분 좋게 배를 채우고 볼 일이다. 이제는 소박한 추억이 되었다.

코로나 세상으로 다시 돌아와, 마늘을 끓여 마시면 각종 전염병을 완치할 수 있다는 등 여러 근거 없는 민간요법이 난무한다는 기사를 보니 한편 씁쓸한 마음이다. 세상의 모든 질병을 치료할 음식(혹은 음료)이 나온다면 얼마나 좋을까. 이 팬데믹도 힘들었던 추억으로 남을 날이 어서 왔으면 좋겠다.

5월의 크레망

◆

내리쬐기 시작하는 햇볕만큼 그리고 점점 무성해져 길가를 가득 채우는 풀과 나뭇잎만큼 모든 것이 꽉 찬 달이 5월인 것 같다. 짧지 않은 서른한 개의 날들이 축하와 기념의 시간으로 빼곡하다. 5월은 푸르고, 할일도 많구나!

우리 집으로 말할 것 같으면 1일 아버지의 생신을 시작으로 어버이날과 부모님 결혼기념일, 마지막엔 내 생일까지 기념일 챙기기로 바쁘다. 그래서 5월 중반이 지나면 '축하합니다'라는 말에도 슬슬 영혼이 없어진다. 여기에 어린이날, 스승의 날, 성년의 날까지 합하면 기념일의 순수한 의미를 되새기고자 하는 마음은 어딘가로 사라지고, 계속된 모임과 지출까지 더해져 여러모로 부담이 되는 게 사실이다. 그래서 생일에는 모름지기 당사자의 소망을 들어주는 게 최고의 선물이라는 핑계로, 내 생일만은 혼자 조용히 보내고 싶다고 주변 사람들에게 부탁하는 편이다.

매년 그랬던 것처럼 우리 집은 5월 한 달 동안 가까이 붙어 있는 기념일 몇 개를 묶어 세 번의 식사 시간을 갖기로 했다. 그리고 이때 함께 할 와인으로 선택한 것이 크레망이다. 발포성 와인에는 여러 종류가 있지만 그중 대표적인 샴페인을 선택하기에는 그 이미지가 주는 '경사스러움'과 파티 분위기가 어쩐지 호들갑스럽고 부담스럽다. 샴페인보다 조금 차분하고 소박한 느낌을 주면서 맛도 보장되는 와인으로는 역시 크레망이 적당해 보인다. 맛있고 저렴해서 샴페인의 적절한 대안이 될 것 같다.

그런데 이 크레망이라는 것은 샴페인과 어떻게 다를까? 크레망과 샴페인 둘 다 거품이 이는 '프랑스산 스파클링 와인'이다. 라벨에 '샴페인Champagne' 혹은 '크레망Crémant'이라고 명확히 쓰여 있어 구분하기 어렵지 않다. 그 둘은 명칭이 다르듯 생산되는 지역이 다르며, 사용되는 포도의 품종과 숙성기간도 다르기 때문에 맛에서도 차이가 느껴진다.

원산지 인증제에 따라 프랑스 북부 샹파뉴Champagne(영어로는 샴페인) 지방에서 생산한 발포성 와인만을 샴페인이라고 부를 수 있으므로 프랑스 내 샹파뉴 이외의 지역에서 생산되는 발포성 와인은 크레망이라고 한다. 크레망은 스틸 와인still wine, 즉 거품이 없는 일반 와인으로 유명한 8개의 특정 지역에서 생산되는데 부르고뉴Bourgogne, 루아르Loire, 리무Limoux, 쥐라Jura, 알자스Alsace, 보르도Bordeaux, 사부아Savoie, 그리고 남부 론Rhone지방의 디Die가 여기에 속한다.

프랑스 내 와인이 지방마다 현저한 차이를 보이기 때문에 크레망과 샴페인도 다를 수밖에 없다. 지역이 다르니 사용하는 품종도 다르다. 샴페인이 피노 누아Pinot Noir, 샤르도네Chardonnay, 그리고 피노 뫼니에Pinot Meunier 등 에 한정된 포도 품종을 사용하는 반면, 크레망은 각 지역에서 재배하는 그들 고유의 품종을 사용하고, 이것이 맛에 반영된다. 즉 부르고뉴 지방의 크레망은 보르도의 크레망과는 맛에서 확연한 차이가 난다.

예를 들어 알자스 지방에서 생산되는 크레망에서는 그 지역의 주된 화이트 품종인 오세루아Auxerrois, 피노 그리Pinot Gris, 피노 블랑Pinot Blanc과 리슬링Riesling이 주는 사과향의 신선함과 크리미함의 밸런스를 느낄 수 있다. 반면 보르도의 로제 크레망(핑크 빛 크레망)에서는 적절한 산도가 결합된, 여름

철 붉은 과일의 상큼함을 느낄 수 있는데 이는 보르도의 대표적 적포도 품종인 메를로와 카베르네 프랑Cabernet Franc이 선사하는 것이다. 물론 제조하는 하우스마다 블렌딩 스타일, 숙성 기간과 방식에 따라 맛과 향의 표현이 매우 다양한 샴페인의 품질에 대해 말하는 것은 입이 아플 정도다. 세계 최고의 스파클링 와인임은 누구나 인정하는 사실이다. 하지만 프랑스 내 8개의 특정 지역에서 오는 기후 차이와 고유의 품종 특성이 결합하여 좀 더 직접적이고 개성 있는 맛을 보여주고, 비싼 샴페인에 비해 이른바 접근 가능성이 크다는 점은 크레망만이 줄 수 있는 매력이다. 몇 가지 색으로 명도와 채도 등을 변형해 우아하고 찬란한 스펙트럼을 보여주는 것이 샴페인이라면, 크레망은 누구나 하나씩 아니 몇 개씩이라도 쉽게 뽑아 원하는 대로 그림을 그릴 수 있는 크레용 같다고나 할까. 골라 마시는 재미가 있다.

크레망이 샴페인의 대안이 될 수 있는 가장 큰 이유는 제조방식이 같기 때문이다. 둘 다 '병 속에서의 2차 발효'를 통해 기포를 발생시키는 이른바 '전통적인 방식Méthode traditionnelle'을 따른다. 와인이 일정 기간 병 속 효모에서 숙성되면 빵이나 비스킷 같은 아로마가 더해져 바디감, 즉 입 안에서 느껴지는 풍부한 질감과 복합적인 풍미를 느낄 수 있다. 또한 크레망을 만들기 위한 포도는 손으로 일일이 수확하도록 법으로 규정되어 있는데, 이 점이 크레망과 종종 경쟁관계에 놓이는 이탈리아의 발포성 와인, 프로세코Prosecco와 구별되는 점이다. 프로세코는 기포를 병 속이 아닌 탱크에서 발생시키는 방법을 택하며 포도 수확도 기계로 하기 때문이다. 손이 많이 갈수록 섬세해지고 그에 따라 품질도 좋아진다는 사실은, 어려운 말로 하자면 만세불변의 법칙인 것 같다.

물론 크레망은 일반적으로 15개월 이상을 숙성시키는 샴페인과 비교해 짧은 숙성기간(최소 9개월)을 거친다. 그래서 특정 해에 수확한 포도로만 만든 빈티지 크레망을 제외하면 샴페인과 달리 오래 보관하기에 적합한 와인이 아니다. 따라서 6°~7°C의 온도로 가급적 구입한 날로부터 2년 내로 마시는 것이 좋다고 하는데, 나라면 당장 마실 것이다. 보관할 장소도 마땅치 않고, 군대 간 동생을 기다리는 것 마냥 2년을 그냥 둘 이유도 없다.

무지개 보듯, 예쁜 물감이나 색연필에서 무슨 색을 고를까 고민하듯, 크레망은 그 발음만큼이나 참 매력적이고 사랑스럽다. 유럽에서는 보통 9유로 정도의 가격으로 크레망을 즐길 수 있기 때문에 위에서 말한 복잡하고 섬세한 제조방식과 품종에서 오는 다양한 맛을 감안하면, 캐주얼한 자리에서 샴페인을 대신할 음료로 이보다 더 적당할 수 없다.

프랑스 내에서는 늘어나는 수요에 맞게 크레망의 생산량도 많이 올라, 쥐라에서 생산되는 크레망은 약 200%, 보르도의 크레망은 약 185% 이상 증가했다고 한다.

"사람들은 소비가 가능한 샴페인을 알아보는 거예요. 우리 와인은 삶의 소소하고 즐거운 순간에 함께해요. 그게 꼭 거창한 이벤트나 축배의 자리일 필요는 없죠."

프랑스 북부 르와르 와인연합의 최고책임자, 니콜라 에므로Nicolas Emereau가 한 잡지와의 인터뷰에서 한 말이다.

이토록 기념일로 가득 찬 한국의 5월이지만 꼭 샴페인을 터뜨릴 만큼 경사스러운 날만 있진 않았을 것이다. 여러 크고 작은 곡절들 속에서 그동안 열심히 살아온 날들을 서로 위로하며 안부를 묻고 앞으로 펼쳐질 날들을 이야기하고 응원하는 시간들, 크레망은 그런 자리에 어울리는 와인이 아닐까?

재즈와 와인

♦

달력이 9월에서 10월로 넘어가면 나도 모르게 '아! 10월이구나!' 하고 외친다. 더 이상 덥지도 않고 그렇다고 춥지도 않은 10월은 바쁜 하루 속 늦은 오후의 휴식 시간과도 같다. 긴장으로 뭉친 근육을 풀기 위해 스트레칭을 하고, 그러다 고개 들어 하늘도 한 번 보고, 이리저리 허리를 돌리고 굽히다가 자동차 밑에 숨어 있던 고양이랑도 눈이 마주친다. 정신없이 보내다가 미처 보지 못했던 사소한 것들을 비로소 둘러볼 여유가 생기는 그런 오후다. 그런 10월이 언제 이렇게 가버린 걸까.

10월에는 꼭 들어야 할 노래가 있었다. 바로 배리 매닐로Barry Manilow의 〈When october goes〉다. 10월이 가면, 황혼이 지는 하늘 아래서 뛰놀다 집에 돌아가던 어린 시절과 행복한 시절을 함께했던 오래된 꿈들이 떠오른다는 서정적인 가사는 늘 아련하고 행복한 추억에 잠기게 한다. 여린 듯 담담하게 부르다가 10월을 보내는 게 얼마나 싫은지를 나지막하지만 애절하게 외치는 노래의 후반부에 이르면, 그 절절한 감정이 고스란히 전달되는 것 같다.

이 노래가 주는 쓸쓸함과 아쉬움을 제대로 느끼려면 아무래도 10월 말은 되어야 하지 않겠냐는 나만의 쓸데없고 이상한 고집이 있었다. 그래서 노래 듣기를 미루고 미루다 어느 순간 정신을 차려 보면 11월이 훌쩍 지났을 때가 많다. 올해도 마찬가지다. 뭐 어쩌겠는가? 김광석의 〈서른 즈음에〉도 서른이 넘어 들어야 그 노래의 의미가 더 가슴에 와닿는다고 하지 않는가. 그러고 보면 10월을 이야기한 노래라면 역시 11월에 들어야 제맛인가 하는 쓸데없는 생각을 또 해 본다. 지나간 것은 늘 아쉽고 소중하다.

누군가 어떤 목소리의 가수를 좋아하느냐고 물으면 나는 잠시 망설여진다. 내 대답이 너무 올드해서 자칫 분위기를 어색하게 만들지는 않을까 걱정이 드는데, 가장 먼저 떠오르는 이름이 냇 킹 콜Nat King Cole과 프랭크 시나트라Frank Sinatra이기 때문이다. 냇 킹 콜의 노래를 들으면 늘 떠오르는 와인이 하나 있다. 바로 이탈리아 토스카나 지방의 와인, 브루넬로 디 몬탈치노Brnunello Di Montalcino다. 활력이 넘치는 산지오베제 품종으로 만든 이 와인은 향긋한 붉은 과실의 풍미와 함께 오랜 숙성에서 오는 감칠맛과 깊은 맛이 일품이다. 냇 킹 콜의 목소리는 오래 볶아 깊고 진한 커피의 매캐한 연기가 피어오르는 느낌을 주는데, 그 연기에는 달콤하고도 긍정적인 활기가 숨어 있다. 그래서 체리, 에스프레소 등의 복합적인 향기를 품은 브루넬로 디 몬탈치노 생각이 더욱 간절해진다.

한편 단단하고 중후한 프랭크 시나트라의 목소리는 한마디로 멋지다. 균형이 잘 잡힌 멋짐이다. 그리고 그 멋짐에서는 짙은 오크 향이 깊게 배어 나온다. 카베르네 소비뇽이나 메를로 같은 국제적인 품종에 이탈리아 품종인 산지오베제를 잘 섞은 다음, 공들여 만든 작은 오크통에서 숙성한 이탈리아의 와인, 일명 '슈퍼 토스카나' 같다고나 할까. 밤에 만난 낯선 이를 유혹하는 〈Strangers in the night〉의 능글맞은 가사도 그가 부르면 그저 부드럽고 젠틀하게 느껴진다. 그래서 이 '잘생긴' 오크 목소리에서는 달콤한 바닐라 향도 난다.

음악과 술 혹은 와인의 공통점이 무엇일까, 라는 질문에 많은 사람이 '도취'라고 대답할지 모른다. 술도 취하는 것이고 음악에도 취한다는 표현을 쓴다. 그래서일까? 예나 지금이나 음악이 있는 곳에 술이 있고, 술이 있는 곳에 늘 음악이 있기는 하다. 그런데 여기서 말하는 도취가 어느 정도의 취기를 말하는지는 모르겠지만 나의 경우는 조금 다른 것 같다.

나는 와인을 마시고 취해 본 적이 거의 없다. 이유는 간단하다. 바로 내 주량이 와인 2잔이기 때문이다. 음식과 이야기가 있는 곳이라면 난 몇 시간이고 이 와인 2잔으로 버틸 수도 있다. 와인의 향기와 맛을 매우 즐기지만 와인을 위한 내 목구멍이 너무 작은 걸까? 나는 사실 많이 마시지 못한다. 와인을 직업으로 가진 사람으로서, 이런 고백은 가끔 부끄러울 때가 있는데 그럴 때는 와인학교 시절, 소믈리에의 최고 덕목 중 하나는 절제라고 한 선생님의 말을 떠올리며 스스로 위로한다. 특별히 알코올에 취약한 체질은 아니기 때문에 나라고 해서 2잔을 마시고 정신이 혼미해지지는 않는다. 그냥 평범한 사람이 긴 시간에 걸쳐 2잔을 마시는 것과 같다. 술을 마시고 지나치게 들뜨거나 가라앉거나 하는 급격한 감정의 변화는 일어나지 않는다. 어떻게 보면 2잔에서 멈춰야 한다는 절제의 선 같은 것이 내 안에 자리 잡은 것 같다.

음악도 마찬가지다. 어떤 가수의 목소리를 좋아하는지와는 별개로, 나는 늘 평정심을 유지하게 해 주는 음악을 찾으려 노력해 왔다. 그래서 평소에 듣는 건 널뛰는 마음을 잠재워 주고 늘 같은 상태로 유지해 주는 그런 음악이다. 예를 들면 이런 식이다. 프랑스에 있을 시절 마이클 부블레Michael Bublé의 〈Home〉이라는 노래가 이상할 정도로 자주 들렸다. 우연히 라디오에서나 카페에서 말이다. 너무 자주 들려 노래가 나를 따라다니는 건 아닌가 하는 생각이 들 정도였다. 그 노래에는 이런 가사가 나온다.

'파리와 로마에는 여름이 오고 또 겨울이 오고 가지만 난 그저 집에 가고 싶어요. 내가 운이 좋은 걸 알아요. 하지만 그만 집에 가고 싶어요. 당신이 그리워요.'

이런 가사는 위험하다. 아주 위험하다. 유난히 쌀쌀맞은 프랑스인을 마주친 날이나 김치찌개가 간절히 생각나는 비 오는 날, 혹은 휴대폰으로 본 최근 사진 속 엄마의 얼굴이 부쩍 늙어 보일 때, 이런 노래를 들으면 그날 하루는 완전히 망치는 날이다. 마이클 부블레의 감미롭고 애절한 목소리와 절절한 멜로디까지 더해져, 눌러 왔던 정돈된 마음이 소용돌이쳐서 아무것도 할 수 없게 된다.

내가 평소 듣는 음악은 대부분 재즈다. 아침에 일어나서 밤에 잠들기 전까지 습관적으로 재즈를 틀어 놓는다. 그렇다고 내가 재즈에 조예가 깊다거나 한 것은 아니다. 오히려 반대다. 우연히 들은 음악에 끌려 그에 대한 정보를 찾아보면 장르가 재즈라니 아, 내가 재즈를 좋아하는구나 하는 정도다.

볼륨을 크게 하고 집중해서 듣는 것도 아니다. 주로 인터넷 라디오 재즈 방송을 작은 볼륨으로 듣는데, 관심 있는 노래나 가수 또는 연주자가 있으면 유튜브로 몇 번 더 찾아 들을 뿐이다. 그러니 딱히 재즈 애호가라고는 할 수 없을 것이다. 그래서 나는 재즈에 대해서 아는 게 없다. 역사도 모르고 다른 장르와 차별되는 음악적 특징 같은 것도 알 리가 없다. 다만 재즈의 매력이 '자유와 변형'에 있다는 얘기를 들어본 적이 있다. 그래서 그런지 재즈를 들으면 나도 일종의 자유 비슷한 것을 느낀다. 그것은 내부의 여러 감정들로부터의 자유다. 그 자유는 고요함을 주는, 흔들리지 않는 자유다.

캐린 앨리슨Karrin Allyson이라는 미국의 재즈 보컬리스트가 있다. 약간의 비음 섞인 허스키함이 매력적인 그녀의 목소리는 서늘한 느낌을 주기도 하는데, 어떤 노래를 불러도 한발짝 물러서서 삶을 관조하는 듯한 분위기를 자아낸다. 그가 조금 체념한 것 같은 목소리로 부르는 〈Everything must change〉를 들을 때조차도 내 감정은 흔들리지 않는다. 세상에 변하지 않는 것은 없다는 가사와 담담한 멜로디를 자연스럽게 받아들일 뿐이다.

고대 그리스의 철학자 플라톤은 음악은 완벽한 조화를 이룬 이데아를 설명하는 이상적인 도구라고 했다. 그는 심지어 좋은 음악과 나쁜 음악을 구분했는데, '좋은 음악'이란 자연의 조화를 존중해야 하며 냉정과 절제, 용기와 침착성이 담겨 있어야 한다는 것이다. 그러면 나는 조금 자랑스레 묻고 싶어진다. 플라톤 선생님, 저는 좋은 음악을 듣고 있는 건가요?

사실 음악에 좋은 음악과 나쁜 음악이 있다고 생각하지는 않는다. 그건 말도 안된다. 그저 널뛰는 내 감정을 다스리는 방법을 찾고 싶었던 것뿐이다. 재즈를 듣고 있으면 아무 생각이 없어질 때가 있다. 리듬과 흐름에 나를 맡기다 보면 머릿속에 생각이란 것이 사라져 모든 것이 맑아지는 느낌이다. 나만의 도취의 순간이 찾아오는 것이다.

재즈에 대해 알고 싶어서 도서관에서 빌린, 그러나 첫 페이지밖에 못 보고 반납한 한 재즈 입문서의 표지에는 이런 말이 적혀 있었다.

'재즈, 아마도 그것은 말 그대로 아무 의미 없는 음악일 것이다. 아니면 의미와는 작별을 했으리라. 오히려 그것에 집착하기 위해서.'

프랑스의 작가이자 재즈 비평가인 알랭 제르베르Alain Gerber가 말한 재즈에 대한 정의다. 재즈가 무엇인지 모르는 나에게 조금의 실마리와 위로를 던져준다.

요즘처럼 해가 짧아지는 계절, 아직 이른 시각인데 밖은 너무 어두워 조금 울적한 기분이 드는 초저녁에는 에디

히긴스 트리오Eddie Higgins Trio의 〈A lovely way to spend an evening〉 만큼 처진 기분을 달래 주는 것이 없다. 피아노와 베이스, 드럼의 서정적이면서도 경쾌한 리듬과 멜로디가, 스산한 늦가을의 저녁을 환하게 만든다. 마치 퇴근 후 하루 종일 보고 싶었던 가족을 만나러 혹은 오랜 친구와의 저녁 약속에 가는 것처럼 마음도 발걸음도 가벼워진다. 이때 함께하는 와인으로 뭐가 좋을까? 상쾌하고 향긋한 뉴질랜드산 소비뇽 블랑? 기분 좋은 도취의 시간이 될 것 같다.

THE COCK AN
Coca-Cola
BIENVENUE
Patisserie
Viennoiserie
Sandwich / panini
Quiche / pizza
Pain
2019.3

12월의 빨강

♦

'어린 시절은 단 한 번이지만 우리는 평생을 두고 기억한다.'

감독의 유년 시절을 그린 자전적 영화 〈리버티 하이츠 Liberty Heights〉에 나오는 대사다. 불과 몇 달 전 일도 기억 못 하면서 옛날 일은 생생하게 떠오르는 나의 경우를 보면 틀린 말이 아닌 것 같다.

어릴 적, 지금 생각하면 희한하다 싶을 정도로 누군가를 강아지처럼 졸졸 따라다녀 정신을 차리고 보면 나도 이해할 수 없는 의아한 장소에 있곤 했다. 초등학교에 들어가기 전까

♦

지 그 대상은 할머니였다. 아침을 드시고 소일거리를 하다가 특별한 일이 없으면 아파트 경로당(그 당시 나는 노인정이라고 불렀다)에 가시는 할머니의 스케줄대로, 유치원이 끝나고 내가 귀가하는 곳은 당연히 그 경로당이었다. 나는 그곳에서 밥도 얻어먹고 할머니들의 화투 놀이를 구경하기도 했다. 그러다 피곤이 밀려오면 경로당 카세트에서 흘러나오는, 트로트도 아닌 뽕짝 리듬에 맞춰 앞뒤로 사뿐사뿐 걷는 게 다인 할머니들의 춤판 한가운데에 그대로 누워 잠을 자곤 했다.

초등학교에 입학하고부터는 행동의 폭이 넓어지고 사회성을 발휘하는 능력이 생겨 혈연관계가 아닌 사람, 바로 친구를 사귄다. 그렇다면 졸졸 따라다닐 대상이 이번에는 그 친구다. 그 친구의 집을 뻔질나게 드나드는 것은 기본이고, 친구 가족의 각종 나들이 및 행사까지 참여했다. 주말이면 그 가족이 다니는 교회에 참석해 교회에서 주는 점심을 먹고(늘 밥을 얻어먹는다), 심지어는 친구의 아버지가 하시는 부동산 사무실에서 방과 후를 보내기도 했다. 유치원 시절 경로당에서의 뻔뻔함이 더욱 진화한 것이다.

크리스마스를 앞둔 초등학교 3학년의 어느 날도 나는 친구 미애와 그 동생 미란이, 그리고 그들의 아버지와 함께 천호동 어딘가의 쇼핑몰에 있었다. 자영업을 하셔서 비교적 시간을 자유롭게 쓸 수 있는 친구의 아버지는 두 딸과 그 딸의 친구까지 객식구 삼아 데리고 다닐 정도로 너그러운 분이셨던 것 같다. 당시의 쇼핑몰은 지금의 그것들보다 천장이 낮아 사람들로 붐비면 동네 시장에 온 것 같은 느낌을 주었는데, 촌스러운 분홍색과 빨간색으로 꾸며진 장난감 코너 사이로 〈징글벨〉이며 〈울면 안 돼〉 같은 경쾌한 캐럴이 왁자지껄한 소리와 섞여 시끄럽게 울려 퍼졌다.

나는 두 친구와 함께, 사람만 한 인형이 있어 일종의 포토존 역할을 하는 작은 무대에 올랐다. 그러고는 가짜 마이크를 들고 노래를 하는 척하기 시작했다. 대문짝만 한 안경을 쓴 친구가 가운데 서고, 병아리처럼 귀여운 동생과 타이어만큼 둥실둥실한 빨간 파카를 입은 내가 양쪽에 자리 잡았다. 그리고 역시 대문짝만 한 안경을 낀 친구 아버지께서 무뚝뚝한 얼굴로 열심히 우리의 사진을 찍어댔다. 그때의 사진을 나는 지금도 가지고 있지만 굳이 꺼내 볼 필요가 없다. 버튼을 누르면 자동으로 튀어나오는 서랍처럼, 연말이면 떠오르고 시간이 지나면 사라졌다가 또 다음해 연말이면 다시 나타나는 장면이기 때문이다. 별것도 없는 어릴 적 한순간이 '내 생애 가장 행복했던 크리스마스'였다고 말하면 누군가는 웃을지 모른다. 그러나 그 기억이 가져오는 동심은 시간이 지나도 변함이 없다.

그때의 행복한 추억을 다시 재현하고자 한다면 역시 오

감 중 하나를 끌어오는 게 가장 효과적이다. 늘 밥을 얻어먹던 내가 그때 뭘 먹었는지 기억을 못 하는 거 보면, 그날의 요란했던 크리스마스 캐럴(청각)과 원색의 시각적 장식들이 미각을 압도했나 보다. 그런고로 역시 연말은 떠들썩해야 한다. 캐럴은 뭐니 뭐니 해도 조금 촌스럽고 들떠서 길거리 음악(?) 같은 느낌을 주는 곡, 예를 들어 〈펠리스 나비다Feliz Navida〉나 왬!의 〈라스트 크리스마스Last christmas〉 같은 노래가 제격이다. 차분하고 세련된 변주로 가득해 멜랑꼴리한 느낌을 주는 노래를 듣는 것은 있을 수 없는 일이다.

무엇보다 크리스마스는 휘황찬란해야 한다. 초록색 바탕에 빨간색, 그리고 화려한 금빛, 은빛의 장식품과 번쩍이는 전구는, 돌이나 명절 때 아이들에게 입힌 알록달록한 색동옷에서 보이는 오방색의 깊은 뜻만큼이나 내게는 중요한 의미를 준다. 요즘은 파스텔 톤의 색이 유행인 듯 보이지만 그래서는 영 행복한 느낌이 들지 않는다. 그래서 12월이 되면 크리스마스 트리와 벽 여기저기를 각종 색들로 덕지덕지 채우곤 하는데, 가끔 나의 장식을 본 사람들이 던지는 한마디가 상처가 될 때가 있다. '푸닥거리라도 하려는 모양이지?'

그중에서도 핵심은 역시 빨강이다. 12월은 빨간색의 계절이고 빨강은 12월의 색이다. 가장 행복했던 크리스마스에 빨간 파카를 입고 있었다는 이유로 지금도 그것과 비슷한 다홍색 패딩을 15년이 넘도록 입는 내가 참 눈물겨울 때도 있다. 그러나 꼭 추억을 소환하기 위해서만은 아니다. 일찍 어두워지는 겨울의 밤을 달래려면 빨간색 정도는 되어야 기운이 나기 때문이다.

와인을 전공한 사람이라면, 당신은 레드 쪽이냐, 화이트냐 하는 질문을 곧잘 받는가 보다. 대학에서 강의하는 과학자이자 소믈리에인 파브리지오 뷔셀라Fabrizio Bucella라는 사람은 한 잡지의 칼럼에 이러한 질문에 대한 고충을 털어놓았다. 화이트 와인의 제조 과정이 레드 와인과 비교하여 얼마나 섬세하고 까다로운 작업인지, 그리고 레드 와인 없는 식사가 얼마나 공허한지에 대해 설명하고, 취하면 됐지 무슨 와인인지가 뭐가 중요하냐며 사랑하면 됐지, 어떤 여자인지는 중요하지 않다는 짓궂은 농담까지 덧붙였다. 술과 사랑에 대한 확고한 철학이 아닐 수 없다. 나로 말하자면 한겨울에는 역시 레드다. 빨갛지 않은가!

색채에 민감한 사람이라면 레드 와인이라고 해서 모두 다 우리가 알고 있는 그 빨간색이 아닌데 왜 뭉뚱그려 레드 와인이냐 할지 모른다. 하지만 투명함과 초록빛에서부터 주로 노란색을 띠는 와인을 가리켜 '화이트'라고 하는 것에 비하면, 레드 와인이라고 부르는 것은 그럭저럭 봐줄 만한 것 같다. 중세사학자이자 색채 분야의 전문가인 미셸 파스투로Michel Pastoureau의 말을 빌리면, 모든 문명이 그렇듯 인간은 흰색과 빨강 그리고 검정과 같은 기본이 되는 색을 통해 모든 제도와 의식에 사회적 코드를 부여해 왔다. 예수의 피와 적포도주의 연결고리처럼 말이다. 그리고 고대부터 중세까지, 서양에서 흰색의 반대는 검정이 아니라 붉은색이었다고 한다.

각 색깔의 사회적 기능과 역할은 우리 인간에게 색에 대한 어떤 신화적 의미를 부여해, 나 같은 사람도 12월만 되면 뭔가에 홀린 듯 입술에 시뻘건 립스틱을 칠하도록 충동질하기에 이르렀다. 불타는 열정, 에너지, 힘과 확신 같은 것들이 빨간색 하나로 실현될 것만 같은 느낌이 든다. 예전 어머니들이 립스틱을 '루즈Rouge'라고 부르던 때에는 그것이 프랑스어로 '빨강'을 의미하는 줄 몰랐다. 입술을 둥글게 모으고 있는 힘껏 호흡을 끌어 모아 나른하게 '루-즈'라고 발음할 때는 세상에서 가장 섹시한 단어처럼 들리기도 한다.

하지만 사실 내가 가장 좋아하는 색은 파랑이다. 파랑은 자유의 색이다. 깊은 바다와 광활한 하늘을 연상시켜 보고만 있어도 고단한 현실에서 벗어나게 해 준다. 또 빨간색과 달리 파랑은 차가울 정도의 차분함과 고요를 준다. 그래서 사랑받는 색 아닐까? 열정과 에너지만 갖고 살다가는 세상의 가차 없는 벽에 부딪친다는 것을 알기에, 차라리 평정심을 유지하는 편이 나을지도 모른다. 색과 와인으로 이어지는 문화 전반에 대한 공로를 인정받아 보르도 와인 아카데미로부터 몽테뉴 상을 받은 미셸 파스투로는, 그가 가장 좋아하는 색인 초록빛의 아름다운 와인, 즉 화이트 와인만 마신다고 한다. 레드 와인을 마시지 않다니 이 분도 색깔과 와인에 대한 취향이 확고한가 보다.

아무튼 그래서 나에게 빨간색은 시즌 한정이다. 일 년 내내 좋아하기에는 벅차지만, 연말이 되면 미치도록 그립고, 도전해 보고 싶고, 기운을 받고 싶은 색이다. 에너지가 과하게 차오르는 것을 걱정할 필요는 없다. 어차피 1월이 되면 정신 똑바로 차리고 파란색 명상의 시간을 가져야 할 게 분명하기 때문이다.

엄마의 와인

도심에 설치된 거대한 트리와 여기저기서 들리는 크리스마스 캐럴에 내가 정말 한국에 돌아왔다는 것을 실감한다. 이 번잡하고 들뜬 연말의 분위기를 얼마나 그리워했던가! 5년 전보다 더욱 심해진 자욱한 미세먼지도 고향에 돌아온 설렘을 막을 순 없다. 크리스마스의 고향 유럽과는 너무도 다른 풍경이다. 내가 있던 보르도에서는 다들 집 어딘가에 꼭꼭 숨어 자기들만의 명절을 보내는지, 저녁 8시가 넘었을 뿐인 스산한 거리엔 지나다니는 사람 하나 없었다. 성당 앞에 조용히 서 있는 크리스마스 트리와 선물 보따리를 들쳐 메고 어느 집 창문을 오르고 있는 산타클로스 인형만이 크리스마스 시즌을 알려주는 유일한 것이었다.

나의 귀국과 연말이 겹쳤으니 그동안 각자 바빴던 가족이 나를 위해 한자리에 모였다. 하나하나 정성을 들여 준비했을, 해산물이 들어간 부침개, 프랑스에서는 너무도 귀했던 나물무침과 김치, 김, 국을 비롯한 전형적인 한국 음식 그리고 알록달록 채소를 곁들인 소시지 볶음, 베이컨을 두른 아스파라거스, 샐러드 등이 푸짐하다. 음식을 만들고 나르는 사람은 늘 분주하다. 그래서 잘 먹지도 못한다. 딸을 위해 부엌을 왔다갔다하는 엄마를 말없이 쳐다보게 된다. 고관절 통증이 해가 갈수록 더할 텐데. 괜시리 우울해진다. 하지만 나물 한 젓가락을 먹어 보니 금세 기분이 좋아졌다. 음식 맛이 달라지면 만드는 사람의 건강에 문제가 생긴 거라고들 하던데, 깔끔한 맛을 자랑하는 엄마의 요리가 여전한 것을 보니 안심이 되고 고맙다.

반 정도 먹었을 즈음 엄마가 와인 한 병을 내어 오신다. 와인 병 어깨가 동그랗게 도톰한 전형적인 보르도 와인이다. 얼마 전까지도 매일 보던 보르도 와인인데 뒷면의 한국어 설명을 보니 낯설고 신기하다. 수입사는 여기구나, 한국어로는 맛을 이렇게 표현하는구나, 하며 습관적으로 라벨을 살펴보니 보르도산 인증표시 즉 'AOPApellation d'Origine Protégée 보르도' 라고 쓰여 있다.

"원래 한 병에 10만 원인데 백화점에서 세일해서 만 원에 샀어. 그래서 3병이나 샀지."

'AOP 보르도'는 특정 유명 마을로 한정되고 세분화된 등급이 아니라 보르도 전 지역 어딘가에서 생산되는 일반 등급이다. 프랑스에서는 3~4유로 정도면 마실 수 있다. 한국에서는 대체로 현지 가격의 2.5배가 넘는 가격이 매겨진다고 하더니 과연 그런가 보다. 와인을 따는 순간 잘 익은 베리류의 검은 과일 향이 향긋하게 퍼져 나왔다. 무겁지 않고 기분 좋은 흙냄새와 더불어 타닌은 부드럽게 녹아 있었다. 보르도의 와인이 땅과 하늘을 거쳐 서울까지 오면서도 이 병 속에 오묘한 향기를 잘 담고 있었구나.

AOCAppellation d'Origine Contrôlée(혹은 AOP)라는 표현은, 오랜 노력 끝에 품질을 인정받은 해당 지역 상품의 이름을 보호하기 위해 지역을 표시하는 제도인데 일종의 특허나 상표 같은 것이다. 그 명칭 자체가 와인의 전통과 기술에 대한 공식적인 인증인 셈이다. 그리고 어느 한 품종의 와인을 담은 것이 아니라, 여러 포도 품종을 블렌딩하는 보르도 특유의 기술이 집약된 맛이니 당연히 맛있을 수밖에 없다. 이제 막 와인 공부를 끝내고 나름 힘겹게 학위를 얻어낸 지 얼마 안 된 나는, 나의 노력이 헛되지 않았음을 증명하기 위해 이런 나의 지식을 늘어놓고 싶었다. 그리고 내가 한동안 살았던 보르도 자랑을 마음껏 하고 싶었다.

"니가 와인을 공부했다고 해서 샀지, 우리가 언제 와인을 마셔보겠니. 근데 정말 향이 그윽하고 좋네. 떫지도 않고. 과일 향이, 느끼할 수 있는 소시지와 전을 감싸는 느낌이 아주 좋은데?"

몇 년 만의 만남으로 잠시 어색한 미소를 지었던 엄마의 말이 많고 빨라졌다. 발그레진 얼굴로 어느새 테이블 유리에 와인 잔을 능숙하게 마찰하며 향을 발산시키고, 음식에 대한 궁합까지 표현하는 엄마가 놀랍다. 늘 소주와 맥주만 찾던 아빠까지 나서서 각자 생각한 향을 하나씩 말하고 까르르 웃는다. 프랑스에서 늘 시음했던 다양하고 특이한 와인보다 그 먼 곳에서 많은 경로를 거쳐 온 '평범한' 보르도 와인이 더 맛있게 느껴지는 이유가 이거였다.

나는 와인에 대해 이런 저런 설명을 하려던 생각을 접고 와인을 마시고 이야기하는 가족을 보는 즐거움을 그냥 느끼기로 했다. 그 편이 훨씬 뿌듯했고, 그리고 그 순간 행복했다. 언젠가 한 와인 잡지에 실린 막시밀리안 리델의 인터뷰가 생각났다. 오스트리아의 유명한 와인 잔 브랜드 리델Riedel의

11대 오너인 그 리델 말이다. 가장 기억에 남는 와인 시음이 언제였냐는 질문에 그는 이렇게 말했다.

"가장 중요한건 와인도 아니고 와인 잔도 아닌, 함께 마시는 사람들과 그 순간들이에요. 그 모든 게 어우러질 때 비로소 마법이 일어나는 거죠."

많은 걸 알고, 그 지식을 바탕으로 집중하며 마시는 와인도 꽤 만족스럽지만, 와인의 맛을 완성하는 것은 역시 순간을 함께 하는 사람들, 친구들 혹은 가족이다.

희망을 닮은 뮈스카데

♦

구름 한 점 없이 맑은 5월의 어느 날이었다. 말 그대로 하늘은 새파랗고, 잔디와 나무는 초록이다. 가을 겨울 내내 검은 재킷만 걸치던 보르도 사람들도 알록달록 옷을 바꿔 입고 공원의 벤치에, 강을 마주한 잔디밭에, 그것도 아니면 길가의 계단에 무심하게 자리를 잡고 각자의 초여름 날을 즐기고 있었다.

가까이 살면서도 이런저런 핑계로 늘 만남을 미루고 있던 나는 '날씨도 좋은데 오늘 저랑 피크닉 가실래요?' 라는 그녀의 다정한 제안을 더는 거절할 수 없었다. 항상 둘러대던 학

♦

교 시험도 어느 정도 마무리가 되고 당분간 특별한 일정도 없으니 만남을 거절할 이유를 더 이상 찾을 수 없었던 것이다. 한동안 고양이 모드로 방구석을 차지하고 있던 시기였기 때문에 누군가를 만나는 것 하나에도 온 힘을 내야만 했다.

사실 나에게는 그동안 쌓아 두던 여러 질문을 쏟아내고 조언을 구할 좋은 기회이기도 했다. 나보다 먼저 프랑스살이를 시작했고 잠시도 가만있지 못하는 부지런한 성격을 가진 그녀는, 실제로 부딪혀 얻은 경험으로 프랑스의 행정 처리부터 보르도 구석구석의 지리와 사람들까지 모르는 게 없었기 때문이다. 돌이켜 보면 순수하게 다가오는 사람을 특별한 목적을 얻기 위해 만나려고 했던 내 하찮았던 마음에 대해 지금까지도 자주 생각한다.

그녀는 언제나처럼 빨간 유모차를 끌며 하루 일과가 모두 담겼을 커다란 가방을 들고 나타났다. 내가 처음 프랑스에 도착했을 때 뱃속에 있던 딸은 좁은 유모차에 끼어 앉아서 가는 것보다 마음에 드는 원피스를 입고 자랑하며 걷길 좋아하는 나이가 되어, 자기보다 훌쩍 큰 유모차를 밀며 걷겠다고 난리다. 엄마를 닮아 게으르게 앉아 있을 성격이 아니다.

"오샹Auchan(프랑스의 거대유통업체)에서 화이트 와인 한 병을 샀는데, 깜박하고 오프너를 안 가지고 왔어요!"

빈손으로 누군가를 만나는 법이 없는 그녀는, 그날 와인을 한 병 가지고 나왔다. 오프너가 없어도 다 방법이 있다며 한 손은 아이 손을 잡고 유모차를 씩씩하게 밀며 근처 케이크 가게로 향했다. 초콜릿 케이크 두 조각을 주문하길래 항상 한 박자 느린 나는, 뒤늦게 내가 계산하겠다고 했지만 이번에도 역시 자신이 내겠다고 한사코 거절한다. 계산을 다 하고나서 점원에게 와인 좀 따 줄 수 있느냐고 물었을 때, 나는 그제야 그녀의 의도를 알아차렸다. 차가운 인상의 프랑스인 점원이 우리의 부탁을 들어줄까 싶었지만 반달눈을 한 생글생글한 그녀의 미소 덕분일까. 점원은 능숙한 솜씨로 흔쾌히 와인을 열어 주었다.

우리는 강이 시원하게 보이는 곳의 잔디밭에 자리를 잡았다. 초콜릿 케이크는 분명 눈이 팽팽 돌 정도로 달콤할 테니 그녀가 가져온 와인도 이왕이면 그에 지지 않게 꽃향기와 과일 맛이 농축되어 적당히 단맛이 도는 디저트 와인이면 좋겠다는 생각을 했었다. 당시 나는 시험을 앞두고, 와인과 음식의 궁합에 대해 서양의 입맛에 맞춘 이론들을 별 생각 없이 암기하는 데에 집착하고 있었다. 달콤한 디저트에 드라이 와인을 매칭하는 것은, 와인의 신맛을 두드러지게 할 뿐이라는 화학적 근거 있는 설명을 언뜻 이해하지 못하던 때이기도 하다. 그런데 때마침 그녀가 꺼낸 와인은 레몬 같은 신맛에 은은한 짠맛까지 담긴 품종 뮈스카데Muscadet로 만든 와인이었다.

"뮈스카데는 달달한 와인이라고 들었는데, 전혀 아니네요?"

"뮈스카Muscat, Moscato(머스캣, 모스카토라고도 불리며 주로 스위트 와인을 만드는 품종)랑 헷갈렸나 보네요. 뭔들 어때요! 상큼하고 좋은데요, 뭘."

내 위로에 '그래도 지역 콩쿠르에서 금상을 받은 와인이래요.' 라고 말하며 멋쩍게 웃는다. 살림에 보탬이 되기 위해 많은 일을 하던 그녀는, 보르도 와이너리 투어가이드 일을 하며 어느 정도 보르도 와인에 대한 지식을 가지고 있었지만 그 외 지역의 와인은 익숙하지 않았을 것이다.

대서양의 해풍이 어울리는 시큼한 포도로 만든 뮈스카데를 한 모금 마시니 와인과 날씨가 이보다 더 완벽한 궁합을 보여줄 수 있을까 싶다. 보르도를 가로지르는 가론 강에서 불어오는 시원하면서도 따듯한 바람이 뮈스카데의 미네랄 풍미를 더욱 자극하는 듯했다.

산들바람과 와인에 취해 우리는 서로 말도 없이 강물을 바라보고 있었다. 그때 저 멀리서 거대한 크루즈 한 대가 강에 정박하려 다가왔다. 우리 둘 다 그렇게 크고 화려한 크루즈를 실제로 보는 건 처음이었다. 네덜란드 국적의 그 배는 각 객실마다 테라스를 갖췄는데 아늑한 객실과 화려한 레스토랑이 창문을 통해 멀리서도 훤히 보였다. 영화에서나 볼 법한 크루즈를 실제로 보니 마치 커다란 달이 내 눈앞에 다가온 것처럼 실감이 나지 않았다. 승객의 대다수가 나이 지긋한 분들이라는 것을 알아챈 우리의 대화 주제는 자연스레 한국에 계신 부모님으로 흘러갔다.

시작은 내가 먼저였다. 언젠가 부모님께 크루즈 여행을 보내드리는 게 내 소망이라고 말했다. 마치 크루즈 여행 한 번으로 효도의 처음과 끝이 마무리라도 되는 것처럼. 그녀가 대답하길,

"우리 엄마는 내가 아주 어릴 적에 돌아가셨어요."

어머니 없이 자라 온 이야기, 다른 가족을 한국에 남겨두고 딸과 남편 그리고 자신의 인생을 위해 뒤돌아보지 말고 앞만 봐야 하는 현실 그리고 이젠 기억도 나지 않는 엄마를 향한 그리움까지. 그녀는 혼자서 긴 이야기를 했다. 그리고 나는 4년을 알고 지낸 그녀가 눈물을 흘리는 모습을 처음으로 보게 됐다. 타지 생활의 피곤함과 엄마가 보고 싶다는 이유로 이젠 한국에 돌아가겠다는 좀 전의 내 말을 어떻게 되돌릴 수 있을까 하는 생각 그리고 따라 울면 안 되는데 하는 부끄러운 생각들 사이에서 길을 잃은 나는, 괜히 초콜릿 케이크를 한가득 입안에 넣고 케이크와 와인과 눈물을 동시에 삼키며 우물거렸다. 그녀의 딸은 천진하게 공을 튕기며 놀더니 어느새 다른 프랑스인들과 친구가 되어 재잘거리고 있었다.

쌀쌀맞기로 유명한 프랑스인들 사이에서 생글생글한 미소와 다정다감한 말투는 그녀 나름의 생존을 위한 무기가 되어 주었을 것이다. 늘 사람이 그리워 만나는 한국인마다 자신의 많은 부분을 아낌없이 내어주던 그녀에게, 나는 귀국하기 며칠 전 처분하기에 애매한 몇 개의 살림들을 전해줬다. 내가 그녀에게 줄 수 있는 것은 끝까지 이런 식이었다. 그러나 그녀와 엄마를 닮아 사람을 좋아하던 딸은, 박수까지 치며 마치 선물이라도 받은 것처럼 좋아라 했다. 늦은 밤 집 현관에서 나를 배웅하던 두 사람의 모습이 자꾸만 재생되는 비디오의 한 장면처럼 아직도 생생하다.

얼마 전 프랑스에서 지내는 게 외롭지 않냐는 내 메시지에, 딸이 있는데 외로울 리가 있겠냐는 씩씩하고 어른스러운 대답을 내놓았다. 어리석은 질문을 맞받아치는 그녀다운 대답이다.

참, 위에서 말한 와인과 디저트의 궁합에 대해 덧붙이자면 신맛이 도는 와인을 달콤한 음식과 먹으면 그 신맛이 더욱 부각될 뿐이라는, 여러 와인과 미식 전문가들의 의견에 나도 이제는 고개를 끄덕인다. 적어도 너무 드라이하지 않은, 달콤하고 풍부한 과일향이 농축된 와인이면 좋겠다. 그러나, 그게 중요한 문제는 아니다.

따스한 햇볕이 내리쬐던 5월의 그날, 우리는 새하얀 우주선만큼이나 비현실적인 크루즈 뒤로 주황, 보랏빛이 출렁이는 노을이 다 지도록 뮈스카데 한 병을 다 마셨다. 그날따라 유난히 톡 쏘는, 상쾌하게 시큼한 뮈스카데가 알싸하지만 젊고 희망으로 가득 찬 그녀의 인생과 많이 닮아 있었다.

비 오는 날의 레드 와인

솔솔 불어오는 시원한 바람이 좋아 창문을 열어 두었다. 잠시 볼일을 보고 돌아오니 어느새 내리기 시작한 비가 열어 둔 창문 틈새로 들이친다. 달려가 후다닥 창문을 닫는다. 창문에 부딪히는 둔탁한 빗소리와 물을 많이 먹은 수채화처럼 가늠할 수 없이 뿌옇게 변하는 창밖 풍경들. 나는 손가락 길이만큼 다시 창문을 열어 두고 나뭇잎 위에 호도독 떨어지는 빗방울의 경쾌한 소리를 더 잘 들으려고 가만히 귀를 갖다 댔다.

비 오는 날을 좋아하는 편이다. 구름 한 점 없이 맑은 날이 활기찬 낮이라면, 비가 오는 날은 하루를 마무리하고 한숨 돌리는 평화로운 저녁시간 같다. 비는 들뜨고 소용돌이치는 마음을 차분하게 가라앉히고 다시 생각해 보면 너무도 부끄러운 낮 동안의 내 허물을 조용히 덮어 주기도 한다. 토독토독 떨어지는 빗소리를 들으면 마음이 안정된다.

그런데 한국에서 장마를 좋아하는 사람이 있을까? 비를 좋아한다고 해서 장마까지 기다려질 리는 없다. 견딜 수 없는 그 습기! 눈이 좋다고 해서 눈사태까지 좋아할 수는 없다. 그러나 몇 년간의 외국 생활 동안 한국과 관련된 모든 것을 그립고 소중하게 여기게 되어, 동아시아에만 있다는 지리한 장맛비도 반갑고 정겹게 느껴질 때가 있다. 물론 습도가 한계치에 다다르지만 않는다면. 그러다가도 장마라면 으레 따라오는 주택 침수나 홍수 위험 등의 단어가 떠올라 비가 좋은 나는 괜스레 고개가 숙여진다. 요즘에는 가뭄과 마른장마로 인한 피해도 만만치 않다고는 하지만 말이다.

빨주노초 무지개 색이 가득한 봄을 거쳐 기나긴 무더운 여름을 통과하기까지, 비가 자주 내리는 시기는 레드 와인이 생각나는 거의 유일한 때인 것 같다. 축축한 공기 속에서 퍼지는 붉은 과실의 향기와 부드럽게 넘어가는 타닌, 그리고 살짝 내려간 체온을 기분 좋게 데워주는 적당한 알코올이 비 오는 날이라는 한 폭의 풍경화를 따뜻하게 채우는 느낌이다. 비에 젖고 와인에 젖는다. 그러나 이런 감상도 불쾌지수가 하늘을 찌르는 폭염이 오기 전까지다. 누릴 수 있을 때 누려야 한다.

최근에 멋진 와인 셀러를 마련했다. 우리 집에서 가장 럭셔리한 물건들 중 하나다. 와인 냉장고 속에 차곡차곡 모아 둔 와인들 중 지금 이 순간 마시고 싶은 하나를 고른다. 그동안 모셔 둔 와인이 이렇게 많았나 싶다. 잘 숙성된 레드 와인이면 어느 것이든 좋다. 그중 카베르네 소비뇽과 카베르네 프랑, 메를로 등이 블렌딩된 캘리포니아 나파 밸리산 와인을 하나 꺼냈다. 이왕이면 좀 더 확실하고 본격적인, 진짜 레드를 맛보고 싶었기 때문이다.

코르크를 열어 바로 잔에 따르고 한 번 흔들었을 뿐인데 검붉게 익은 과일의 향기가 단번에 코를 자극한다. 부드러운 타닌과 농축된 과일의 진한 맛이 입안을 풍부하게 감싼다. 오크, 초콜릿 향과 은은한 숲의 향기가 창밖에서 불어오는 비의 축축한 흙냄새와 겹쳐, 바로 지금 내가 기다리던 맛을 내는 것이 참 신기하고 재밌다. 역시 인생은 맞아떨어지는 우연의 맛으로 사는 걸까.

아니, 필연에 가까운지도 모르겠다. 좀 더 습기가 많아 눅눅했다면, 옅고 경쾌한 색감과 신맛이 도는 피노 누아를 선택했을 것이다. 어두침침한 장마철에 자칫 가라앉을 수 있는 기분을 생기 있게 자극할 것이기 때문이다.

와인은 음식을 위해 존재한다지만 비 오는 날 마시는 레드 와인에는 곁들이는 음식이 필요 없다. 오로지 지금 마시는 이 와인에만 집중하고 싶다. 오늘은 와인이 주인공인 것이다. 어떤 훌륭한 음식의 냄새와도 섞이지 않은 감미로운 와인 향기가 처음부터 끝까지 지속된다. 창밖을 후드득 두드리는 빗소리와 비 내음만이 비 오는 날의 레드와인을 조화롭게 감싼다.

와인 잔을 들고 창밖을 계속 바라보고 있으니 지난날 내 삶을 가득 채웠던 소중한 사람들이 하나둘 떠오른다. 물웅덩이를 첨벙거리며 비가 오는 날은 맑은 날보다 걷는 재미가 있어서 좋다고 말한 초등학교 시절의 맑고 순수했던 친구, 주룩주룩 비 오는 날 각자 생맥주 하나씩 시켜 놓고 아무 말 없이 앉아 있어도 전혀 어색하지 않았던, 지금은 연락도 되지 않는 그 시절 나의 가장 친한 친구, 그리고 한 손엔 우산 또 한 손엔 졸졸 따라다니기 좋아하는 나를 붙잡고 간신히 버스 계단을 오르던 보고 싶은 할머니….

이 글이 닿을 때쯤에 우리가 함께 장마를 볼 수도 있겠다고 말했던 어느 시인의 말처럼, 지금 비록 떨어져 있어도 언젠가 우리가 함께 할 수도 있다는 생각이, 붉은 와인을 마시며 창밖으로 쏟아지는 비를 보던 중 불현듯 들었다.

호칭의 문제

언제부턴가 '선생님' 소리를 종종 듣는다. 처음엔 프랑스에서였다. 내가 세 들어 살고 있던 건물에 새로운 한국인 학생이 들어왔는데, 프랑스 생활에 대한 여러 가지 조언을 얻고 싶다며 내게 연락을 한 것이다. 프랑스의 행정부터 교통카드를 만드는 법 그리고 동네 지리까지, 몇 개월을 먼저 겪었다고 이런저런 소소한 정보라도 줄 수 있는 그 시간이 나는 즐거웠다. 하지만 그 만남이 지금까지도 잊히지 않는 가장 큰 이유는 그가 나를 부르던 호칭이다.

그렇다. 그는 말끝마다 나를 선생님이라고 부르고 있었

다. '그래서 선생님은 이 경우 어떻게 하셨어요? 선생님이 말씀하신 대로 해봐야겠네요.' 이런 식으로. 살면서 한 번도 선생님이라는 소리를 들어본 적이 없던 나는 처음엔 내 귀를 의심했다. 혹시 다른 제3자를 말하고 있나 하고 주변을 둘러보았지만 그가 말하는 선생님은 나밖에 없었다. 나보다 서너 살쯤 많을까. 한국에서 하던 많은 일에 지쳐 쉴 겸, 프랑스어도 좀 배울 겸, 와인도 배울 겸 프랑스에 왔다는 그가 그 당시 내 눈에는 꽤 멋있어 보였다. 그런 그가, 어린 나를 꼬박꼬박 선생님이라고 부르니, 처음 듣는 호칭이 어색하면서도 존중받는 느낌이 들어 묘하게 기분이 좋았다. 지금은 물론 낯선 상대방을 향한 그 선생님 호칭이, 오랜 사회 경험에서 오는 습관이란 걸 알지만 말이다.

그로부터 몇 년이 지나 일을 시작한 지금, 이따금씩 선생님 소리를 들어도 정말 나를 부르는 게 맞나 하고 주위를 둘러보지는 않는다. 그래도 여전히 어색하긴 하다. 선생님 소리를 들을 정도의 인품까지는 아니더라도 내 분야에서 어느 정도의 신뢰할 만한 전문성은 가지고 있는지 스스로를 돌아보게 되고 굽어 있던 등도 어쩐지 반듯하게 펴야 될 것 같고. 한마디로 기합이 들어간다.

며칠 전 나를 선생님이라고 부르는 사람과의 약속이 있던 날이었다. 그가 업무로 만나는 상대방은 누구든 선생님이었겠지만 나는 그 선생님 호칭에 그날도 역시 살짝 고무된 채 집으로 돌아왔다. 트렌치코트와 평소에 잘 신지 않는 하이힐을 벗고 집에 들어선 순간, 집에 오는 길에 들렀어야 할 마트를 그냥 지나친 게 생각났다. 이모가 겨우 한 번 입고 내게 준 따뜻하고 편한 패딩 점퍼로 갈아입고 다시 집을 나서면서도 나는 그 선생님이라는 존칭이 주는 일종의 책임감이라든지 상대방에 대한 존중 같은 것에 대해 곰곰이 생각했다. 한국에 돌아온 지 어느새 1년이 다 되어 가는데 친구들은 이미 한 번쯤 아니 이미 여러 번 들어봤다는 아줌마 소리 한 번 안 들어 보다니 나는 운이 좋은 걸까.

그런데 마트 앞에 웬 사람들이 웅성웅성 모여 있는 게 아닌가. 특별가에 행사하는 품목이라도 있는 걸까 하고 가까이 다가가는 순간, 아르바이트생으로 보이는 젊은 직원 한 분이 내 팔을 붙잡고 늘어졌다.

"어머니! 어머니도 한 번 보고 가셔요."

그 행사 매대에서 무엇을 팔고 있었는지 나는 지금도 기억이 나지 않는다. 어머니 소리 한마디에 내 눈엔 주변이 온통 검은 보랏빛으로 변해 버려 아무것도 볼 수 없었기 때문이다. 생각했던 물건을 기계적으로 사 들고 마트를 나오면서 나는 생각했다. 어디서부터 잘못(?)된 걸까? 대충 위로 쳐

올려 머리를 고정한 집게 핀이 문제일까 아니면 이모가 주신 지나치게 편한 점퍼가 문제일까. 마스크로 얼굴의 반을 가렸으니 얼굴은 아닐 것이다(그렇게 믿고 싶다). 아무래도 문제는 이모의 점퍼 같다. 그렇지 않고서야 어떻게 아줌마를 건너뛰고 벌써 어머니로 불리는가 말이다.

생각해 보면 돈 없는 학생이면 누구나 받을 수 있는 주택 보조금 다음으로 프랑스에서 가장 좋았던 것이 프랑스어 호칭이다. 내가 알기로 프랑스에서 상대방을 부르는 말은 마담Madame과 무슈Monsieur, 그리고 마드모와젤Mademoiselle 이 세 개가 전부다. 그 외에는 모두 이름을 부른다. 물론 개인이 일하는 조직에 따라 디렉터나 매니저와 같은 세부적인 직함은 있지만 호칭으로 쓰는 것은 듣지 못했다. 병원에서 환자나 간호사가 의사를 부를 때도 닥터라는 호칭은 잘 안 쓰고 그저 마담 누구누구, 무슈 누구누구면 족하다.

프랑스에 도착한 지 얼마 안 되었을 즈음, 한번은 보르도 시내에서 노숙인 한 분이 지나가던 젊은 여자를 가로막고 돈을 구걸하는 모습을 본 적이 있다. 한 손엔 술병을 들고 있던 그 노숙인은 멀리서 보아도 꽤 기분 나쁜 냄새를 풍길 것만 같았다. 그런데 당시 내가 놀랐던 점은 그를 대하는 그 여자의 반응이었다. 그녀는 이렇게 말했다.

"미안하지만 난 잔돈이 없어요, 무슈."

당시 그 대답에 내가 놀랐었다는 사실이 지금은 놀랍다. '난 잔돈이 없어요, 거지 양반.' 이렇게 말했다면 놀라지 않았을까? 무슈는 고귀한 사람에게만 붙이는 호칭인 줄만 알았던, 내 서툰 프랑스어 실력을 탓하기에는 나도 모르게 자리 잡은 편견이 너무 컸던 것 같아 아직도 그때를 떠올리면 부끄럽다.

그때 이후로 나는 프랑스인들이 나를 부르는 호칭이 아주 마음에 들었다. 나를 마담이라고 부르면 굉장한 대접을 받는 느낌이라 좋고, 마드므와젤이라고 부를 때에는 오늘은 좀 어려 보였나? 싶어서 기분이 좋았다. 자연히 내가 한국에서 가장 싫어하는 것이 바로 이 호칭 문제다. 자신보다 지위가 조금 높아 보이면 사장님, 교수님, 사모님 소리가 절로 나오고, 행색이 영 아니다 싶으면 아저씨, 아줌마, 영감까지 별의별 호칭이 다 나온다. 아버님, 어머님이나 언니 등 가족의 호칭을 낯선 상대방에게 쓰는 것도 신기한 일이다. 음식부터 문화까지 모든 것이 한국 취향인 나지만 이 호칭만큼은 프랑스의 저 단순하고 평등한 세 가지 호칭을 수입해서라도 쓰면 안 되는 것인가 진지하게 국민청원이라도 하고 싶을 정도다.

하지만 프랑스에서도 타이틀이 중요한 분야는 존재한다. 바로 '원산지 인증제도'가 적용되는 치즈나 버터, 소시지 그리고 와인 등의 식품이 그것이다. 원산지(호칭보호)인증제 Appellation d'Origine Protégée(줄여서 AOP)란, 품질을 인정받은 지역 상품의 이름을 보호하기 위해 지역을 표시하여 특별히 보호하는 제도인데 와인의 경우 그 의미가 매우 커서 하나의 특권으로 존재하기도 한다. 프랑스의 와인업자들이 다른 신대륙의 와인과 차별화되는 요소로 언급하는 것이 그들의 전통과 테루아terroir(고유한 토양과 기후조건 등 자연환경을 아울러 이르는 말)인 만큼, 그들이 재배하는 포도의 특정 지역과 생산 방법의 노하우를 소중히 여겨 보호하는 것은 당연한 일이다.

그리고 가격이나 마케팅에서 우위를 가져다주는 이 원산지호칭이 상대적으로 덜 유명한 지역 호칭을 가진 와이너리에게는 너무나 가혹한 가격 장벽이 되는 것도 당연한 일이 되었다. 같은 포도 품종을 사용하며, 같은 양조 전문가의 조언을 얻고, 같은 감정단에 의한 시음회에서 좋은 점수를 얻어도 보르도 변두리 지역의 와인은 보르도의 다른 명성 있는 와인에 비해 턱없이 낮은 가격이 매겨진다. 그래서 이 가격 천장을 이기지 못한 일부 포도재배업자들은 보다 안정적인 수입을 찾아 포도재배를 그만두기도 한다. 마치 독학으로 얻은 지식과 수많은 경험이 박사 학위 있는 자의 영향력을 따라갈 수 없는 것과 같다.

한편 호칭과 타이틀이 주는 의미에는 영광도 있지만 그만큼 무거운 제약도 따른다. 선생님이라는 호칭 하나로 어깨를 펴고 잠시 기합이 들어가는 정도는 아무것도 아니다. 특히 프랑스의 원산지인증제도는 매우 엄격한데, 그 지역에서 재배하는 포도 품종은 물론이고, 포도가 익은 정도, 알코올 함량과 수확량, 심지어 포도밭의 밀집도까지 세세하게 규정하여 해당 와이너리는 그에 따라야 한다.

최근 《르몽드Le Monde》의 한 기사는 원산지호칭제도AOP의 각종 규제에서 벗어나 자신만의 단순하고 개성 있는 와인을 추구하며 새로운 세대를 표방하는 포도재배업자들을 다룬 적이 있다. 그들 대부분은 경제적 현실로 인해 비교적 땅값이 저렴한 앙주Anjou 혹은 프랑스 남부의 루시옹Roussillon 지방에 정착한 이들이지만, 속한 지역의 AOP에 편입되기를 과감히 거부하고 실험적이며 혁신적인 와인을 만들기 위한 노력을 서슴지 않는다. 기존의 법이 규정하지 않는 포도 품종을 심고, 방부제 역할을 하는 아황산염을 사용하지 않거나 최소화하며 토양에 적합하지 않은 재배 농법을 배제함은 물론이다. 그래서 그들의 와인은 복잡하지 않으며 내추럴 와인인 경우가 많다. 물론 특별한 지역 표시 없이, 말 그대로 그저 프랑스 와인임을 나타내는 등급인 '뱅 드 프랑스Vin de France'라는 이름 아래에서의 생산이다.

그럴싸한 타이틀을 얻기 위해 평생을 바친다는 점에서 사람이나 와인이나 사정은 비슷한 것 같다. 그래서 노력 끝에 누구에게나 부러움을 사는 멋진 수식어를 갖는 날이 온다면 정말 성공한 인생이겠구나 할 수도 있다. 그러다 때로는 그 안락한 타이틀에 안주하여 한 발짝도 내딛지 못하는 상태가 되기도 하고, 나아가 내가 가진 것이 정말 정당한 것인지 혹은 운이 좋았을 뿐이지 헷갈리는 경우도 찾아온다. 물론 이런 고민도 일부의 특권이겠지만 말이다. 어떻게 불리든 그 호칭이 곧 나 자신이 아닌 것만은 확실하다. 그저 내 이름 석 자를 가지고 나를 지키고 표현할 수 있다면 그걸로 충분할 것이다.

2

뭐랑 마시지?

와인을 마시려면 일단 선택해야 한다

♦

쇼핑은 참 어려운 일이다. 물건이 너무 많기 때문이다. 특히 옷의 경우가 그렇다. 음식이야 맛이 좋다는 것을 고르면 그만이지만 옷은 그저 나를 돋보이기 위해 하나쯤 더 사는 것일 뿐이라 더 어렵다. 어쩌다 확신이 들어 상의를 하나 골랐다 할지라도 다음에는 그에 어울리는 하의를 찾아야 하는 수많은 경우의 수가 포함된 미션이다. 이럴 때는 나도 유명인처럼 옷을 고르고 입혀주는 스타일리스트가 있으면 좋겠다는 생각이 든다. 그럴 리 없으므로 웬만해서는 옷을 사지 않고 몇 안 되는 비슷한 옷을 계속 입고 다닌다.

♦

와인은 옷보다 더하다. 많아도 너무 많다. 옷은 디자인과 질감의 차이가 눈에 띄지만, 와인은 마셔보지 않는 이상 병만 보고는 맛을 알 수가 없다. 전 세계의 와인메이커들은 저마다 자신의 와인은 다르다고 말한다. 당연하다. 품종과 만드는 방법이 비슷하다 하더라도 생산지가 다르면 맛도 달라지기 때문이다. 요즘은 우리나라의 마트나 백화점, 와인 가게에 가도 수많은 와인들로 가득 찬 선반을 볼 수 있다. 그 혼란스러움에 차라리 편의점 한구석에 마련된 '오늘의 와인 픽pick' 코너가 훨씬 친절해 보일 수 있다. 어쩌겠는가. 마시려면 혹은 선물하려면 일단 와인을 골라야 한다. 이때, 한 번쯤 시도해 보거나 생각해볼 만한 몇 가지 사항들을 알아 둔다면 와인 코너 앞에서의 당혹스러움이 조금 덜 할지도 모른다.

물어보기

와인 가게에 들어갔을 때 상냥한 얼굴의 직원이 '뭐, 찾으시는 것 있으세요?'라고 말하며 우리를 졸졸 따라다니는 데는 이유가 있다. 시간을 갖고 와인 병과 라벨을 천천히 둘러보고 싶은 경우가 아니라면 그들에게 도움을 청하는 경우가 와인을 고르는 가장 빠른 방법일 수 있다. 전문 소믈리에, 와인 가게 직원이라면 자신이 서빙하고 판매하는 와인에 대한 기본적인 혹은 전문적인 지식을 가지고 고객을 맞이할 준비가 된 경우가 대부분이기 때문이다.

모르는 것을 부끄러워할 필요는 없다. 궂은 땀을 흘려가며 이룩한 당신만의 분야를 내가 조금도 알지 못하는 것과 마찬가지다. 예를 들어 '나는 아주 가벼운 와인이 좋아요. 드라이한 카베르네 소비뇽 같은 거요. 좋은 거 뭐 있어요?'라고 언뜻 모순되어 보이는 질문을 할 수 있다. 친절하고 유능한 소믈리에라면 메를로가 블렌딩되어 부드러운 맛이 전해지는 카베르네 소비뇽을 소개하거나 좀 더 열정적인 소믈리에라면 가벼운 느낌의 품종과 와인에 대해 선 채로 열렬히 설명한 후 조심스럽게 다른 품종의 와인을 추천할 수도 있다. 만약 와인에 대한 고객의 무지를 비웃거나 그를 이용해 무조건 비싼 와인을 들이민다면? 그곳을 빠져나오면 그만이다.

가격과 음식

원하는 가격대를 미리 말하는 것은 합리적인 소비를 위해 당연한 일이다. 비싼 와인이 가장 좋은 와인이 아니라는 것은 누구나 알 것이다. 단순히 저렴한 와인이라고 말하는 것보다 3만 원대, 5만 원대처럼 가격의 범위를 정하는 것이 훨씬 빠르다. 또한 봄날의 피크닉에 먹을 치킨과 샐러드에 육중한 무게감의 네비올로Nebbiolo 품종의 와인을 가져가지 않으려면, 함께 먹을 음식에 대한 고려 또한 잊지 말아야 한다.

취향 알기

결국은 취향의 문제다. 파릇한 샐러드가 걸쭉한 타닌에 휩싸이는 느낌을 정말 사랑한다면 그것도 나의 취향인 것이다. 그렇다면 내가 선호하는 스타일을 구체적으로 말할 줄 알아야 한다. 물론 '어씨earthy한 향이 돋보이며 미네랄리티와 스파이시함을 잃지 않는, 꼬달리Caudalie(와인의 향이 입에 머무는 후각적, 미각적 지속 시간으로, 1 꼬달리는 1초를 가리킨다)가 7 정도는 되는 와인을 찾고 있어요.'처럼 '그들만의 언어'를 사용하라는 말이 아니다. 모호할 뿐더러 불필요하다. 사실 어떤 스타일의 옷을 좋아하는지 모르는 나처럼, 내가 어떤 맛을 좋아하는지 모를 때가 더 많다. 반면 싫어하는 것은 대체로 분명하다. 예를 들어, 와인은 기본적으로 '신맛이 나는 음료'라고 생각하는 나는, 산도가 현저히 떨어지는 품종은 별로 좋아하지 않는다. 이런 경우에는 '신맛이 두드러지면서 오크(나무)향이 지나치지 않고, 오래된 맛이 느껴지지 않는 신선한 느낌을 원해요.'라고 말할 수 있다. 직관적으로 표현할수록 원하는 와인을 쉽게 찾을 수 있다.

사진 찍기

언젠가 마셨던 와인을 다시 한 번 마시고 싶거나 비슷한 와인을 찾고 싶을 때가 있다. 이때에는 휴대폰을 들고 사진을 찍는 것만큼 빠른 것이 없다. 찍어 둔 사진을 보여주기만 하면 되기 때문이다. 연예인의 사진을 들고 '이 헤어스타일대로 해주세요.'라고 말했을 때 '이건 연예인의 얼굴입니다.' 같은 서운한 소리를 들을 일도 없다. 내 입은 어떤 와인도 즐길 권리가 있다. 요즘에는 비비노Vivino처럼 와인 레이블을 스캔하기만 하면 와인에 대한 모두 정보가 나오며, 나의 와인 목록도 만들 수 있는 어플이 있어서 더욱 편리해졌다.

와인으로 의미 부여하기

인간은 사회적 동물이며 문화 속에서 살아가기 때문에 인간이 만든 모든 것에는 역사적, 문화적 요소가 배어 있다. 특히 와인은 인생의 여러 이벤트와 상황에 따라 다양한 의미를 부여할 수 있도록 고유의 이야기를 담고 있는 경우가 많아 선물용으로도 적당하다.

영국은 자녀가 태어난 해에 생산된 포트와인을 사서 그들이 성년이 되었을 때 선물로 주는 전통이 아직도 남아 있다고 한다. 이처럼 결혼기념일 등 각종 기념일과 같은 해의 빈티지를 가지고 있는 와인을 준비하여, 상대방과의 추억을 담은 작은 편지를 함께 건넨다면 그 정성과 수고로움에 감동하지 않을 사람이 없을 것이다. 물론 원하는 빈티지의 와인을 구하는 것은 비용을 요하기 때문에 힘든 일이다. 그러나 와인에 끼워 넣은, 소중한 사연의 편지는 평범한 와인도 특별하게 만드는 강력한 무기가 되어줄 것이다.

취향을 논외로 한다면, 축하 자리에는 샴페인만 한 것이 없다. 보글보글 올라오는 샴페인 잔 속 기포가 차오르는 기쁨 같아 즐거운 분위기를 더욱 고조시킨다. 꼭 샴페인일 필요는 없다. 병 내 2차 발효라는, 샴페인과 같은 제조방식을 가지고 있는 프랑스의 크레망 혹은 스페인의 카바가 샴페인의 좋은 대안이 될 것이다.

새로운 와인 즐기기

인간이 죽기 전에 가장 후회하는 것은 조금 더 열심히 살아 더 많은 부를 쌓지 못한 것도 아니고, 그저 해보지 않은 일들에 대한 것이라고 한다. 마셔보지 않은 와인들에 대한 예치고 너무 심각한 이야기가 아니냐 물을지도 모르지만, 후회는 거창한 것이 아닌, 부모님과 친구들을 더 자주 만나지 않은 일처럼 사소한 것들이다. 인간군상을 사실적으로 그려낸 작가 안톤 체호프는 죽음을 앞두고 한동안 마시지 못했던 샴페인을 찾았다고 한다. 사람이란 이렇게 뜬금없고 단순하며 본능적인 구석이 있다.

나는 얼마 전 카베르네 소비뇽과 카베르네 프랑 그리고 메를로가 블렌딩된 보르도 스타일의 불가리아 레드 와인을 맛본 적이 있다. 벽돌색에 가까운 투명한 루비색의 이 와인은 10년이 지난 빈티지임에도 검붉은 과일의 신선한 맛이 끝까지 이어져 맛에도 투명함이 있다는 것을 새삼 느꼈다. 그리고 불가리아의 토착 품종, 나아가 불가리아라는 나라 자체에도 관심이 생겼다. 이처럼 와인은 누구에게나 무조건적으로 평등하게 즐길 기회를 제공한다. 옷처럼, 이 옷이 내 부족한 몸매를 커버해 주는지 혹은 새로운 스타일이 나에게 너무 튀지는 않는지 등으로 고민하지 않아도 된다. 그러니 일단 마셔보는 것이다.

뭐랑 마시지?

한 달 전 아는 분께 와인 한 병을 추천한 적이 있다. 와인을 마셔 본 경험이 거의 없다는 그분에게 이탈리아 풀리아Puglia 지방의 프리미티보Pimitivo(미국에서는 진판델이라는 이름으로 생산된다) 품종의 와인을 소개했었다. 떫은맛이 거의 안 느껴지고 과일의 달콤하고 화려한 향과 입안에서 느껴지는 실크 같은 감촉이 와인을 처음 접해 보는 사람도 무난하게 마실 수 있다고 생각했기 때문이다. 2만 원 대의 그리 비싸다고는 할 수 없는 와인을 손에 든 그분은 좋은 날, 날을 잡아서 마실 거라며 활짝 웃었다. 그리고 한 달이 흘러 다시 만났을 때 나는 그 와인이 어땠는지, 잘 드셨는지 물었고, 그는 멋쩍게 웃으며 이렇게 대답했다.

"아, 이번엔 꼭 마시려고요. 마실 새가 있었어야 말이지, 하하!"

그 대답에 나는 이런 생각이 들었다. 아직 많은 사람들에게 와인은 특별한 날에 마시거나 최소한 스테이크 한 접시, 혹은 이국적인 치즈라도 한 조각 있어야 즐길 수 있는 술이라는 인식이 있는 것 아닐까 하는 생각. 물론 여느 한국인처럼 새벽부터 눈코 뜰 새 없이 바삐 사는 사람에게는 위험할 정도로 늘씬한 와인 잔을 꺼내는 일부터가 번거롭고 수고스러운 일일지도 모른다. 와인에 대한 인식의 차이도, 여유가 없는 것도 그의 잘못은 아니다.

와인이 특별한 날이 아니라 어느 때나 - 심지어 점심에도(물론 적당히!) - 마실 수 있는 일상의 음료라고 치자. 그럼 와인은 정말 뭐랑 마시면 좋을까? 사실 이 와인과 음식의 페어링에 대한 논의는 대학의 전공 책만큼이나 두꺼운 책 한 권으로도 부족하지 않을까 싶다. 요즘처럼 마음만 먹으면 전 세계의 음식을 다 만들고 사 먹을 수 있는 시대에, 각 나라의 모든 음식을 고려한다면 그 이야기는 더 방대해질 수밖에 없다. 그리고 이러한 논의의 결론은 늘 매한가지다. 음식과 와인의 조합은 결국 개인의 취향이라는 것이다. 그렇게 보면 또 음식과 와인을 다룬 백과사전 같은 책이 부질없게 느껴진다.

그런데 문제는 나의 취향을 아직 모른다는 것이다. 수많은 음식과 와인 속에서 그만큼 수많은 경우의 수들을 다 경험해 볼 수는 없는 노릇 아닌가. 물론 매 끼니마다 콜라를 함께 마셔야 직성이 풀리는 것처럼 특이한 식습관을 가진 사람도 있지만 다행히도 맛의 조화와 균형에 있어서 우리의 입맛은 비슷한 것 같다. 내 입에 맞으면 남의 입에도 맞을 확률이 높다. 그렇기에 이미 전문가들이 많은 경험과 연구를 통해 확립한 음식과 와인의 조합에 대한 최소한의 법칙을 알아 둔다면, 올 겨울 기름지고 살이 단단한 동해산 대방어회에 버섯과 가죽 등 복합적인 향이 가득한 풀 바디 레드 와인을 곁들이는 참사는 막을 수 있을 것이다.

공통의 법칙

이는 음식과 와인 페어링의 기본이 되는 법칙이라고도 할 수 있는데, 음식과 와인이 지닌 공통된 맛과 향이 서로 조화와 균형을 이루어 맛이 극대화되고 나아가 새로운 맛과 향을 창조한다는 법칙이다. 한마디로 서로 비슷한 풍미의 와인과 음식을 매칭하는 것이다. 예를 들어 매운 후추 같은 향신료 향이 나는 시라Syrah 품종의 와인을 역시 매콤한 한국의 음식들과 함께 마시는 것이다.

이러한 법칙은 서로가 지닌 공통의 느낌과 맛의 강도를 고려하는 것이 핵심이다. 즉 가볍고 단순한 음식에는 가벼운 타입의 와인을, 섬세한 맛이 나는 음식은 섬세한 풍미가 있는 와인, 그리고 진하고 농후한 맛의 음식은 역시 무거운 타입의 와인을 매칭하여 어느 한 쪽의 맛과 향이 다른 한쪽을 압도하지 않도록 하는 것이다. 예를 들자면, 신선한 샐러드나 레몬을 곁들인 생굴을 소비뇽 블랑이나, 리슬링, 상큼한 샤르도네 등 가벼운 타입의 화이트 와인과 마시면 입안에서 샐러드나 생굴의 신선함이 그대로 살아난다.

공통의 법칙은 맛의 강도뿐 아니라 함께하는 음식의 색에도 적용된다. 요리의 색이 옅으면 화이트 와인을, 진한 색에 가까우면 레드 와인을 마시는 식이다. 이는 입안에서 느껴지는 질감에서도 조화롭고 비슷한 색이기 때문에 테이블에 함께 내놓을 때 보기에도 좋다. 예를 들어 파스타를 먹는다고 가정해 보자. 카르보나라 파스타는 흰색에 가깝기 때문에 화이트 와인을 함께하는데, 치즈의 크리미한 소스와 만나도 지지 않는 살짝 무거운 타입의 샤르도네 정도가 적당할 것이다. 만약 토마토 파스타를 먹는다면 토마토의 새콤한 맛을 살려주는 레드 와인을 함께 마시면 좋다. 이때 파스타의 나라인 이탈리아의 포도 품종, 즉 산도가 높은 산지오베제Sangiovese

와인을 곁들이면 아주 잘 어울릴 것이다.

이 법칙은 달콤한 음식을 먹을 때도 마찬가지로 적용된다. 즉 달달한 와인과 함께 마시는 것이다. 나는 처음에는 이 조합을 이해하지 못했다. 가뜩이나 단 음식에 왜 또 단 와인을 곁들이는지 말이다. 그러나 실제로 단맛이라고는 전혀 없는 드라이한 와인을 달콤한 디저트와 함께 마시면 와인의 시고 씁쓸한 맛이 더 강하게 느껴진다. 하지만 초콜릿 케이크에 달콤한 과일향이 가득한 진판델 등의 드라이한 레드 와인을 마시는 것을 더 좋아하는 나는 아직도 이 법칙을 잘 이해하지 못하는 것 같기도 하다.

대비되는 조합

이 조합은 사실 우리나라 사람이라면 누구나 경험으로 알고 있는 것이다. 우리가 사랑하는 치킨을 맥주와 함께 마시는 원리와 같기 때문이다. 다양하게 양념한 치킨의 풍미를 즐기고 맥주를 한 모금 마시면 살짝 기름진 입안이 개운하게 헹궈지는 느낌이다. 만약 와인을 마신다면 산도가 높은 소비뇽 블랑이나 샤르도네 등의 산뜻한 화이트 와인이 잘 어울린다. 한편 매운맛이 익숙하지 않은 서양인들은 매운 음식을 먹으면 달콤한 와인을 찾는다. 입에 난 불을 꺼야 하기 때문이다. 이 역시 맛의 균형을 대비되는 조합을 통해 찾는 원리이다.

서로 같은 지역의 음식과 와인

보르도 사람들은 레드 와인을 넣어 졸여 만든 보르도식 장어 요리를 보르도 생떼밀리옹 지역의 부드럽고 향긋한 레드 와인과 함께 마신다. 그리고 돼지고기 요리가 유명한 알자스 지방의 음식에는 역시 그 지방의 산도 높은 리슬링 와인을 매칭하는 것이 제일이다.

이렇듯 같은 지방의 음식과 와인을 함께 먹고 마시는 것은 꽤 편리하고도 자연스러운 선택이다. 와인은 그 지방의 음식의 맛을 보완하는 성격을 가지고 있고 이는 오랜 역사와 문화를 통한 탁월한 조합이 되기 때문이다. 만약 치즈나 토마토가 풍부한 이탈리아 음식을 먹는다면 타닌이 적당하며 식재료의 맛을 살려주는 산도 높은 이탈리아 레드 와인을 함께 마시면 좋다.

붉은 고기에는 레드 와인, 생선에는 화이트 와인?

나는 위 공식에 대해 일단 '그렇다'라고 말하고 싶다. 붉은 고기의 풍부한 단백질은 강한 타닌을 부드럽게 해 주며 감칠맛이 강한 고기의 육즙은 레드 와인의 진한 과일 맛과 환상적인 궁합을 보여주기 때문이다. 와인의 타닌이 생선 기름과는 어울리지 않는다는 어려운 분석은 차치하고라도, 와인과 음식의 맛의 강도를 고려해 어느 한 쪽이 다른 쪽을 무력화시키지 않는다는 균형의 법칙을 생각하면 이 공식이 고리타분한 것만은 아니라고 생각한다.

다만 와인 페어링에 있어서 와인이 입안에서 느껴지는 질감과 무게감이 와인의 색과 향보다 중요하다는 것을 감안하면 위 공식이 절대적이지 않다는 것을 알 수 있다. 예를 들어 신선한 생선이나 해산물 요리에 지나치게 무거운 타입의 화이트 와인을 함께 하는 것보다는 보졸레 와인처럼 산도 높은 레드 와인을 시원하게 해서 마시는 것이 더 잘 어울리는 경우가 있다.

만능 와인, 로제와 스파클링

로제 와인은 색이 보여주듯이 화이트 와인과 레드 와인의 경계에 있다. 즉 다양한 농도의 색이 주는 맛의 풍부함과 화이트 와인과 같은 은은한 향의 깔끔한 맛을 동시에 느낄 수 있기 때문에 어떤 음식과도 잘 어울린다는 장점이 있다. 알록달록 다양한 색과 스파이시한 맛이 강한 우리 음식과 함께 마시면 요리가 더욱 맛있게 느껴질 것이다.

입안에서 톡톡 터지는 특유의 기포가 매력적인 스파클링 와인은 드라이한 경우, 대부분의 음식과 잘 어울려 식사 내내 마시기에 좋다. 산뜻한 산도가 식욕을 돋우고 다양한 음식을 먹은 후의 입안을 개운하게 마무리해 준다.

이제 대강의 법칙을 알았으니 이것을 참고로 이것저것 시도하는 일만 남았다. 그러다 보면 '오 과연!' 혹은 '에이, 이건 영 아닌데?' 싶은 음식과 와인의 조합을 발견하는 능력, 즉 일종의 직감이 생긴다. 그러면서 또 조화와 균형이라는 미식의 법칙으로는 어떻게 설명하기 힘든 나만의 취향을 발견하게 될지도 모른다. 보드카를 원샷한 후 생마늘을 씹는다는 러시아의 상남자들이나 매운탕에 소주를 즐겨 마시는 우리처럼 말이다.

달달한 레드 와인으로는 뭐가 있어요?

당연하게도 와인을 추천해 달라는 소리를 종종 듣는다. 그럴 때마다 나는 무거운 책임감을 느낀다. 와인을 배웠다고 하는 내게 많은 기대를 하고 조언을 구할 텐데 그 기대에 부응해서 상대방이 원하는 와인을 찾아낼 수 있을지 어떨지 몰라 걱정이 되어서다. 와인은 고작 마시는 음료일 뿐 너무 심각하게 생각할 것 없다고 말하고 다니면서, 그런 질문을 받을 때마다 인생의 커다란 해답이라도 내놓아야 하는 것처럼 고민에 고민을 거듭하곤 한다.

와인은 그 종류가 너무도 방대해서 조심스럽게 접근해야

한다. 그러므로 대답을 내놓기 전에 상대방에게 최소한의 몇 가지 질문을 던지지 않을 수가 없다. 유럽의 식문화와 사고 방식을 토대로 만든 책과 유럽인의 가르침을 보고 배운 나는 당연하게도 다음과 같은 질문을 늘어놓게 된다. 어떤 음식과 함께 드시려고요? 화이트와 레드 중 어떤 것이 좋으세요? 산도가 어느 정도 있는 상큼한 타입? 타닌이 풍부하면서도 농익은 과일 향이 돋보여서 밸런스를 이루는 풀 바디 레드 와인? 특별히 선호하는 포도 품종이나 지역의 와인이 있나요? 등등.

나의 장황한 질문에 어떤 사람들은 벌써부터 질린 표정을 짓는다. 이럴 때는 나도 과감한 성격이었으면 좋겠다. '뭐니 뭐니 해도 이게 최고죠, 제임스 서클링(미국의 유명한 와인 평론가)이 97점을 준 와인이랍니다.' 아니면 '내 말 믿고 이걸 한번 마셔봐, 집에 쟁여 두고 싶을 걸?'이렇게 말할 수 있으면 얼마나 좋을까.

근데 또 어려운 것이 내 질문에 대한 그들의 답이다. 특히 레드 와인의 경우가 그렇다. '와인에 대해서는 별로 아는 게 없어요.'라고 말하는 이들 중 많은 사람은 대체로 둘 중 하나의 답을 한다. '달지 않은 레드 와인이 좋아요.' 혹은 '저는 입맛이 초딩이라서요, 좀 달달한 레드 와인은 뭐가 있어요?'라고 말이다.

나는 이런 말을 처음 들었을 때에 조금 당혹스러웠다. 와인을 공부하고 마시면서 한번도 생각해 보지 못한 레드 와인의 기호에 대한 구분이었기 때문이다. 나는 어째서 드라이한 레드 와인만 생각한 걸까? 음료의 취향을 물으면서 단맛이라는 원초적인 맛을 잊은 채 바디와 타닌, 포도 품종 등의 용어만 늘어 놓았으니 어떻게 보면 참 편협한 기준이다. 한국의 매운 음식을 처음 먹어보는 외국인에게 무턱대고, 매운탕 먹을래요, 김치찌개 먹을래요? 하고 묻는 것과 비슷하다고 하면 적절한 비유일까.

달달한 레드 와인을 찾는 경향은 우리나라의 와인 소비문화와 직접적인 관계가 있을 것 같다. 사람들 대부분이 어떤 음식과 함께 마실 거냐는 질문에 관심이 없는 것을 보면 알 수 있다. 서양에서 와인은 식욕을 돋우고 음식을 보완하는 것으로서 음식의 일부인 반면에 우리나라에서는 와인이 식탁에 매일 오르내리는 음료가 아니기 때문이다. 대개는 식사와 별도로 식후에 간단한 안주와 함께 마시는 경우가 많지 않은가. 코로나 시기를 거치며 한국에서도 와인 소비량이 늘어, 요즘엔 상황이 많이 달라지긴 했지만 말이다. 달달한 레드 와인은 서양의 기준으로 보면 디저트 와인이다. 단맛을 매우 사랑하는 서양인들은 식사가 끝나면 초콜릿이든, 케이크든, 달콤한 와인이든 무조건 단 걸 먹어줘야 하는 사람들이다. 커피로 마무리하는 경우도 많지만, 이 단맛이야말로 식사의 끝을 알리는 역할을 한다. 그러니 초딩 입맛이라며 너무 수줍어할 필요는 없다. 지치고 고단한 하루의 끝에서 단맛이라고는 눈곱만큼도 찾을 수 없는, 익숙하지 않아 씁쓸하게까지 느껴지는 레드 와인을 굳이 마시려고 한다면 삶이 더욱 씁쓸해질지도 모른다.

그런데 와인의 단맛은 어디에서 오는 걸까? 달콤한 와인이라고 해서 와인에 설탕을 들이붓지는 않는다는 건 모두 알 것이다. 와인의 당도는 효모가 당분을 알코올로 전환하는 발효 과정에서 좌우된다. 단맛을 잔당Residual sugar이라고 하는데, 잔당은 발효가 끝난 와인 안에 발효되지 않고 남아 있는 포도의 당분을 말한다. 대개 리터당 4~9g의 잔당을 가지고 있는 와인은 드라이하다고 하며 스위트 와인은 보통 35g 이상의 잔당을 함유하고 있고, 그 중간 정도의 잔당을 가진 와인은 오프드라이off dry로 분류된다.

과거에는 와인의 발효 과정에서 효모가 충분히 활동하지 못해 자연적으로 당도가 높은 와인이 만들어지곤 했지만 현대에는 생산자가 의도적으로 스위트 와인을 생산한다. 즉 모든 당분이 알코올로 변화되기 전에 발효를 일찍 중단시켜 잔당은 많고 알코올 도수는 낮은 와인을 만드는 것이다. 반면에 약 16~23%의 만만치 않은 알코올 도수를 가지고 있는 레드 와인도 볼 수 있다. 이는 발효가 진행되는 중간에 발효균이 활동하지 못하도록 와인에 특별한 향이 없는 증류주(브랜디)를 넣는 주정강화 와인으로서 포트Port가 대표적이다. 이렇듯 스위트 레드 와인의 경우 알코올 도수가 꽤 극단적이다.

사실 달콤한 레드 와인은 주정강화 와인을 제외하고는 찾기 힘든 것이 현실이다. 대부분의 레드 와인은 드라이하기 때문이다. 간혹 딸기나 진한 체리처럼 농익은 과일의 달콤한 향기에 이끌려 마셨는데 달기는커녕 떫고 씁쓸하게 느껴지는 와인이 있다. 프루티Fruity함은 향기와 냄새의 차원이고 달콤함Sweetness은 혀로 느끼는 미각 즉 맛의 차원으로서 그 두 감각은 별개이기 때문이다. 그 향에 속지 말지어다!

그럼에도 불구하고 달달한 레드 와인은 존재한다. 섬세하게 올라오는 기포가 매력적인 스파클링 와인부터 거품이 없고 가벼운 스틸 와인still wine, 묵직한 감칠맛이 돋보이는 알코올 강화 와인 몇 개를 소개한다.

브라케토 다퀴Brachetto d'Acqui

나는 아직도 이 발음만 들으면 뱀파이어가 살 것만 같은 도시 이름이 연상된다. 브라케토는 포도 품종이자 와인 이름이다. 이탈리아 북서부 피에몬테Piemonte 지역 최고의 스위트 와인으로서 딸기, 체리, 장미 등 화사하고 강렬한 향으로 유명하다. 달콤한 맛이 두드러지도록 부드러운 거품이 매력적인 스파클링 스타일로 만드는 경우가 대부분이다. 그래서 종종 달콤한 모스카토Moscato 스파클링의 레드 와인 버전이라고 부르기도 한다. 초콜릿을 베이스로 한 디저트나 신선한 과일과 함께 마시면 더욱 좋다.

람브루스코Lambrusco

파르마산 치즈로 유명한 이탈리아의 북동부 에밀리아 로마냐Emilia-Romagna에서 생산되는 람브루스코는 사실 여러 개의 품종을 통칭하는 이름이다. 일반적으로 스파클링 와인으로 만드는데, 드라이(이탈리아어로 세코Secco)에서부터 스위트까지 다양하게 생산된다. 과일 풍미가 강한 오프드라이 스타일인 세미세코Semisecco, 당도가 40g 이상 되는 매우 달콤한 스타일의 아마빌레Amabile와 돌체Dolce가 있다. 딸기와 베리 계열의 진한 과일향이 돋보이는 람브루스코는 역시 알코올 도수가 낮고 다양한 음식과 잘 어울리는 것으로 유명하다.

도른펠더Dornfelder

거품이 나지 않는 가벼운 타입의 레드 와인으로 독일에서는 대중적인 와인이다. 독일의 대표적 품종인 리슬링처럼 드라이에서부터 스위트까지 다양한 당도가 있는데, 달달한 맛을 원한다면 라벨에서 스위트를 의미하는 쉬스Süss를 찾으면 된다. 체리와 신선한 블랙베리, 시나몬 향을 느낄 수 있다.

포트 와인Port

포르투갈 북부의 도우로 밸리Douro valley에서는 토리가 나시오날Touriga Nacional, 틴타 로리츠Tinta Roriz 등의 풀 바디 적포도 품종을 사용하여 세계적으로 유명한 디저트 와인인 포트를 생산한다. 이는 발효 중간에 증류주를 첨가하여 알코올 농도(약 20%)와 당도를 높인 대표적인 알코올 강화 와인이다. 숙성 방법에 따라 여러 가지 스타일이 있는데 가장 가벼운 타입인 루비Ruby, 장기간 오크통 숙성을 거쳐 부드러운 맛을 지닌 토니Tawny, 최고급 포트인 빈티지 포트Vintage Port 등이 있다. 달콤한 베리 향과 감초 향이 뿜어져 나오는 매우 달달한 와인이지만 풍부한 타닌이 맛의 밸런스를 유지해준다. 전통적으로 블루치즈나 초콜릿과 완벽한 궁합을 자랑한다.

한편 프랑스 남부 랑그독 루시용Languedoc - Roussillon 지방에서는, 발효가 어느 정도 진행되었을 때 포도 증류주를 첨가하여 질감이 풍부하고 포도의 단맛이 느껴지는 주정강화 와인을 만드는데 이를 '뱅 두 나튀렐VDN, Vin Doux Naturel'이라고 부른다. 포트와 비슷한 방법이지만 레드 와인의 경우 그르나슈Grenache 품종을 사용하며 최종 알코올 도수는 포트보다 조금 낮은 편이다.

그 밖에 흔하지는 않지만 이탈리아 북부에서 생산되며 달콤한 체리향과 계피향이 나는 라이트 바디 타입의 스키아바Schiava, 주정을 강화한 포트 스타일로서 시라즈Shiraz로 만드는 호주식 토니 등이 있다.

단 음식을 전혀 먹지 않는 사람들에게서는 괜한 심리적 거리감이 느껴진다. 어쩐지 금욕적인 삶을 살 것 같다고 해야 할까. 나에게 적당한 단맛은 삶에 에너지와 활기를 준다. 그러니 더 이상 부끄러워하지 말고 당당하게 이야기하자. “오늘은 긴 하루였는데 기분 좋게 한잔하고 마무리하려고요. 브라케토 다퀴 있나요?”

샴페인 따는 날

가끔 꿈같은 상상을 해 본다. 온 세상이 나를 위해 존재하기라도 한 것처럼 지금 이 순간 나는 최고로 행복한 사람이다. 환희의 순간을 함께할 가족, 친구들, 동료들 사이에서 나는 한 번도 가져보지 못했던, 입이 귀에 걸리는 함박웃음을 터뜨린다. 이윽고, 다가오는 아이스버킷 속 샴페인을 장엄하게 들고는 미친 듯이 위아래로 흔든다. 터져 나올 코르크 마개가 튀어 오르는 각도 따위는 무시하고 엄지 손가락 하나로 마개를 툭 건드려 샴페인을 딴다. 병을 너무 많이 흔들었나? 거품이 끊임없이 쏟아져 나온다. 상관없다.

넘치는 거품은 넘치는 기쁨에 비례하니까!

마시기에 애매한 와인이 있다면 그건 샴페인일 것이다. 누가 뭐라고 하는 것도 아닌데 유난히 샴페인을 열 타이밍과 상황에 신경 쓰게 된다. 오랜만에 샴페인을 한 병 샀다고 하면 "오늘 무슨 좋은 일 있어요?"라는 질문이 따라온다. 그럼 자꾸 망설여진다. '이왕이면 더 좋은 날 마실까? 여러 좋은 사람들과 함께?' 더 나아가 샴페인 한 잔 마시려는 데에도 자기 성찰 비슷한 것을 하는 지경에 이른다. '지금 내가 샴페인 마실 때인가?', '내가 이걸 마실 자격이 있는가?' 언제나 그렇듯, 생각해 보니 오늘도 '그날이 그날'인 날에 불과하고 이렇게 샴페인 따는 날은 차일피일 미뤄진다.

샴페인은 언제부터 이렇게 전 세계적으로 특별함의 아이콘이 되었을까? 샴페인의 유래가 된 프랑스 샹파뉴 지방은 사실 와인보다는 울 섬유 산업으로 유명했다고 한다. 그 지역의 와인이 한때 울 산업을 프로모션하기 위해 덤으로 끼워주던 증정품에 불과했다는 사실은 오늘날 승리와 럭셔리의 상징인 샴페인의 이미지와 너무도 다르다. 샹파뉴 지역이 포도 재배지 중 프랑스에서 가장 북쪽에 위치한 것을 감안하면 분명 훌륭한 와인을 만드는 데 적합하지는 않았을 것이다.

이후의 샴페인 역사를 들여다보면 영리한 마케팅의 역사

라고 해도 과언이 아니다. 소비 행위를 통한 자신의 정체성 확립이라는 개념을 그대로 샴페인의 마케팅에 적용했으며, 샴페인 하우스들의 이러한 노력은 시대와 상황에 맞게, 즉 유럽의 왕실을 시작으로 산업화와 현대화를 거치며 재빠르게 변모하는 마케팅으로 이어졌다.

18세기 당시, 나중에 '모엣 샹동Moët et Chandon'이라는 이름을 가지게 될 샴페인 하우스의 설립자 클로드 모엣Claude Moët은 고객과의 직접적이고 내밀한 접촉의 중요성을 일찌감치 깨달은 인물이다. 당시 루이 15세의 공식적인 정부였던 마담 퐁파두르에게 사교 모임에 와인이 얼마나 적합한지를 설득하는 데 공을 들였다. 그리하여 프랑스 왕실에 최초로 샴페인을 공급하기에 이른다.

한편 샴페인의 역사를 말하자면 두 명의 여인을 빼놓을 수 없다. 그중 한 명은 남편에 이어 샴페인 하우스를 경영하며 영국 시장을 공략하는 데 큰 성공을 이룬 마담 포므리Madame Pommery다. 이러한 성공은 경쟁 업체들의 많은 시샘을 유발했는데 급기야 그녀가 재정적인 위기 상황에 처해 있다는 악의적인 소문이 퍼지게 된다. 이를 잠재우기 위한 마담 포므리의 선택은, 당시 최고의 화가였던 장 프랑수아 밀레의 그림 〈이삭 줍는 여인들Les Glaneuses〉을 거액을 주고 구입하는 것이었다. 비즈니스를 향한 그녀의 배포가 놀라우면서도, 한

편으로 샴페인 하우스의 성공과 건실함을 보여주기 위해 선택한 것이 고된 노동자의 현실을 소재로 한 그림이었다는 사실이 놀랍고 아이러니하다.

마담 포므리가 영국을 공략했다면, 마담 클리코Madame Clicquot의 관심은 러시아에 있었다. 1815년, 나폴레옹 군대가 패하고 러시아가 샹파뉴의 랭스Reims 지방을 점령했을 당시, 러시아 장교들을 자신의 지하 와인 저장고에 초청하여 샴페인을 소개한 일화는 유명하다. 그녀는 이렇게 말했다고 한다. "일단 마시면, 돈을 낸다니까!"

산업화가 진행되고 부르주아 계층이 성장하던 19세기 후반은 사회적 계층이 빠르게 변화하던 시기다. 한 역사학자의 말을 빌리자면 당시 샴페인 하우스들의 네고시앙Négociant(샴페인 제조 판매업자)들은 불확실하게 변모하는 현대 사회에서 '사회적 지위를 정의하기 위한 방법'으로 샴페인을 시장에 내놓았다. 한마디로 샴페인은 '엘리트를 위한 사치품'이었던 것이다. 샴페인 라벨에 귀족의 문장紋章과 왕실Royal, 백작Comte, 왕자Prince와 같은 타이틀이 등장한 시기도 이 때다. 이는 어지럽게 돌아가는 산업혁명기에, 산업혁명 이전의 고전적이고 전통적이며 특별한 분위기를 자아내는 데 기여했다.

이 시기에는 또한 그 유명한 '돔 페리뇽Dom Pérignon' 신화가 등장한다. 랭스 지방 수도원의 식품담당 수도사였던 그가 거품이 이는 와인의 매력을 발견하고 그 질을 향상시킨 인물임에는 틀림없다. 특히 샴페인 기술의 결정체라고 할 수 있는, 최상의 맛과 향을 위해 수십 가지의 와인을 조합하고 배합하는 블렌딩 기술을 정립하는 데 크게 기여했다고 평가받는다. 그러나 그가 샴페인을 발명한 것은 아니다. 거품이 이는 와인은 이미 오래전부터 존재했기 때문이다. 그가 죽은 지 약 한 세기가 지난 후 '스파클링 와인의 아버지'라는 타이틀을 가지고 다시 나타난 것은, 치열한 와인 시장에서 차별화될 수 있는 그들만의 역사성과 정통성을 강조하기 위해서였을 것이다.

그러나 샴페인이 과거의 문화유산으로서의 이미지만 부각된 것은 아니었다. 20세기 초반, 이번에는 현대화의 옷으로 갈아입고 증기선이나 자동차, 비행기, 열기구 등의 다양한 신문물을 이용한 광고에 샴페인이 등장했다. 이렇듯 샴페인은 시대 상황에 맞는 다양한 마케팅으로 사람들의 마음을 사로잡았지만 그것이 내세우고자 한 모습은 하나다. 고급스럽고 세련되며 격식 있고 당당한 이미지가 그것이다.

샴페인 한 병을 여는 데에도 내 처지와 주변 상황을 돌이켜 보며 호들갑을 떠는 것, 그저 마시고 싶은 음료 앞에서 괜히 움츠러드는 이 모든 것은, 샴페인 마케팅의 역사가 보여주는 일관된 이미지에 갇혀서 그런 것일까? 이럴 땐 영국의 저명한 경제학자이자 철학자인 케인스가 죽기 전 마지막으로 남겼다는 말을 떠올려 본다.

"샴페인 좀 더 마실 걸. 그거 하나 후회되는군."

치즈가 있는 와인

프랑스에서는 영국 출신 와인 상인들 사이에서 전해 내려오는 이야기가 한 가지 있다. "(와인을 고르고) 살 때에는 빵이랑 사고 (와인을) 팔 때는 치즈와 함께 팔라." 이 이야기는 다양한 버전이 있는데 빵이 들어갈 자리에 종종 사과가 들어가기도 하고 심지어 당근이 들어가기도 한다.

이게 대체 무슨 소리인고 하면, 와인을 구입하기 위한 시음을 할 때 사과나 당근이랑 먹어도 맛이 좋았다면, 그 와인은 꽤 괜찮다는 의미다. 사과나 당근이 좀 심했는지, 오늘날의 현명한 시음자들은 주로 물을 이용한다. 와인을 맛본 후 입안을 깨끗이 헹궈 주어, 다음 시음을 위한 객관적인 판단을 유지하기 위한 것으로 물만큼 좋은 것이 없기 때문이다. 피로하고 배고픈 시음자들을 위해 물병 옆의 작은 바구니에 빵이나 비스킷이 담겨 있는 것도 이런 이유다. 시음에 아무런 지장을 주지 않고 이전 시음으로 얼얼해진 입안을 달래준다.

반면에 치즈는 안 된다. 절대로 안 된다. 와인을 구입하는 일을 하는 사람으로서 시음을 하며 치즈를 먹는 것은 있을 수 없는 일이다. 직업의식이 결여되어 있는 것이며 머지않아 그의 사업은 망할지도 모른다. 치즈가 와인의 맛을 더 좋게 만들어 그 위장된 맛에 속아 별 볼 일 없는 와인을 사들일 확률이 높기 때문이다. 치즈 입장에서는 이보다 더한 극찬이 있을까 싶다. 마치 100% 흥행을 보장하는 귀하신 조연 배우 같다고나 할까. 평범한 와인을 돋보이게 한다는 그 치즈가 추억처럼 간절히 생각날 때가 있다. 프랑스에서도 질 좋은 치즈가 그다지 싸다고 느끼지는 않았지만, 몇 만 원의 재료값을 들여 한국음식을 해서 먹느니 이왕 현지에 온 거, 그보다는 저렴한 치즈를 다양하게 먹어보자 했었다. 주로 와인과 함께, 가끔은 요리로, 그것도 아니면 그저 간식으로 요것 저것 사 먹던 치즈가, 가랑비에 옷 젖듯 이제는 각인된 맛으로 떠오른다.

특유의 향과 퍽퍽한 신맛으로 독보적인 개성을 뽐내는 염소 치즈가 가장 먼저 떠오른다. 하필 프랑스에 도착한 첫날 먹은 피자에 올려 있던 것이 바로 염소 치즈였기 때문이다. 그 맛이 너무도 낯설어 앞으로 펼쳐질 프랑스 생활이 염소 치즈 만큼이나 만만치 않겠구나, 하고 잔뜩 겁을 먹었던 기억이 난다. 그 다음으로는 달콤한 과일, 견과류 맛으로 누구에게나 환영받을 것 같은, 이름마저 귀여운 오렌지색 미몰레트Mimolette다. 프랑스의 진짜배기 카망베르의 암모니아 향에 놀란 내게, 순화된 부드러움이 무엇인지를 보여준 브리야 사바랭Brillat-Savarin, 그저 샐러드 위에 대충 얹기만 해도 비할 데 없는 특별한 감칠맛을 주는 로크포르Roquefort, 그리고 쫄깃한 고소함이 이루 말할 수 없는 콩테Comté까지. 치즈를 먹고 있으면 꽤나 사치를 부리고 있는 느낌이다.

보수적이고 협소했던 내 입맛이 새로운 것을 받아들이고 나아가 나라는 인간의 세계관이 더욱 확장되고 지평이 넓어지는 것 같았다. '치즈 없는 디저트는 한 쪽 눈이 없는 미인과도 같다'는 섬뜩한 말을 남긴 미식의 대가, 브리야 사바랭Jean Anthelme Brillat-Savarin이 들으면 아주 기특하다고 하겠지만, 또 다른 이가 들으면 남의 나라 음식 먹으며 그 무슨 문화 사대주의 같은 소리냐 할 수도 있겠다. 익숙한 것만을 좋아하는 내게, 그만큼 치즈는 이질적인 존재였다는 이야기다. 그리고 그 이질감을 받아들이는 모습이 스스로 대견한 것 뿐이다. 지금 이 순간 어딘가에서도 한국의 구수한 청국장에 밥 한 공기를 후딱 비워내며 나와 같은 감동을 느끼고 있을 외국인도 있지 않을까.

반드시 치즈와 함께 팔아야 성공한다는 와인 이야기를 안 할 수가 없다. 와인과 치즈는 닮은 점이 많다. 둘 다 오랜 역사를 지녔고, 오랜 세월에 걸쳐 농가의 식탁에 늘 함께 올라 서로의 맛과 향을 보완하며 발전해왔다. 특정 지역의 치즈는 다른 지역과 차별화되는 고유의 제조 방식과 특유의 맛을 지니고 있다는 점도 와인과 같다. 무엇보다 닮은 점은 치즈와 와인은 발효 과정을 거친 자연식품으로서, 살아있는 식품이라는 사실이다.

치즈가 와인의 맛을 그렇게 좋게 만든다니, 마침 집에 고이 모셔둔 레드 와인도 한 병 있겠다, 뛰쳐나가 근처 백화점의 치즈 코너에서 뭔지는 모르지만 파격 할인 중인 치즈를 하나 사오면 이제 준비는 끝난 것일까? 또 시작이다 싶겠지만 이번에도 어쩔 수 없는 음식 궁합의 문제가 발생한다. 프랑스만 해도 300종이 넘는 치즈가 존재하고 그 개성 또한 달라서 그보다 더 많은 와인과의 적절한 조합을 찾는 일은 쉬운 일이 아니다. 그래서 한 테이블에 여러 스타일의 와인을 두루 갖추고 있는 운 좋은 식사가 아닌 이상, 너무 각기 다른 종류로 가득한 치즈 보드를 내오는 것은 지양해야 한다는 것이 바로 이런 이유다. 두툼하게 구운 스테이크에 가벼운 화이트를 곁들이는 것과 같은, 고개를 갸우뚱거리게 할 경험을 피하려면 역시 조금의 요령은 필요하다. 이때의 치즈란, 크림 등 각종 첨가물이 섞인 가공 치즈가 아닌, 원유와 원유를 응고시키기 위한 최소한의 성분만을 원료로 하는 자연 치즈에 한한다.

치즈에는 레드보다는 화이트

레스토랑 뒤카스Ducasse와 기 사부아Guy Savoy 등에서 오랜 기간 일한 에마뉘엘 델마스Emmanuel Delmas라는 소믈리에는 이에 대해 확고하다. 치즈에 레드 와인이 있을 자리는 없다는 것이다. 레드 와인의 타닌은 치즈의 기름진 맛과 유산균, 치즈 특유의 외피와 어울리지 않는다고 말한다. 그 옛날, 유럽의 농가에서 포도찌꺼기에 물을 타 타닌은 거의 찾아볼 수 없고, 알코올 도수도 낮으며 멀겋기만 했던 와인, 즉 피케트Piquette를 마시던 시절에나 있던 습관일 뿐이라고 한다. 실제로 타닌은 우유와 만나면 쓴맛이 느껴져, 치즈에는 화이트 와인이 좋다는 것이 일반적이다. 화이트 와인의 높은 산도는 치즈의 짠맛을 중화시키고 와인의 과일 향은 더욱 살아난다.

단, 레드가 어울리는 예외가 있다

체다나 에멘탈 혹은 콩테처럼 감칠맛이 나거나 고소한 타입의 단단한 치즈는 타닌이 적당히 있는 레드 와인이 잘 어울린다. 보르도 메독Médoc 지방의 타닌이 강한 카베르네 소비뇽도 좋은 선택이 될 것이다. 한편, 카망베르나 브리 등 질감이 부드럽고 겉이 흰 곰팡이로 덮여 있는 치즈에는 맛의 여운이 길고 무게감 있는 화이트 와인이 좋다고 알려져 있다. 그러나 타닌이 강하지 않은 가벼운 레드나 부드럽고 매끄러운 미디엄 바디의 레드 와인도 적절히 어울린다. 예를 들어 보졸레나 메를로의 산뜻한 과일 향과 치즈의 섬세한 버터 맛의 조화가 색다른 경험이 되어 줄 것이다.

신선한 맛의 조합

치즈와 와인의 페어링도 일반 음식의 그것과 같다. 각각의 밸런스를 고려해 서로가 지닌 맛과 향이 조화와 균형을 이루도록 하는 것이다. 모차렐라나 리코타 등 수분이 많고 순한 맛의 신선 치즈 그리고 독특한 향과 신맛의 염소 치즈를, 산도가 높고 상큼한 과일 향이 풍부한 가벼운 스타일의 화이트 와인과 먹으면, 입안에서 치즈의 신선함과 신맛이 그대로 살아나 잘 어울린다. 프랑스 루아르Loire나 뉴질랜드의 소비뇽 블랑 등이 좋은 예다.

강한 맛의 조합

한편 특유의 고약한 냄새 때문에 먹기 망설여지는 치즈들이 있다. 오렌지 색 껍질이 예뻐 다가갔지만 만지면 그 습기 가득한 끈적함과 마치 축사에라도 들어간 듯한 고약한 암모니아 향을 뿜어내는 뮌스터Munster나 에푸아스Epoisses 같은 치즈가 이에 속한다. 치즈 표면을 소금물 등으로 씻어서 숙성을 시켰기 때문에 워시 타입Washed rind type 치즈라고 부른다. 이런 부류의 치즈들은 강한 향에 맞설 무게감 있고 풍부한 맛의 화이트 와인을 필요로 한다. 프랑스 알자스산 게뷔르츠트라미네Gewürztraminer 품종의 와인이나 깊고 오묘한 맛을 내는 부르고뉴산 샤르도네 등의 와인을 곁들이면 치즈의 강한 향 뒤에 숨어 있는, 버섯 향 가득한 부드러움을 제대로 느낄 수 있을 것이다. 입안에 상쾌함을 줄 달지 않은 샴페인 또한 좋은 선택이다.

독특한 향과 맛으로 블루치즈만 한 것이 없다고들 한다. 강하고 때로는 역할 정도로 톡 쏘는 향과 짠맛이 특징이지만 청국장의 민족인 한국인으로서 이 정도는 견딜 만하다. 살짝 개봉한 채로 냉장고에 넣어 두면 냉장고 안이 온통 청국장 냄새로 진동한다. 사실 나에게는 이 치즈의 냄새보다 치즈 속 푸른 곰팡이의 비주얼이 더 충격적이었다. 그런데 영어권에서는 블루라는 아름다운 색의 단어를 쓰고, 프랑스에서는

'파슬리를 뿌린 것 같은Persillé' 치즈라는 순화된 표현을 사용하는 것이 흥미롭다. 프랑스의 로크포르, 이탈리아의 고르곤졸라 그리고 영국의 스틸턴Stilton 같은 치즈들이 블루치즈에 속하는데, 단맛이 강한 와인과 만나면 치즈의 짠맛이 중화된다. 포르투갈의 디저트 와인 포트나 프랑스의 그르나슈Grenache 품종으로 만든 뱅 두 나튀렐 그리고 단맛과 신맛이 날카롭게 조화를 이루는 프랑스의 소테른 지역 와인과 함께라면 더할 나위 없이 환상적인 미식이 될 것이다.

'새로운 음식을 발견하는 것은 새로운 별을 발견하는 것보다 인간의 행복에 더 큰 기여를 한다.'

이제는 치즈의 이름이 된, 브리야 사바랭의 수많은 미식에 관한 명언 중 하나인데 우주를 탐구하는 천문학자도 과연 이 말에 공감을 할지는 모르겠다. 그러나 우리가 새로운 별을 발견할 수는 없을지언정 새로운 맛을 발견함으로써 새로운 문화를 느끼고 이해할 수는 있다. 그 문화에 다가가 함께 어울릴 수 있다는 뜻이다. 나의 틀을 벗어나 넓어진 시야만큼 더 커진 삶의 세계를 경험할 수 있다고 하면 너무 과장된 말일까?

메를로를 좋아해도 될까요?

열렬한 와인 애호가인 마일즈는 이혼남이다. 작가를 꿈꾸지만, 현실은 고등학교에서 영문학을 가르치는 신세다. 그런 그가 대학 때부터 절친한 친구인 잭의 결혼을 앞두고 함께 캘리포니아의 산타 이네스Santa Ynez 밸리로 와인 여행을 떠난다. 그런데 새파란 하늘과 그림 같이 펼쳐진 포도밭, 풍요로운 와인 시음에도 불구하고 그는 여행 내내 신경이 곤두서 있다. 잭으로부터 전 부인인 빅토리아의 재혼 소식을 들었기 때문이다. 한편 생각이 많고 예민한 마일즈와 달리 잭은 본능에 충실한 사람이다. 그래서 와인보다는 여자에 관심이 많다. 여행 도중 만나서 반한 스테파니와의 저녁식사에 함께 가자고 계속 부추기는 잭을 향해 참다 못한 마일즈가 신경질적으로 외친다.

"누구든지 멀롯을 시키기만 해봐, 난 갈 거야. 빌어먹을 멀롯 따위는 안 마셔!"

미국에서 한동안 와인과 나파 밸리 와인 투어 붐을 일으킨 영화 〈사이드 웨이Sideways〉의 한 장면이다. 와인이 보이는 것처럼 진하고 달콤한 포도주스 맛인지 어떤지도 모르던 시절, 처음으로 '멀롯Merlot'이란 단어를 알게 해 준 영화였다. 대체 멀롯이 뭐길래(정확히 뭘 잘못했길래)? 아마추어 와인 전문가가 한 말이니 무슨 이유가 있을 게 분명하다. 형편없는 와인이거나 그게 아니면 전 부인을 잊지 못하는 마일즈의 상황으로 보아 멀롯에 얽힌 특별한 사연이 있거나 둘 중 하나다. 그 대사가 너무 강렬했던 나머지 와인에 문외한이었던 나에게 한동안, 멀롯은 좋아해서는 안 되는 것이었다.

와인을 마시게 된 이후 그제야 멀롯이 프랑스어 메를로의 영어식 표현이며 양조용 포도 품종 중 하나란 것을 알게 되었다. 그것도 레드 와인을 만드는 대표적인 품종 카베르네 소비뇽과 함께 가장 유명하고 흔한 포도 품종이라는 것을. 다양한 포도 품종을 공부하고부터 나는 다른 사람들의 와인 취향을 묻는 일에 재미를 들이게 됐다. 좋아하는 영화 장르나 커피 취향 등을 통해 그 사람의 성격과 성향을 알 수 있다고 하면 마치 별자리 운세처럼 말도 안 되는 때려 맞추기라고 할지도 모른다. 그러거나 말거나, 와인 특히 포도 품종을 통해 상대방의 입맛과 취향을 유추하는 것이 와인 자체보다는 와인을 마시는 사람에 관심이 많은 내가 와인을 공부하며 찾아낸 소소한 재미였다.

나아가 사람을 포도 품종에 비유하고 지레 짐작하여 상상하는 일은 그중 가장 은밀한 재미다. 키가 크고 단단해 보이는 어깨를 가지고 있으며 말수도 적어서 어째 가까이 하기 힘들어 보이지만, 입에서 나오는 목소리가 묵직하고 사용하는 단어도 교양으로 철철 넘친다면 그는 분명 잘 익은 품격을 보이는 카베르네 소비뇽이다. 반면 멀쑥한 외모와 달리 입만 열면 욕인 사람이 있다면 '허우대만 카베르네구만,' 또는 '질이 안 좋은 카베르네 소비뇽이네' 하고 중얼중얼. 이렇게 혼자 놀기의 달인이 된다.

한번은 보르도의 한 샤또château(보르도에서는 와이너리를 보통 '성城'을 뜻하는 샤또라고 부른다)를 견학하고 그곳의 직원들과 함께 점심 식사를 할 기회가 있었다. 수줍음이 많은 내가 무슨 용기가 났는지, 지금 생각해 보면 배운 지 얼마 안 된 포도 품종들에 대해 아는 척을 좀 하고 싶었나 보다. 그래서 바로 옆에 앉은 홍보담당자에게 어떤 포도 품종을 좋아하는지 물었다. 카베르네 소비뇽과 메를로의 환상적인 블렌딩을 설파하던 그의 대답은 의외였다.

"저는 말벡Malbec을 좋아해요."

과연. 소신 있는 대답이다. 말벡 또한 보르도를 대표하는 품종 중 하나다. 특유의 짙은 보랏빛을 띠는 말벡은 강건한 힘이 느껴진다. 복잡하고 난해한 향이 아닌 몇 가지의 단순하고 소박하면서도 강한 향이 매력이다. 이름부터 '말벡'이지 않은가! 듬직한 어감이다. 이번에는 다니는 와인학교의 교장 선생님께 같은 질문을 했다. 고등학교 때부터 양조학을 전공하고 이제 은퇴를 앞두신 분의 취향은 얼마나 심오하고 고급스러울까.

"독특하고 복합적인 향과 풍미로 봤을 때 역시 드라이한 세레스Xérès 와인이지."

역시 어렵다. 세레스란, 스페인 남부 안달루시아 지방 헤레스Jerez의 프랑스식 이름이며, 영어로는 주로 셰리Sherry라 불리는데 한마디로 그 지방의 이름을 딴 와인이다. 스페인의 여러 토착품종으로 만들며 종류마다 다른 복잡한 숙성 방식을 가지고, 스타일도 그만큼 다양하다. 드라이한 경우 팔로미노Palomino라는 품종으로 만들어 주로 아몬드 등의 견과류와 짭짤한 맛이 난다. 마셔보지 않으면 도무지 어떤 맛이 날 지

짐작하기 어렵고, 접하기도 어려우며, 마신다고 해서 단번에 좋아지기도 힘든 맛이니 여러모로 어려운 와인이라고 할 수 있다.

언제쯤 나도 나만의 개성을 보여주는 쿨하고 멋진 품종의 와인을 말할 수 있을까. 내 혀의 이끌림보다 누군가의 질문에 어떻게 하면 더 그럴듯한 대답을 할 수 있을까에 대한 고민이 커져가던 무렵 역시 와인 애호가이자, 무슬림이며, 자칭 고향에서는 이른바 내놓은 자식인, 금발의 터키인 친구 오틸의 한마디가 내 가슴을 시원하게 관통했다.

“뭐니 뭐니 해도 달콤한 메를로가 제일이지! 복잡하게 뭘 찾겠다는 거야?!”

오틸, 사실 그 맛이 달콤하진 않단다. 푹 익은 검은 과실의 달콤한 향과 부드러움 덕분에 그렇게 느껴질 수는 있다. 사실 그때 나도 메를로와 다른 품종의 블렌딩이 주는 균형 잡힌 부드러움에 푹 빠져 있었다. 메를로는 카베르네 소비뇽의 떫은맛을 부드럽게 해서 그 맛의 가치를 높이는 역할을 하고, 보르도 와인에서 중요한 조연 역할을 하는 카베르네 프랑 품종과 만날 경우 좀 더 가볍고 섬세한 와인을 탄생시킨다. 토실토실한 외모에 밝고 푸근하며, 힘들 때면 언제든 달려가 폭 안겨도 내 푸념을 들어주고 고개를 끄덕여 주는 ‘스윗한' 사람이 있다면, 그는 분명 부드럽고 사랑스러운 향을 풍기는 메를로다. 그것이 바로 내가 아는 메를로다. 그런데 마일즈 당신은 대체 왜!

메를로는 영화 속 마일즈가 칭송해 마지않는 포도 품종, 피노 누아Pinot Noir와 달리 예민하지 않다. 각종 포도나무 질병에 대한 저항력이 강하여 일관된 생산량을 유지할 수 있는 등 한마디로 재배하기 쉬운 편이다. 산화될 염려가 적어 통 숙성에도 적합해서 양조도 까다롭지 않다. 자두, 체리, 블랙베리 등의 풍부한 과일 향과 지나치게 씁쓸하지 않은 점이 특유의 부드러운 감촉을 주어 마시기 좋다. 물론 피노 누아 또한 내가 가장 좋아하는 품종 중 하나라고 말하면 어쩐지 종잡을 수 없는 사람처럼 보일 테니 그 얘기는 다음에 하기로 한다.

마일즈의 대사와 영화의 영향력은 생각보다 커서 실제로 캘리포니아의 메를로 재배자들이 큰 타격을 받았다고 한다. 그리고 와인과 포도주스도 구별 못 하던 나 같은 사람에게도 한동안 크나큰 선입견을 심어줄 거라고 영화 관계자들은 상상이나 했을까.

영화에 담긴 소재란 것이 아무 이유 없이 그냥 정해지진 않았을 것이다. 그 당시 캘리포니아에서는 메를로를 단독으로 한 와인을 만들 때 과도한 추출, 심지어 지나치게 익은 포도를 사용하여 결과적으로 산미가 떨어지고 메를로 고유의 맛과 향이 결여된 투박한 와인이 많았다고 한다. 이런 경향과 맞물려 극적 효과를 위해 내성적이고 예민한 마일즈가 좋아하는 와인으로 섬세하고 까다로운 피노 누아를 내세우고 메를로는 격하시키는 것이 어쩌면 당연한 선택이었을 것이다.

아무튼 나는 쿨하고 '있어 보이는' 품종을 찾아 헤매다가 이제는 '메를로를 좋아합니다'라고 말할 수 있게 되었다. 여러 품종의 와인을 상황에 따라 그것 나름대로 좋아하지만 역시 메를로가 좋다. 한밤중에도 내 전화를 받아주는 착하고 마음이 넓은 사람을 '너는 너무 쉬워서 싫어'라고 말할 수는 없지 않은가.

참고로 영화 속 마일즈가 특별한 날을 위해 고이 모셔 두던 1961년산 슈발 블랑Cheval Blanc(보르도 생떼밀리옹 지역의 고급 레드와인)은 메를로가 약 40% 블렌딩된 와인이다.

봄날의 로제를 좋아하세요?

♦

오늘도 어김없이 검은 외투에 검은 목도리, 마스크로 꼼꼼히 무장했다. 여름엔 불이라도 난 듯 뜨겁지만 겨울엔 얼음처럼 차가운 게 내 손이라 장갑도 잊으면 안 된다. 잔뜩 웅크린 어깨와 그에 걸맞는 심각한 얼굴로 집을 나서는 순간, 어라, 불어야 할 찬바람이 불지 않는다. 파란 하늘과 따뜻해진 공기가, 힘든 시기를 견디어 내는 우리의 차림새와 너무도 대조되어 초현실적으로 느껴진다. 하늘은 땅 위의 이 전염병 사태를 모르는 걸까?

그러고 보니 초목이 싹트고, 겨울잠을 자던 동물들도 땅

위로 나오려고 꿈틀한다는 경칩이 지났다. 인간이 야기한 각종 문제들에도 불구하고 자연은 이렇게 색을 바꾸고 다양한 모습을 보여주며 그들의 역할을 다 한다는 사실이 새삼 신기하고 고맙다. 슬쩍 본 길가에 난 이름 모를 꽃도 탐스러운 봉오리를 맺었다. 긴장감이 조금 풀려 움츠린 어깨를 펴니 마스크에 가려진 입가에 절로 미소가 지어진다.

이럴 땐 무조건 떠나고 싶어진다. 기차나 비행기를 타고 가야 하는 거창한 여행지가 아니더라도 계절의 변화를 느낄 수 있는 가까운 산이나 집 근처 공원, 하다못해 아파트 내 화단에 신문지라도 깔고 앉아 멍하니 하늘을 보며 새 소리, 바람에 흔들려 살랑이는 나뭇가지 소리를 듣는 것도 좋겠다. 새 교과서를 받고 모든 것이 새로워지는 새 학기의 설렘도 봄, 가볍고 밝은 색 옷도 봄, 지금 나의 남편이 된 평생의 베스트 프렌드를 만난 것도 봄. 겨울을 좋아하긴 하지만 봄이 되면 이상하게 설레고, 무한으로 긍정적인 사람이 된다. 그래서 버스 창문에서 불어오는 따뜻한 바람과 그에 마구 흩날리는 머리카락에도 마치 뮤직비디오의 주인공이라도 된 것 같은 느낌이다. 그러면 주인공답지 않게 실실 웃음이 나는 것이다. 살짝 이상한 사람처럼 보일 것 같아 가끔 걱정이다.

유럽인들이 늘 그렇듯 프랑스인들도 실내보다 밖을 선호한다. 40도에 가까운 더위에도, 축축한 겨울에도 굳이 야외

테라스에 자리를 잡고 밥을 먹어야 하는 사람들이니 화창한 날은 오죽하겠는가. 그래서 적당하게 따뜻한 날이 오면 공원에는 집을 뛰쳐나온 사람들로 넘쳐난다. 서양인들은 피부가 약하다는데 여기저기서 날아드는 벌레 걱정도 안 되는 걸까. 돗자리도 없이 그냥 풀밭에 주저앉는 사람들이 대부분이다. 그러고는 할 수 있는 모든 여가를 다 즐긴다. 와인을 곁들여 간단한 음식을 먹으며 수다를 떨거나 책을 보거나 아니면 커다란 짐승만 한 개와 함께 공놀이를 하거나. 음악을 크게 틀고 과감하게 춤을 추는 사람도 있다. 그것도 지치면 자리에 그대로 누워 낮잠을 잔다.

나도 종종 내가 살던 곳 근처인 보르들레 공원에 '피크닉'을 가곤 했다. 주로 와인 한 병, 야외용 플라스틱 와인 잔에 치즈나 비스킷, 햄 같은 가벼운 음식을 들고 갔지만, 특별히 배가 고픈 날에는 샌드위치나 주먹밥을 싸 가기도 했다. 한번은 당시 인기 있던 TV 프로 〈윤식당〉에 나온 불고기 샌드위치를 만들어 간 적이 있는데 역시 샌드위치도 한국식이 맛있구나 하며 감탄하며 먹었었다.

공원에서 마실 와인으로 무엇이 적당한지는 사람의 취향에 따라, 그날의 기분과 날씨에 따라 다르겠지만, 만물이 생성하는 들뜬 봄날에 눈과 입을 즐겁게 채워 주기에는 역시 로제 와인이 제격 아닐까. 프랑스어로 핑크색을 의미하는 '로제'란 단어가 가리키듯 로제 와인은 말 그대로 핑크빛 와인이다. 그래서 분홍색을 가장 많이 볼 수 있는 봄에 로제 와인이 떠오르는 건 어쩌면 당연한 것 같다.

꽃이 만발한 봄날, 점심을 먹은 후 내키는 대로 무작정 공원 한 바퀴를 돌러 가기 전에 종종 마트에 들르곤 했다. 수많은 로제 와인 중 프랑스 북부 르와르Loire 지방의 스위트 로제 와인 '카베르네 당주Cabernet d'Anjou'를 한 병 사서 여럿이 나눠 마시던 기억이 난다. 카베르네 프랑과 카베르네 소비뇽 품종이 블렌딩되어 잘 익은 딸기, 석류 등의 붉은 과실을 연상시키는 달콤한 향이 난다. 여기에 깨끗한 끝맺음까지. 곁들여 먹는 디저트 없이도 그 자체로 완벽한 디저트 역할을 해 피크닉 분위기를 더욱 고조시킨다.

그런데 로제 와인은 도대체 뭐가 문제일까? 레드 와인과 화이트 와인을 반쯤 섞어 놓은 듯한 어쩐지 신뢰할 수 없는 비주얼, 혹은 어린 아이들이나 좋아할 것 같은 핑크색이 주는 부담스러움, 그리고 그 색에서 연상되는 마냥 달콤하기만 할 것 같은 느낌 등 색 자체에서 오는 선입견이 로제 와인 선택을 망설이게 하는 것 같다.

우리의 예상과 달리 로제 와인은, 레드 와인과 화이트 와인을 적당히 섞어 만드는 것이 아니다. 이는 프랑스에서 샴페인을 제외하고는 금지되어 있다. 즉 로제 와인 그 자체를 독자적으로 생산한다. 생산자와 제품의 스타일에 따라 적포도의 껍질이 과즙에 물드는 시간을 조절해서 연한 살구색부터 루비나 레드에 가까운 진한 색을 띤 로제까지, 다양한 색의 농도를 보여 준다. 머리카락이나 옷을 염색하는 원리를 생각하면 쉽다.

로제 와인은 대체로 색이 진해지면 맛도 진해지는 경향이 있다. 옅은 핑크빛의 로제는 가볍고 상쾌한 느낌을 주는데, 주로 피노 누아나 카베르네 프랑 등의 품종으로 만든다. 반면에 루비에 가까운 진한 색을 띤 로제 와인은 그보다 묵직한 그르나슈Grenache나 템프라니요Tempranillo 등의 품종을 사용하는데 적당한 무게감과 함께 약간의 떫은 맛이 매력이다.

로제 와인의 가장 큰 장점은 뭐니 뭐니 해도 음식과 함께할 때다. 드라이한, 즉 단맛이 없는 로제 와인은 화이트 와인의 청량감과 레드 와인의 붉은 과실에서 느껴지는 맛의 풍부함을 동시에 느낄 수 있어 어떤 요리와도 잘 어울리기 때문이다. 햇살이 조금 뜨겁다 싶을 정도로 맑은 날 고기를 구워 먹는 자리에서 붉은 고기에 화이트 와인은 좀 그렇고, 그렇다고 레드 와인을 마시기엔 목 넘김이 시원한 상쾌함이 간절할 때 로제 와인은 완벽한 선택이 될 것이다.

이렇게 똑똑한 구실을 하는 로제는 사실 홀로 마시는 것과는 어울리지 않는 와인인 것 같다. 로제 와인은 함께 나눔, 햇살, 친목, 축제를 상징하기 때문에 혼자 마시려면 어째 좀 어색하다. 로맨틱한 핑크빛이 주는 이미지 때문일까, 옆에 누군가 없음에 조금 서글퍼진다. 그래서 그런지 프랑스에서는 로제 와인을 홍보하기 위한 마케팅 구호 중 '소셜 네트워크는 그만, 로제 와인을 마시며 사람을 만나요'라는 표현을 쓸 정도다. 물론 인간이 만든 모든 것이 그렇듯 의미를 부여하기 나름이지만 말이다.

사회적 거리 두기를 위한 '잠시 멈춤' 캠페인이 한창이었다. 타인과의 만남을 자제하고, 지인과는 인터넷, SNS 등으로 소통하기를 권장하는 시국이 이어졌다. 그러다 모처럼의 따뜻한 봄 공기를 들이마시니 생각이 로제 와인과 소풍에까지 뻗쳤다. 하지 말라는 짓은 더 하고 싶은 법이라고 지금 이 순간 이곳에서 '누군가와 함께' 있고 싶다. 더 정확히는 혼자 있는 느낌이 싫어서, 오지도 않은 문자 메시지를 괜히 들여다보고 또 들여다본다. 사람들과 부대끼고 싶다. 싫증난 고양이처럼 쪼르륵 방으로 들어가고 싶을 때가 언젠가 또 오겠지만 이렇게 좋은 날, 핑크빛 와인을 혼자 마시고 싶지는 않다.

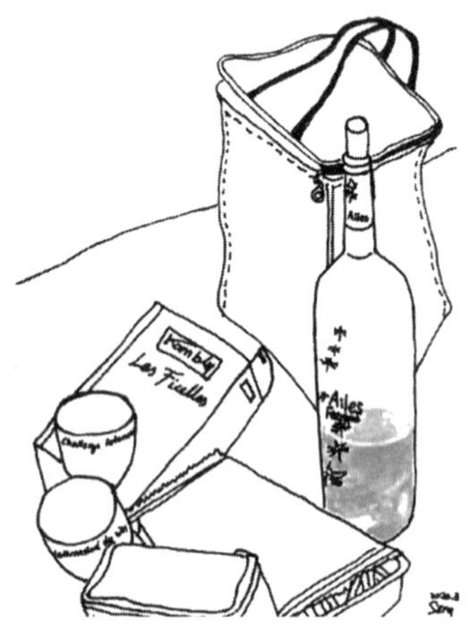
Ailes
Les Fiulles
Ailes

3

와인과 조금 더 친해지기

와인 에티켓

♦

와인이 함께하는 테이블에서는 상대방이 와인 잔을 대하는 모습만 봐도 그 사람이 와인에 관심이 있는지 와인에 대해 어느 정도의 지식이 있는지 없는지를 금방 알 수 있다. 즉 눈앞에 있는 와인을 제대로 음미할 줄 아는 사람인지 여부가 쉽게 드러난다.

우리가 누군가에게 잘 보이기 위해 와인을 마시지는 않을 것이다. 그럴 때 와인은 스트레스만 주는 존재가 된다. 단순히 내가 마시고 싶어서 마셔야 한다. 그리고 이왕 마시는 거 와인만이 주는 특별한 즐거움을 온전히 누리시기를 권한다.

♦

이때 에티켓이라 불리는 몇 가지 사항들을 잘 기억해 두는 게 도움이 된다. (참고로 프랑스에서는 라벨을 에티켓이라고 부른다) 여기에 같이 마시는 사람들을 배려하는 조금의 노력이 더해진다면 금상첨화일 것이다.

와인 잔의 다리 또는 받침을 잡는다.

언젠가 와인 잔의 다리(스템)를 잡는 것이 구태의연하고 쿨하지 못한 것처럼 여겨진다는 식의 이야기를 들은 적이 있다. 굳이 스템을 잡을 것이 아니라 내키는 대로 잔의 커다란 볼bowl 부분을 움켜잡아도 상관없다는 것이다. 실제로 와인을 마시는 것이 익숙한 유럽인들도 이렇게 잔을 잡는 사람들이 많다. (물론 만취했다면 이렇게라도 와인 잔을 꽉 붙잡고 있는 것 하나로 대견한 일이다) 하지만 와인을 제대로 음미하고 싶다면 이왕이면 와인 잔의 다리를 잡는 것을 권한다. 와인은 종류마다 가장 적합한 시음 온도가 있는데, 손으로 볼을 잡으면 손의 열이 와인에 전해져 맛에 영향을 줄 수 있기 때문이다. 와인의 온도가 너무 높아지면 알코올이 부각되어 기름진 느낌이 날 수 있다. 만약 와인이 너무 차갑게 제공됐다면 재치를 발휘해 잔의 볼을 잡아 온도를 높여볼 수는 있지만 말이다.

와인 잔을 바라본다

와인을 바라보는 데에는 몇 초도 걸리지 않는데 이 행위를 생략하는 사람들이 많다. 만약 소믈리에나 와인을 직업적으로 다루는 사람이라면 와인 시음의 첫 단계인 이 부분을 허투루 넘기지 않을 것이다. 와인의 다양한 색조와 강도, 와인 잔의 표면에 흐르는 점도 등이 와인에 대한 많은 힌트를 주기 때문이다. 그것들은 와인에 사용된 포도 품종, 숙성 방법과 기간, 나이 등을 알려 준다. 이를 위해 물론 전문가들처럼 정색을 하고 와인 잔을 높이 들어 조명에 가까이 갖다 댄다든가, 흰 냅킨을 배경 삼아 현미경 보듯 뚫어지게 관찰함으로써 화기애애한 자리를 썰렁하게 만들 필요는 없다. 아주 이상한 사람처럼 보일 테니 추천하지 않는다. 그저 지긋이 바라본 후 "참 아름답고 진한 루비색이네요."라고 말해서 나의 섬세함을 표현하는 것으로 족하다.

와인 향을 맡는다

각종 연구 결과에 의하면 음식의 냄새가 미각의 80%를 차지한다고 한다. 하물며 다채로운 향으로 가득한 와인은 오죽하겠는가. 처음에는 와인 잔을 흔들지 않은 채 코에 슬며시 갖다 댐으로써 코의 감각을 깨운다. 그리고 나서 잔을 살짝 흔들면 와인의 다양한 향이 모아진다. 이렇게 모아지고 이

내 발산되는 향들은, 포도 품종에서 비롯한 각종 과일 향에서부터 와인이 생산된 지역과 제조 방법을 알려주는 2차적인 향 그리고 오크 향에 이르기까지 그 범위가 아주 넓다. 한번은 강의 시간에 리슬링 특유의 휘발유 향에 대해 설명한 적이 있는데 그때 앞에 앉아 계시던 분이 믿지 못하겠다는 듯 웃음을 터뜨린 적이 있다. '하다하다 별 향이 다 있다고 하는구만'하는 듯한 표정이었다. 맞다. 와인에서는 휘발유뿐 아니라 가죽, 고기, 매니큐어 냄새까지 별의별 향이 다 풍길 수 있고 이런 의외성이 또 와인의 매력 중 하나다.

음미하며 마신다

와인을 한 모금 입안에 넣고 이리저리 굴려 가며 마시면 좋겠지만, 가글하듯 호로록 소리가 날 정도로 부산스럽게 입안을 굴리면 이 또한 이상한 사람처럼 보일 테니 그다지 추천하지 않는다. 와인이 달콤한가, 드라이한가? 식욕을 돋울 만큼 산도는 적당한가? 너무 떫지는 않은가? 앞서 맡은 와인의 향이 입안에서도 전해지는가? 향과 풍미가 오래 지속되는가? 어느 하나가 튀지 않고 전체적으로 균형이 잡혔나? 등을 생각하면서 마신다면 '아주' 좋다.(이것들을 다 분석하려면 역시 소리를 내며 유난스럽게 마셔야 했나?) 그러나 너무 심각할 필요는 없다. 그저 단순한 나만의 요령을 찾아 음미하는 습관만 들여도 좋다.

잔을 부딪칠 때는 상대방의 눈을 본다

서양과 우리의 문화에서 크게 다른 점 중 하나가 바로 이것 같다. 프랑스에서 살 때는 상대방의 눈을 응시하는 것이 참 어색했다. 새파란 눈에서부터 흐린 회색 눈까지 밝고 다양한 색의 눈을 쳐다보는 것이 꽤 어려웠다. 그들 눈에는 우리의 진한 밤색 눈이 더 도발적으로 보일지 모르지만 말이다. 서양에서 상대방의 눈을 똑바로 바라본다는 것은 존중의 표시다. 그래서 만약 시선을 회피하고 다른 곳을 본다면 상대를 무시한다는 느낌을 준다. 우리라면 어떨까? 어디다 눈을 똑바로 뜨고 쳐다보냐, 예의 없는 사람 취급을 당할지도 모른다. 아무튼 상대방의 눈을 바라보는 존중의 행위는 와인 시음의 경우에도 마찬가지다.

선물 받은 와인의 가격을 말하거나 품질에 대해 평하지 않는다

멋진 레스토랑에서 진귀한 음식과 함께 훌륭한 소믈리에가 서비스해 주는 고가의 와인을 마시는 것도 좋지만 역시 가장 맛있는 와인은 사랑하는 사람들과 오붓하게 어울려 마시는 와인일 것이다. 이때 여럿이 모인 가운데 와인 한 병을 선물로 들고 온 친구를 앞에 두고 와인의 가격에 대해 묻는 실수는 정말 하지 말아야 한다. 여기에 내가 아는 지식을 총동원하여 그 와인에 대한 품평까지 늘어놓는다면 그야말로 최악의 자리가 될지 모른다. 근데 그런 사람들이 있기는 할까?

아는 것과 모르는 것

◆

가끔은 와인을 소개하고 그것에 대해 말하는 일을 하기에 나는 어울리지 않는 사람이 아닌가 하는 생각이 든다. 그도 그럴 것이 와인을 직업으로 가지고 있는 사람들은 하나같이 당당하고 자신감 있어 보인다. 적어도 내 눈에는 그렇다. 외모는 또 얼마나 깔끔한지. 잘 빗은 머리, 단정한 얼굴, 와인 병을 다루는 섬세하고 능숙한 손과 당찬 눈빛 그리고 분명하고 확신에 찬 말투까지.

아무리 와인이 그저 먹고 마시는 음료에 불과하다 하더라도 주는 대로만 마실 게 아니라 내가 마시는 게 무엇인지

◆

알기 위해서는, 진열된 와인 선반에 붙은 와인의 이름과 그와 관련한 가격의 합리성을 파악해야 한다. 그런데 사실 이것들을 아는 것은 너무 복잡한 일이라 평소에 와인을 진득하게 공부하는 사람이 아니라면 인터넷을 뒤지든, 누군가에게 묻든 하는 수밖에 없다. 그래서 존재하는 것이 와인에 대해 이야기하는 사람들인 것 같다. 그런데 이토록 바쁜 세상에서, 5분 내로 와인을 골라야 하는 소비자 혹은 1시간짜리 와인 강의의 수강생 앞에서 명확한 결론을 내려주지 못하는 와인 가게 직원, 와인 강사는 그 능력을 쉽게 의심받을 것이다.

학교 다닐 때부터 교실 한구석에 자리 잡아야 마음이 편한 사람으로 살았으니 남 앞에 나서는 것은 내 인생에 전혀 일어나지 않을 일 같았다. 말을 하는 것보다 듣는 걸 좋아하며 친한 사람들과 있을 때조차 말이 없는 사람이, 이렇게 와인에 대해 말하는 사람으로 살고 있는 게 참 아이러니다. 그러나 역시 천성은 어디 가지 않나 보다. 특별히 질문을 받거나 그 주제에 대한 자리가 아닌 이상 와인에 대한 이야기는 잘 하지 않게 되니 말이다.

특히 와인을 '마시는 행위' 그 자체에 대해서 그렇다. 이것은 어떻게 해야 와인을 제대로 마시는가. 즉 가장 맛있게 마실 수 있는가의 문제일 텐데 솔직히 말하면 아무렴 어떤가 싶다. (앞서, 와인 에티켓에 대한 말을 해놓고 무슨 소리인가 하겠지만 이것이 솔직한 심정입니다) 너무 차게 나온 와인이지만 후끈 달아오른 분위기와 따뜻한 실내 온도로 와인의 온도는 금세 올라가지 않겠는가. 레드 와인으로 기분이 좋아진 친구가 갑자기 생각난 화이트 와인을 마셔보고 싶다는데, 정색을 하고 와인을 마시는 순서에 대해 이야기하는 것 등이 무슨 소용이 있는가 말이다. 리슬링의 나라에서 16년간 총리를 지낸 메르켈도 만찬 자리에서 레드 와인을 한가득 채운 잔을 들고, 상대인 오바마 전 대통령도 놓칠 세라 화이트 와인이 담긴 잔의 볼을 잔뜩 움켜쥔 채 건배를 한다. 그러니 친구도 나도, 레드 와인 후의 화이트 와인을 맛있게 마실 게 분명하다.

입을 쉽게 열 수 없는 또 다른 이유는, 사실 나도 잘 모르기 때문이다. 와인은 발효시킨 포도즙으로서, 나무를 심고 포도를 수확한 후 발효와 병입, 숙성 등을 거치는 일련의 과정과 그 이후 우리가 마시는 순간까지의 모든 흐름이 과학의 영역에 속한다. 시음에서 흔히 '부싯돌' 향이라고 묘사되는 미네랄 풍미는 지질학적 의미의 화합물인 미네랄에서 오는 것인가? 포도 재배와 관련된 모든 자연환경을 일컫는 테루아를, 정말 내가 마시는 와인 잔에서 느낄 수 있는가? 타닌은 왜 산소와 만나면 부드러워질까? 와인은 언제 마셔야 가장 좋을까? 어느 해에 수확한 포도로 만든 와인이 가장 숙성 능력이 좋을까? 등등. '왜'라는 과학적 질문은 끊임이 없다.

이러한 질문에 대답할 수 있는 사람은 아마도 직접 포도를 재배하고 와인을 만들거나 지질학, 화학, 생물학 등에 정통한 사람, 혹은 오랜 세월 와인을 접하고 진지하게 연구한 사람들에 한정될 것이다. 고백하건대 학창 시절, 단 한 번도 과학에 소질을 보인 적이 없던 나는 '레드 와인 병의 타닌은 시간이 지나면서 색소나 산과 상호작용하여 새로운 화합물과 더 큰 분자를 만들고 침전물로 가라앉아, 결국 부드러운 풍미로 변한다'는 설명을 할 때 내 안에서 웅성거리는 소리가 들린다. '당신, 제대로 이해하고 하는 소리야?'

과학은 내게 다가가기 힘든 진리이기 때문에 신비하고 경이롭다. 그래서 와인을 연구하는 사람들의 연구 결과와 통계, 저명한 전문가들의 의견, 거기에 나의 작은 경험들을 바탕으로 여전히 계속 와인을 알아가는 중이다. 그럼에도 '한 점 부끄럼이 없기를, 잎새에 이는 바람에도 괴로워' 하는 타입인 나는 말 한마디 내뱉을 때마다 늘 조심스럽다. 겁을 한껏 먹었을 때에는 '아는 것을 안다 하고, 모르는 것을 모른다 하는 것이 곧 아는 것이다'라고 한 공자의 말까지 떠올리며 조금이라도 자신감을 가져 보려 안간힘을 쓴다.

그럼 어디선가 누군가가 또 이런 말을 할 것 같다. 이게 무슨 철학도 아니고, 그냥 잘 먹고 잘 살자는 건데, 무슨 생각이 그리 많아? 배웠으면 아는 대로 최소한의 결론은 내려줘야 할 것 아니오, 이 답답한 양반아!

그래서 말입니다. 그동안 사람들로부터 많이 들었던 와인에 대한 두 가지를 잠시 이야기하려 한다. '그건 그렇지 않을 텐데요.'하며 감히 화기애애한 분위기를 흐릴 수 없어 차마 그 자리에서 아무 말도 못했던, 사소해 보이지만 명쾌한 대답이 힘든 것들이다.

미리 와인을 오픈해야 할까?

가장 많이 들은 소리는 '마시기 전 날 와인을 열어 놨더니 맛이 더 좋아졌다'는 이야기다. 개인적으로는 갓 개봉한 병에서 나오는 신선한 향을 맡는 순간을 가장 좋아하기 때문에 들을 때마다 의아했던 부분이다. 침전물이 있는 와인을 찾아보기 힘든 오늘날, 디캔팅의 주된 역할은 와인을 숨 쉬게 해 마시기 수월하게 하는 데 있다고 해도 과언이 아니다. 디캔팅Decanting이란 병에 든 와인을 다른 용기에 옮기는 것으로, 용기의 안쪽 면에 와인을 강하게 쏟아 부어 되도록 많은 공기와 접촉하게 해서 닫혀 있는 와인의 향을 발산시키고, 떫은 타닌을 부드럽게 해 준다. 그래서 타닌이 많거나, 거친 맛을 가진 어린 레드 와인의 경우 유용하다.

그렇다면 단순히 병의 마개를 마시기 몇 시간 전, 혹은 전 날에 열어 놓는 것은 어떨까? 이에 대해서는 아무런 디캔팅의 효과를 얻을 수 없다는 데에 전문가들의 의견이 일치하는 것 같다. 병 목이 너무 좁아 산소와의 충분한 접촉이 힘들고 오히려 와인 고유의 향만 날아간다는 것이다. 와인을 부드럽게 즐기기 위해서는 잔을 몇 번 가볍게 돌리는 것만으로 충분하다는, 디캔팅 반대론자들도 있는 것을 감안하면 타당한 결론이라고 생각한다.

코르크와 스크류 캡

다른 하나는, 스크류 캡으로 밀봉된 와인 병을 볼 때 나오는 흔한 말이다. 무슨 와인을 손으로 돌려 여냐는 것이다. 이러한 편견은 와인의 고장인 프랑스에서 더한 것 같다. 프랑스에서 생산되는 와인 병의 80% 이상이 코르크 마개로 채워진다. 상큼한 산미와 신선도 유지가 필수적인 일부 화이트와 로제 와인의 경우 스크류 캡 마개가 허용되지만 아직도 레드 와인과 장기 숙성용 고급 와인에 코르크 마개를 사용하지 않는 것은 있을 수 없다는 인식이 지배적이다.

코르크 마개는 17세기에 유리병과 함께 탄생하고 발전한 역사적인 발명품 중 하나다. 코르크 참나무의 껍질에서 나오는 코르크 마개는 가볍고 깨끗하며 와인이 새는 것을 막아주고, 무엇보다 특유의 탄력성 덕에 이상적인 와인 마개로 기능해 왔다. 그런데 이 코르크 참나무는 20년 이상 자라야 외피를 벗겨낼 수 있고, 이마저도 10년에 한 번 주기로 벗길 수 있는데 병입되는 와인의 양이 증가하여 나무껍질을 지나치게 자주 벗겨내는 일이 종종 벌어졌다. 이 과정에서 와인에 치명적인 영향을 주는, 곰팡이에 오염된 코르크 문제가 발생했고, 이를 대체하기 위해 개발된 것이 스크류 캡이다.

스크류 캡은 당연히 이 곰팡이 오염 문제로부터 자유롭다. 거의 완벽히 밀봉되어 산화 방지제 역할을 하는 이산화황의 양도 줄일 수 있고, 코르크보다 대체로 저렴하다. 무엇보다 병을 열고 닫기 쉬우며 보관하기 편하다. 숙성할 실익이 있는 와인에는 적합하지 않다는 주장도 있지만, 요즘은 상단의 라이너에 산소 투과율을 조절할 수 있는 스크류 캡도 개발되어 연구가 계속 진행 중이라고 한다. 하지만 그 재료가 되는 알루미늄의 생산 과정과 폐기물 문제 등 스크류 캡이 환경에 미치는 영향을 간과할 수는 없을 것이다.

한편 옥스포드 대학에서 심리학을 연구하는 찰스 스펜스 Charles Spence 교수가 코르크 마개와 스크류 캡을 두고 진행한 연구가 화제가 된 적이 있다. 그는 몇몇 시음자들에게 코르크 마개를 한 와인을 주고, 나머지 시음자들에게는 스크류 캡을 사용한 와인을 건네어 각각 와인을 평가하도록 했다. 그 결과 코르크로 막은 와인의 시음자들이 스크류 캡 와인을 마신 사람들보다 더 높은 점수를 줬는데, 알고 보니 그들이 마신 와인은 마개만 다를 뿐 둘 다 같은 와인이었다는 다소 뻔한 이야기이다. 세상 모든 것이 마음이 하는 일이듯 역시 정서적인 문제를 빼놓을 수 없을 것이다. 편리한 디지털 도어락을 거부하고 굳이 무거운 열쇠를 주렁주렁 들고 다니는 유럽인들의 심리가 이와 비슷하지 않을까?

이렇게 내가 아는 것과 모르는 것을 구분하고, 와인에 대한 지식을 차곡차곡 쌓는 만큼, 와인이 맛있으면 좋겠다. 그럼 얼마나 좋을까. 몇 주 전, 엄마가 레드 와인 두 병의 사진을 보낸 적이 있다. 결혼식 답례품으로 받은 거라며 어떤 와인인지, 가격은 얼마나 하는지 궁금하셨던 거다. 주량이 적은 나는, 비싸고 유명하다는 와인이 생기면 항상 부모님과 함께 했고 그때마다 엄마는 와인의 맛과 특성을 거의 정확히 표현하여 나를 놀라게 하곤 했었다.

그런데 엄마가 보내 준 사진의 와인은 모두 마트에서 (초)저가로 팔리는 것이었고, 그 맛에 대한 사람들의 평도 좋지 못했다. 이제는 엄마가 어느 정도 와인의 품질도 가려낼 줄 안다고 생각했기에, 와인의 맛이 어땠냐는 질문부터 했다. 그랬더니 말씀하시길, 아주, 아주 맛있게 드셨단다. 그러고 보면 아는 게 힘이 아니라 모르는 게 약인 걸까?

간장 냄새와 와인의 향기

♦

포항에 계신 아빠 친구 분께서 올해도 어김없이 과메기를 보내주셨다. 초고추장과 마늘, 고추, 쪽파 그리고 물미역과 마른 김이 나란히 놓인 과메기를 보고 있으니 비릿한 바다 내음을 좋아하는 나는 벌써부터 입안에 침이 고인다. 꼬들꼬들한 식감과 씹을수록 고소한 맛을 상상하며 초고추장을 푹 찍은 과메기를 젓가락으로 집어 코에 대는 순간 엄마가 물으신다.

"근데 냄새는 왜 맡아?"

언제부턴가 나는 청국장 같이 진한 특유의 냄새를 풍기는

♦

음식부터 아무 냄새가 날 리 없는 아이스크림까지, 먹기 직전에 냄새부터 맡고 맛을 상상하는 절차를 거치고 있었다. 이쯤 되면 요리를 내어 온 사람의 반응은 둘 중에 하나일 것이다. 성격이 좀 괄괄한 사람이라면 '못 먹을 거 줬을까봐?!'라고 성을 낼 수도 있고, 조금 소심한 사람이라면 '음식에 무슨 문제라도 있나요?'하며 울상을 지을 수도 있다.

프랑스에서 어학원을 다니던 시절, 한번은 한국의 술을 소개하고 싶은 마음에 막걸리를 가져간 적이 있다. 유럽 남미 아시아 등 다양한 국적의 열댓 명이 빙 둘러앉은 자리에서 막걸리가 위아래 잘 섞이도록 좌우로 흔든 다음 각자 조금씩 따라 마시도록 옆 사람에게 건넸다. 그런데 처음 한 친구가 뚜껑 열린 막걸리 병에 코를 갖다 대고 킁킁거리더니 그 옆 사람에게 건네고, 그 옆 사람은 또 그 옆으로 전해주며 냄새 맡기와 전달을 반복하는 것이었다. 어서 따라 마시지는 않고 뭘 하는 것일까 싶었다. 그 순간이 너무도 조용하고 엄숙해서 외국인들이 막걸리 향을 못 견디는 것이 아닌가, 아니면 막걸리에 무슨 문제라도 있나, 우리 막걸리 고유의 맛과 향을 불어로 어떻게 설명할 것인가를 진땀이 나도록 머릿속으로 고민했던 기억이 난다.

음식이란 자고로 입으로 바로 직행하는 것이지, 지나치게 냄새를 맡는 것은 예의가 아닌 문화에서 나고 자란 나에게,

문화충격이라고 할까 참 낯선 장면이었다. 그리고 냄새 맡지 않는 이러한 습관이 와인의 향을 분별해내고 이를 통해 와인을 표현하며 평가하는 데에 얼마나 장애가 되는지 깨달은 것은 와인학교에 들어가고 난 이후였다. 그 후로 학교를 졸업할 때까지 나를 가장 괴롭힌 것은 와인에 대한 지식 암기도, 불어도 아닌 바로 와인의 향을 맡는 것이었다.

시음의 핵심인 향을 맡는 수업은 그야말로 총체적 난국이었는데 내가 탐지한 가장 황당한 향기는 숙성된 레드 와인에서 나는 '간장 냄새'였다. 도대체 와인에서 간장 냄새가 웬 말인가! 한 번 뇌리에 '간장'이란 단어가 박힌 이상 그것을 표현할 다른 단어는 전혀 생각나지 않아 '간장'은 일종의 수능 금지곡처럼 머리 속에서 지워버려야 할 단어가 되었지만 잊으려 할수록 더욱 선명해지는 상상의 간장 냄새로 인해 나는 갈 곳을 잃었다. 시간에 쫓기는 테이스팅 카드 작성 시간 동안 나는 벌게진 얼굴로 내 어이없는 후각을 탓하며 와인 잔에 거듭 코를 박아야 했다.

와인이 다른 종류의 술과 가장 다른 점 중 하나가 바로 이 복잡하고도 미묘한 향의 세계다. 와인은 그저 포도 하나로 만들었을 뿐인데 참 다양한 향이 난다. 원재료인 포도 본연에서 느껴지는 과일과 채소, 꽃향기부터 발효와 숙성으로 인한 화학 작용의 결과로 얻어지는, 일명 부케라 하는 섬세하고도 복합적인 향이 그것들이다. 누구나 짐작할 만한 베리류의 달콤하고 신선한 향과 오크 향도 있지만, 때로 휘발유나 동물의 털 같은 언뜻 이해하기 힘든 향도 있다. 그래서 와인을 마실 때 이 수많은 아로마를 즐기지 않고 바로 입으로 털어 넣는 것만큼 손해 보는 일도 없을 것이다.

와인을 배우고 이해해야 하는 입장에서 이러한 향을 분석하고 구분하는 일은 필수적이다. 와인의 향은 그 와인에 사용된 포도의 품종과 지역, 와인의 제조방법과 나이 등을 알려주는 중요한 요소이기 때문이다. 그래서 와인학교에서는 이론 수업과 같은 비율로 테이스팅 실습에 비중을 두고 있다.

내가 아는 음식 냄새란, 저녁 식사 시간 옆집에서 나는 보글보글 된장찌개 냄새나 생선 굽는 냄새, 그도 아니면 밤 10시쯤 지하철에서 손잡이를 잡고 휘청거리며 서 있는 사람에게서 나는 삼겹살과 마늘 향이 섞인 소주 냄새 같은 것이었다. 그래서 한번도 '일부러' 맡아본 적 없는 행위를 연습한다는 것은 쉬운 일이 아니었다. 예민한 감각을 타고나지 못했다면 훈련을 하는 수밖에 없다. 그래서 거금을 들여 아로마 키트란 것을 샀는데 이는 와인에서 날 수 있는 여러 향들을 작은 유리병에 액체로 담아 놓은 것이었다. 집에서도 수시로 맡고 심지어 외출할 때에는 낯설거나 헷갈릴 수 있는 몇 가지 향을 바리바리 싸 들고 다니며 향을 외우곤 했는데 인공적인 향이니 실제 와인의 향과는 다르기도 했고, 무엇보다 머리가 너무 지끈거렸다.

아로마 키트로 후각을 단련시키는 것에 한계를 느낀 나는, 가능한 한 자연 그대로의 향기를 접하겠다는 생각을 했다. 길가의 풀과 꽃 냄새, 마트의 과일들과 이국적인 향신료들을 지나치지 않고 직접 손에 들어 냄새를 맡아보던 경험은 꽤 도움이 되었을 뿐더러 머리도 맑아지는 느낌이었다.

하지만 이국에서 이국의 언어로 표현해야 하는 수많은 향기들에 익숙해지는 것은 여전히 어려운 일이다. 향기라는 것은 그것을 맡는 사람의 과거 경험이나 생활환경, 문화에 따라 존재하는 냄새도, 그에 따라 기억되는 향도 모두 다르기 때문이다. 요즘엔 외국인들이 한국 어느 지방의 유명한 음식점을 방문해 그들에게는 생소한 한국 토속의 향기들, 이를테면 알싸한 쑥과 깻잎, 국화나 심지어 메주와 청국장, 삭힌 홍어 등의 냄새를 맡기 위해 고군분투하는 모습을 여러 매체에서 많이 볼 수 있는데, 내 경험이 떠올라 재밌기도 하고 그것들을 다 겪어본 자의 여유로움 같은 것도 느껴본다.

한번은 어떤 행사에서 이탈리아에서 오래 생활을 했다는 한 성악가 분 옆에 앉은 적이 있다. 이탈리아 와인의 왕이라 불리는 잘 익은 바롤로Barolo 와인(네비올로Nebbiolo 품종으로 만든 강렬하고 묵직한 와인)을 한 모금 마시더니 '이거, 푹 익은 간장이네, 간장' 이라고 말을 해서 속으로 얼마나 웃었는지 모른다. 또 한번은 평소 감각이 좋으며 와인에 관심이 많은 친구가 프랑스 부르고뉴의 레드 와인 향을 맡더니 피 냄새가 난다고 해서 놀란 적도 있다. 개인의 주관적인 견해와 객관적인 평가의 간격을 좁히는 길은 타고난 감각 외에 많은 훈련과 지식이 바탕이 되어야 한다.

이제는 더 이상 와인에서 간장 냄새가 난다고 말하지는 않는다. 후에 오랜 병 숙성을 거친 레드 와인에서 맡을 수 있는, 말린 자두의 농축된 향과 숙성된 복합적인 향을 간장 냄새로 착각했다는 사실을 알게 되었는데 그것들이 과연 비슷한 냄새인지는 아직도 잘 모르겠다. 서양식 향에 대한 무지와 내 개인적인 경험, 기억이 만든 해당 와인의 향기가 '간장'이었을 뿐이다. 혹시라도 누군가 음식을 앞에 두고 유난히 냄새를 맡고 있는 나를 본다면, 섬세하지 못한 후각을 극복하기 위한 내 나름의 노력이 만들어낸 습관임을 이해해 주기 바란다. 다만 오해를 부르기 전에 한마디 덧붙이는 것을 잊지 말아야 할 것이다.

"음식이 먹음직스러워 보이더니 냄새도 끝내주네요!"

2016

작고 평범한 와인 잔

◆

프랑스는 많은 것들이 작다. 도로의 자동차도 작고, 커피 잔도 작고, 카페나 레스토랑의 테이블도 작으며 그 테이블의 간격들도 매우 좁다. 그중 내가 가장 적응하기 힘들었던 것은 식당의 좁은 테이블이다. 성인 남자 어깨만 한 너비보다 약간 큰 테이블 위에 유리로 된 묵직한 물병과, 큰 접시, 빵 바구니, 술을 마실 경우 술잔까지 놓아야 하면 그야말로 테이블이 그릇들로 넘쳐난다. 운이 좋아 꽃병과 장식품이 놓인 선반이 있는 구석진 자리의 테이블에 자리를 잡으면 그 선반에 물병이라도 올려 놓지만 그렇지 않으면 정말이지 테이블 옆 바닥에 자주 쓰지 않는 그릇을 좀 내려놓고 싶은 심정이다. 열심히 포크와 나이프질을 하다가 팔꿈치로 뭔가를 툭 쳐 떨어뜨릴까 봐 조마조마하다.

반면에 내가 가장 좋아하는 '작은 것'은 프랑스의 평범한 식당에서 흔히 볼 수 있는 작은 와인 잔이다. 작은 카페나 소박한 레스토랑을 지칭하는 비스트로Bistrot에서 많이 보이는, 짧은 다리의 이 와인 잔은 캐주얼함을 표방하는 비스트로와 아주 잘 어울린다. 비스트로는 음료와 간단한 음식을 제공하는 곳부터 트렌디하면서도 세련된 요리를 선보이는 곳까지 다양한데 프랑스를 상징하는 음식점이라고 볼 수 있다. 자연히 이곳에서 선보이는 단순하고 소박한 와인 잔 역시 프랑스를 대표하는 와인 잔이 되었다.

일반적으로는 가늘고 긴 다리를 가졌으며 와인을 담는 볼 부분은 동그랗게 볼록한, 투명하고 얇은 두께의 크리스털 혹은 유리 잔이 와인을 음미하기에 가장 적합한 용기로 여겨진다. 더 나아가 와인의 색, 생산 지역과 품종에 따라 잔을 달리하는 것이 해당 와인의 맛과 향을 즐기는 가장 이상적인 방법이라고도 한다. 프랑스 부르고뉴산 와인의 경우는 크고 불룩한 볼을 가지며 잔의 입구는 보르도의 잔보다 좀 더 작아야 한다. 화이트 와인은 레드 와인보다 작은 잔에 마셔야 하며 심지어 카베르네 소비뇽은 카베르네 소비뇽 전용 잔에, 몽라셰Montrachet(부르고뉴 몽라셰 마을에서 샤르도네 품종으로 만든 최고급 화이트 와인)와인은 몽라셰 잔에 마셔야 한다는 등 말이다.

실제로 비스트로 와인 잔은 시각적으로도 세련되고 우아한 맛이 덜하다. 다리가 짧아 잔 전체를 움켜쥐면 손의 열이 잔에 전도되기 쉽다. 좀 더 캐주얼하고 저렴한 음식점에서 볼 수 있는 잔은 두께가 꽤 두껍고 투박하며 크기도 더 작기 때문에 와인의 향을 발산시키겠다고 잔을 흔드는 것은 불가능에 가깝다. 와인의 종류와 상관없이 작고 단순한 형태의 잔이 일률적으로 제공되는 것은 말할 것도 없는 것이, 사실 이 잔으로 마실 수 있는 것은 와인뿐 아니라 맥주와 주스 등 모든 음료가 되기 때문이다.

이런 이유들로 프랑스의 '짧은 다리 와인 잔'은 전 세계 와인 애호가들의 비판의 대상이 되곤 한다. 작은 프랑스 와인 잔을 불평하는 한 와인 저술가의 트위터 글에 대해 와인 비평가 젠시스 로빈슨Jansis Robinson은 '프랑스의 와인 잔 얘기는 꺼내지도 말라'는 답을 했다. 오스트리아의 와인 잔 브랜드 리델Riedel의 대표 막시밀리안 리델도 한 인터뷰에서, 보르도와 부르고뉴는 여전히 공략하기 어려운 시장이라고 토로하기도 했다.

그렇다면 많은 프랑스인들이 여전히 작고 단순한 와인 잔을 선호하는 이유가 무엇일까? 당연하게도 실용적인 측면을 생각하지 않을 수 없다. 이 작은 잔은 무엇보다 싸고 세척하기 쉬우며 잘 깨지지도 않는다. 두껍고 튼튼하다. 그리고 자리를 많이 차지하지 않아 프랑스 음식점 특유의 작은 테이블에서도 안전하게 즐길 수 있다.

다른 한편으로는 긴 포도 재배의 역사를 가진 프랑스의 전통적인 와인 소비층과 와인을 대하는 프랑스인들의 시각을 통해 짐작해 볼 수 있을 것 같다. 포도를 재배하고 와인을 만드는 생산자들부터 와인을 소비하기 시작했으며 그들에게 와인은 하루의 노동을 끝마친 후 소박한 음식에 곁들이는 일상의 음료다. 결코 다양한 와인 잔이 필요한 특별한 것이 아니었을 것이다. 와인을 바라보는 그들의 시각은 오늘날까지 이어져, 크고 세련된 와인 잔은 비싸고 사치스러우며 필요도 없다는 인식이 지배적이다. 내가 보아 온 많은 프랑스인들은 작은 차를 타고 다니고 명품을 선호하지 않으며, 쓸데없는 소비를 싫어한다. 이런 소박함과 검소함의 기질이 몸에 배어 있는 것을 생각하면 충분히 납득이 가능하다.

세련되고 고급스러움을 표방하는 와인 바나 비스트로들은 최근, 오히려 의도적으로 한 가지 종류의 작은 와인 잔을 취급한다고 한다. 전통적인 농산물로서의 와인을 강조해 그에 대한 존경의 의미를 담고, 옛것에 대한 향수를 불러일으키려는 목적이다. 무엇보다 값으로만 등급을 매기고 특별한 사람만이 누리는 것이 아닌, 누구나 테이블 위에서 음식과 함께 마시는 와인임을 모토로 내세운다. 그들이 지향하는 것은 '캐주얼한 분위기에서 즐기는 친근함'이다.

내가 이 작고 소박한 와인 잔을 좋아하는 이유도 비슷하다고 할 수 있을까. 늘씬하게 뻗은 긴 다리를 자랑하며 정교하게 세공된, 영롱한 와인 잔이 각종 그릇들과 함께 좁은 테이블에 아슬아슬 놓여 있는 걸 보면 왠지 불안해서 마음 놓고 밥을 먹을 수가 없다. 마치 다가가기에는 너무도 완벽한 상대를 마주하고 음식을 먹어야 하는 느낌이랄까. 도저히 편안하게 식사를 할 수 있을 것 같지가 않다.

물론 내가 생각하는 최고의 와인을 그에 맞는 최적의 와인 잔에 따라 그 맛과 향을 완벽히 즐기는 것은 더할 나위 없이 황홀한 일이다. 분명 특별한 경험이 될 것이다. 하지만 좋아하는 사람들과의 격의 없는 대화와 따뜻하고 정겨운 분위기가 가득한 자리에서라면(특히 테이블이 좁다면!) 작고 투박하지만 다정하며 귀여운 이 와인 잔 하나로, 내게는 충분하다.

라벨이 좋아

♦

잘생긴 남자 보기를 돌 보듯 하는 것도 재주라면, 나는 그런 능력을 가지고 있다. 물론 오래전 압구정역 근처를 지날 때 나보다 긴 머리를 휘날리며 인도를 워킹하는, 10등신 정도 되는 남자(아마도 모델이리라)를 나도 모르게 5초 정도 쳐다본 적은 있다. 하지만 본능적으로 감탄했을 뿐이다. 멋진 피조물이었다. 그것뿐이다. 오히려 반감이 들 때는 있다. 흥, 어쩌다 저런 외모를 가지고 태어나 얻는 이득이 얼마나 될까. 치사하게도 인간으로서 질투가 나는 것이다.

잘생긴 남자뿐 아니라 황금 보기도 돌 보듯 할 줄 안다.

♦

그런데 황금 앞에선 멋진 이성 앞에서와 달리 조금의 노력이 필요하긴 하다. 자고로 견물생심이 세상의 이치 아닌가. 다만 갖고 싶은 아이템을 하나 더 사봤자 그 만족감이 얼마 못 간다는 것을 지금까지의 인생으로 깨달았을 뿐이다. 그래서 백화점 7층에 볼일이 있으면 곧바로 엘리베이터를 타고 7층으로 가고 마트에 생수를 사러 갔으면 달랑 생수만 들고 나와 버린다. 그래서 자본주의 사회에 내가 어떤 기여를 하며 사는지는 모르겠다.

그런데 사실 이게 다 웃기는 소리다. 눈과 귀를 열고 충분히 내 취향을 만끽하고 있기 때문이다. 그것도 돈을 써가며 말이다! 우선 책은 사서 본다. 도서관에서 빌려 보는 일은 드물다. 새 책의 깨끗함이 좋다. 읽지 않은 책이 수두룩하지만 그래도 계속해서 책을 산다. 크기별로, 분야별로 책장에 책들이 꽂혀 있으면 얼마나 흐뭇한지 모른다. 어려운 책은 읽지 않으므로 특별히 지성인으로 보이고자 하는 것은 아니다. 그저 좋아하는 작가의 결과물을 가지고 있다는 것, 그 소유의 만족감이 은근히 크다. 그리고 돈을 내고 영화를 보며 가끔 그림을 보러 가고, 무엇보다 와인을 마신다. 결국 소비를 어느 곳에 하느냐의 문제였을 뿐이다. 그러니 자본주의 어쩌고 하는 말을 하지 말았어야 했다.

나는 관심사가 월별로 바뀌는 사람인데 한때는 아무리 친절한 다큐멘터리를 봐도 알아듣지 못할 우주와 블랙홀에 심취했던 적이 있다. 미지의 세계의 매력이란 모름지기 전혀 이해하지 못함에 있는 것 같다. 그 아득한 우주와 검은색에 빠져 있던 어느 날 우연히 인터넷에서 세상에서 가장 어두운 블랙이라는 반타블랙Vantablack이라는 물질을 보았다. 빛을 99.96% 흡수해 세상에서 가장 진한 검은 색을 내는 것이, 마치 블랙홀이 시공간을 빨아들이는 것을 연상시킨다 하여 화제가 되었다. 그런데 영국의 한 연구기업에서 개발한 이 색을 한 예술가가 독점 사용하여 논란이 되었다는 것이다. 책을 한두 권 주섬주섬 사 모으는 나와는 역시 소유의 스케일이 다르다.

그 예술가의 작품을 찾아보던 중, 2009년의 한 와인 라벨에서도 그의 흔적을 발견할 수 있었다. 예상대로 프랑스의 샤토 무통 로칠드Château Mouton Rothschild의 라벨이다. 아니쉬 카푸어Anish Kapoor라는 이름의 인도 출신 영국인 조각가는, 공간과 재료, 색채를 통해 세상의 두 가지 이치 즉 하늘과 땅, 물질과 정신, 명과 암 등의 상반되는 개념을 표현하는 세계적인 아티스트다. 샤토 무통 로칠드가 그런 저명한 예술가를 놓칠 리 없다.

보르도의 샤토 무통 로칠드는 하나의 작품과도 같은 와인 라벨로 유명하다. 와이너리로부터 라벨 디자인에 관해 완전한 자율권을 부여 받을 아티스트가 샤토 무통 로칠드에 걸맞는 세계적 명성을 지니고 있어야 함은 물론이다. 본격적으로 시작된 건, 프랑스의 일러스트레이터이자 예술사가인 필립 줄리앙Philippe Jullian이 제2차 세계대전의 종식과 승리를 기념하는 브이V를 새겨 넣은 1945년이다. 살바도르 달리, 후안 미로, 칸딘스키와 피카소 등의 거장들을 거쳐 앤디 워홀과 제프 쿤스, 데이비드 호크니 같은 현대 작가들이 오늘날까지 그 전통을 잇고 있다.

아니쉬 카푸어가 불투명 수채화 기법으로 그린 2009년의 무통 로칠드 라벨은, 마치 칠흑 같은 밤에 누군가 몰래 피운 화염 같다. 머지않아 어둠을 온통 뒤덮어 버릴 불꽃 같다. 그것도 아니면 두 손에 묻은 선명한 핏자국이다. 그는 자신의 그림에 대해 이렇게 말했다고 한다. “빨강과 검정은 땅과 죽음의 색이에요. 우리 문명은 붉은 색 즉 여자의 피, 땅의 여신과 함께 시작됐는데, 이 태초의 피를 대신 하는 것이 바로 와인이지요.”

인간은 의미를 부여하고, 꿈꾸고 상상하고 또 그래야만 제대로 숨 쉬고 살 수 있다는 걸 이제는 알기 때문에, 한 예술가의 사상을 반영한 작품을 감상하는 것은 즐거운 일이다. 내가 이 심오한 주제를 이해했는지 어쨌는지는 모르지만, 라벨만 따로 액자에 담고 싶은 다른 아티스트의 작품과 달리 나는 2009년의 무통 로칠드 와인 자체를 마시고 싶었다. 분명 더 진하고 강렬할 것이며 이것을 한 모금 마시는 순간 그의 말대로 우리 문명의 기원을 느낄 것 같았다. 라벨의 타오르는 불빛에 홀린 걸까? 이리 와, 어서 마셔봐 하며 말을 거는 것 같다. 그러나 여차 저차 해서 지금껏 맛보지 못했다는 딱한 결말이다.

나를 유혹하는 화이트 와인 중에는 개구리 한 마리도 있다. 자국의 아티스트 작품으로 라벨을 장식하여 일명 '아트 시리즈'로 유명한 호주의 와이너리, 루윈 에스테이트Leeuwin Estate의 리슬링이다. 호주의 화가 존 올슨John Olsen의 그림 속에는 청개구리 한 마리가 역동적으로 헤엄치고 있다. 활기차고 천진한 그림체가 마치 동요의 한 소절 같다. 퐁당거리며 움직이는 개구리의 리듬감이 그대로 전해진다. 이 이미지는 와인의 색, 향과 맛, 와인 잔에서 찰랑이는 경쾌한 소리까지 내가 생각하는 호주의 리슬링과 겹친다.

이 정도면 와인업자들도 대단한 것 같다. 잘생긴 남자가 팔다리를 흐느적거리며 한순간에 길거리를 런웨이로 만드는 장면에서도, 유명 브랜드들로 도배한 백화점 속에서도 앞만 보며 직진하는 나를, 독창적이고 위트 있는 와인 라벨 앞을 한참 서성이게 만든다. 그 속에 담긴 의미를 내 멋대로 상상하고, 와인의 맛과 연결시키고 싶어진다.

그런데 이게 나만 그런 것은 아닌 것 같다. 한 조사에 의하면 소비자들의 약 80%가 라벨을 보고 와인을 고른다고 한다. 그 '라벨'이라는 것이 전통 있고 명성 있는 와인의 이름값인지 아니면 순전히 디자인을 말하는 건지 모르겠지만, 어쨌든 '나만 그런 건 아니잖아요.' 라는 변명을 할 수 있어 나에겐 참 위로가 되는 통계다. 그러고 보니 또 그렇다. 착하고 성실하고 능력 있는 사람인지 어떻게 알겠나. 사람의 겉모습, 즉 라벨이 먼저 보이니 어쩌겠는가.

1973년 샤토 무통 로칠드는 그해 세상을 떠난 20세기 최고의 화가를 기리기 위해 피카소의 작품을 택했다. '우리 영혼에서 일상의 먼지들을 씻어주는 존재가 곧 예술'이라고 말한 피카소 식으로 말하자면, 와인도 예술이고, 디자인도 예술이며 우리를 즐겁게 하는 각자의 취향도 모두 예술이다. 그래서 외모가 멋진 사람을 '예술이구나'하고 감탄하는 건가, 뜬금없이 궁금해진다. 아무 상관없는 이야기이지만 말이다.

오크 이야기

♦

한국에 온 이후 부모님과 함께 살다가, 1년이 지나 부모님 집을 나와 새로 살 곳을 마련했다. 가구라고는 하나도 없는 채로 하는 이사라 당장 누워 잘 침대며 먹고 마실 식탁과 의자 등 최소한의 가구가 필요해 가구 거리라는 곳을 갔다. 쇼핑에는 취미도 재주도 없는 나는, 입구에서부터 즐비한 비슷비슷해 보이는 가구들 사이를 비집고 들어가니 벌써 정신이 혼미하다. 어떻게 하면 현명한 소비자가 될 수 있을까? 생각한 예산 안에서 편리하고 실용적이며 견고하고, 가격까지 합리적인 것을 골라야만 한다. 디자인은 다음 문제다.

그런데 그 디자인과 재질에서 내 눈을 사로잡는 게 있었다. 크나큰 가구 매장에 들어선 지 5분도 안 되어 발견한 오크 테이블이 그것이다. 호박색의 상판과 두툼한 다리가 인상적인 그 테이블은 자연스럽고 차분한 나무 무늬를 가지고 있었다. 내 관심을 놓치지 않은 직원 분은 멀리서 달려와 의미심장하게 웃으며 비장의 무기를 보여준다. 상판 아래의 고정된 철제 걸쇠를 풀면 숨어 있던 가운데 상판이 요술처럼 등장해 4인용 테이블은 금세 6인용이 되었다. 솜씨 좋은 목수 할아버지가 손녀를 위한 책상을 만들어 준다면 이런 게 아닐까. 나는 흥분을 감추고, 둘러보고 다시 오겠다고 말을 하고 돌아섰다.

요즘엔 세라믹 식탁이 유행이라며 엄마는 나를 백화점의 절반 가격으로 판다는 한 세라믹 테이블 코너 앞으로 떠민다. 실용적이기로 이만한 것이 없다는 것이다. 적극적인 엄마의 모습에 동력을 얻은 직원분은 가지고 있던 볼펜이며 문구용 칼 등 뾰족한 것들을 테이블 표면에 마구 내리꽂으며 세라믹이 얼마나 견고하고 다른 재질과 차별성이 있는지 실험으로 보여주셨다. 하지만 스크래치와 급격한 온도 변화에 예민하다는 오크 테이블에 이미 마음을 빼앗긴 나에게 그 설명이 귀에 들어올 리 없다. 그리하여 지금 우리 집에 있는 것이 세라믹 테이블의 세 배의 가격을 지불하고 구입한 그 오크 테이블이다. 덕분에 예정했던 옷장 구입은 아직 기약이 없다.

붙박이장에 다 넣지 못한 옷이 아무렇게나 구겨져 서랍장에 꾸역꾸역 들어차 있지만 지금 그게 중요한 게 아니다. 나무가 주는 공간의 따뜻함이란 게 이런 걸까? 나는 집에 있는 동안의 대부분을 이곳, 오크 테이블에서 보내고 있다. 밥을 먹고 커피를 마실 때 뿐 아니라 평소에 안 하던 일기나 가계부 같은 것을 쓰기도 한다. 거기에 앉으려고 없는 일정도 만들어서 그곳에서 쓴다. 그것도 아니면 그냥 테이블 이곳저곳을 만져보거나 바라본다. 손끝으로 느껴지는 아름다운 나뭇결과 결마다 다른 밝고 진한 나무색이 마음을 차분하게 한다. 이리 봐도 예쁘고 저리 봐도 예쁘다.

식탁에 앉아 창밖을 보니, 눈길이 닿는 곳마다 빨갛고 노랗다. 그러고 보니 곧 구운 밤과 고구마가 어울리는 계절이다. 양팔을 쭉 벌려 테이블을 한아름 안고 얼굴을 갖다 대니 어쩐지 은은한 나무 향이 나는 것 같다. 계절의 냄새와 분위기에 이끌려 나는 얼마 전 선물로 받은 호주 빅토리아주 절롱Geelong산 샤르도네 한 병을 과감히 열기로 했다.

투명한 금빛 짙색의 와인을 잔에 따르니 모과 등 따뜻한 과일의 향이 풍성하게 퍼진다. 질감은 둥글고 부드럽다. 여름에 마시던 신선하고 상쾌한 맛의 샤르도네와는 확연히 다르다. 프랑스산 오크통, 그중에서도 35%를 새 오크통에서 숙성시켰다더니 과연 구운 견과류와 버터의 은은한 터치가 느껴진다. 신선한 생크림 향 사이로 레몬과 자몽의 깔끔한 뒷맛이 따라오는 걸 보니 오크의 영향은 과하지 않았나 보다.

보통 와인의 향을 말할 때 제일 먼저 떠오르는 것은 포도 품종일 것이다. 하지만 숙성(혹은 발효) 과정에서 거치는 오크통이 와인에 미치는 영향은 생각보다 크다. 차가운 광물 느낌의 날카로운 신맛을 자랑하는 프랑스 샤블리Chablis의 샤르도네와 바닐라, 버터 등의 향이 나는 부드러운 나파 밸리의 샤르도네를 보면 알 수 있다. 같은 품종이라도 이렇게 맛이 다른 이유가 뭘까? 지역과 토양의 영향도 있지만, 결정적 차이는 오크통 숙성 여부에서 온다.

배럴Barrel이라고 불리는 이 오크통은 둥근 모양과 단단하면서도 잘 휘어지는 속성, 새지 않는 구조 덕분에 예로부터 술을 보관하고 운반하는 데 사용되어 왔다. 그런 오크통이 기술이 발전하여 스테인리스 스틸, 시멘트통 등이 보편화된 오늘날에는 양조업자와 소비자들에게 꽤 고급스러운 옵션이 되었다. 오크 나무가 주는 특유의 향과 속성이 와인에 전해지도록 의도적으로 그 사용 여부를 결정하기 때문이다. 조금 더 간단히 말하자면, 와인에 '통 맛'이 배도록 할 것인가, 얼마나 배어나게 할 것인가 등이다.

오크통에서 숙성된 와인은 초기의 떫고 거친 맛이 부드러워져 마시기에 한결 수월하다. 오크통의 미세한 구멍을 통해 조금씩 공기가 유입되어 거친 타닌의 맛이 순화되기 때문이다. 그 과정에서 와인의 색과 향에도 영향을 미치는데, 화이트 와인의 경우 푸른빛은 점차 사라지고 견과류, 버터 등의 향이 더해져 강한 질감의 와인이 되고, 레드 와인의 경우 색은 진해지며 깊고 복합적인 맛의 골격 있는 와인으로 변모한다.

이 통을 만드는 오크 나무란 것은 우리나라에서도 볼 수 있는 참나무 혹은 떡갈나무와 같은 종에 속하는데, 품질 좋은 오크통이라 하면 역시 프랑스산을 가장 고급으로 여긴다. 나무 조직이 촘촘하고 자르는 방식이 섬세하여 오크 향이 와인에 은은하게 전해지기 때문이다. 즉 헤이즐넛, 담배 등의 섬세하면서 옅은 스모키한 향이 포도 본연의 맛을 더 잘 표현해 준다. 반면에 미국산 오크통에서 숙성한 와인에서는 바닐라, 코코넛 등 좀 더 부드럽고 달콤한 향신료의 강한 맛을 느낄 수 있다.

숙성을 위한 오크통이 얼마나 오랫동안 사용되었는가도 와인에 영향을 미치는 중요한 요소다. 사용 기간이 오래된 오크통은 와인에 미치는 영향력이 점점 줄어들어 약 5년이 지나면 그 수명을 다한다고 한다. 몇 번이나 우려낸 티백에서 진한 맛의 차를 기대할 수 없는 것과 같은 원리다.

그렇다면 와인에서 이 오크 향이란 것은 어떤 역할을 할까? 음식으로 비유하자면 후추 정도 되지 않을까? 적당히 조금 넣어 음식의 고유한 풍미를 돋우는 그런 역할. 한번은 이탈리아를 여행할 때, 한 레스토랑에서 거대한 후추 알이 한가득 들어간 스테이크를 주문한 적이 있었는데 배고픔도 이길 그 낯설고 강한 맛에 대부분을 남기고 레스토랑을 나와야만 했다. 스테이크 본래의 맛을 빼앗을 정도로 음식이 온통 후추로 뒤범벅되지는 말아야 한다는 것을 실감한 것이다. 내가 모르는 미식이 있는지도 모르지만 말이다. 그래서 오크통을 숙성에 사용하기로 결심한 많은 양조업자들은, 지나친 오크 향이 와인에 배는 것을 방지하기 위해(물론 비용을 절감하는 이득도 있다) 와인을 새 오크통과 오래된 통에 나누어 숙성시킨 다음 나중에 블렌딩하는 방법을 취하여 와인 본래의 향과 맛을 지키려고 노력한다.

아무튼, 아무리 봐도 사랑스러운 나의 새 오크 식탁에서, 은은한 오크 향이 매력적인 샤르도네와 함께 먹을 오늘의 저녁 식사 메뉴는 버섯 리조또다. 물론 요리사는 나다. 문제는 채소 육수에 들어갈 각종 채소인데, 정통 레시피에서 요구하는 샐러리가 없어서 고민이다. 육수에서 샐러리의 역할이 정확히 어떤 건지, 없을 때 대체할 수 있는 채소가 뭔지, 이제 막 요리를 배우기 시작한 나는 시작부터 난관이다. 게다가 테이블에 그릇을 올려놓을 때마다 행여나 흠집이라도 나지 않을까 자꾸 신경이 쓰인다. 조심스러워서 뭘 할 수가 없다. 지켜보던 엄마가 딱하다는 듯이 한마디 하신다. "식탁 모시고 살려고 그러니? 손때가 묻고 길이 들어야 그때 정말 네 것이 될 텐데." 듣고 보니 기사에서 본 한 프랑스인 오크통 제조업자의 인터뷰가 생각난다. 자신이 만드는 프랑스산 오크통에 대한 자부심이 아주 큰 그였다.

"와인에서 '숙성'을 말하는 데 쓰이는 단어만 봐도 의미를 알 수 있어요. 영어의 숙성은 단순히 '나이가 든다ageing'는 뜻이지만, 우리 프랑스에서는 '더 좋게 한다élever'는 의미니까요."

내 오크 식탁도 세월의 흔적이 쌓이면서 멋이 더해질까? 자잘한 흠집도 나와 보낸 정다운 흔적이 되어 함께 깊은 세월의 맛을 느끼게 될 날이 올까? 오래된 와인의 아련한 오크 향기처럼?

기후변화에 대처하는 와인 애호가의 자세

이제 겨우 30개월 된 아이도 안다. 서른 달을 사는 동안 이것저것 먹어 보니 당근은 아무래도 자기 입맛에 안 맞는다든지, 어린이집 등원 패션으로 분홍색(혹은 파란색)만은 용납이 안 된다 하는 '이건 정말 못 참겠다' 싶은 것들 말이다. 차곡차곡 살아온 세월이 수십 년이 되는 사람은 오죽할까. 나에게도 견디라면 견디겠지만 이왕이면 피하고 싶은, 남들은 아무도 궁금해하지 않을 '참기 힘든 두 가지'가 있다.

첫째는 불어버린 라면이다. 라면뿐 아니라 국수 형태를

한 모든 불은 면발이 이에 속한다. 그런 사람들이 있다. 국물이 완벽히 배는 적당히 퍼진 면발을 선호하는 사람들. 덜 익은 면은 밀가루 냄새가 나서 못 먹겠다는 사람들 또는 소화가 잘 된다는 이유로 일부러 오랜 시간을 들여 익혀 먹는 사람들. 슬프게도, 세상에서 가장 맛있는 음식을 만드는 우리 엄마와 요리에 두각을 보이는 남편의 라면 취향이 그러하다.

그래서 두어 셋이 모인 자리에서 라면을 끓여야 하는 상황이 오면 난감해진다. 라면 두세 개 끓이자고 좁은 가스레인지 앞에서 각자 냄비를 들고 서성일 수는 없지 않은가. 나의 좁은 인간관계를 일반화할 수는 없지만 내 경험으로 미루어 내 취향은 아무래도 소수에 속하는 듯하다. 그들 말로는 내가 끓인 게 덜 익어도 한참 덜 익었다고 하니 이쯤 되면 내가 국수 요리를 먹을 줄 모른다는 것을 인정해야 할 것도 같다. 그렇다고 내 분량은 조금 일찍 꺼내서 불지 않도록 먼저 먹는다거나 혼자 따로 끓인다거나 하는 것도 참 어지간히 까탈스러워 보여 대개는 남들과 함께 먹곤 하는데, 그들이 말하는 적당히 익은 라면이란, 아, 그것은 이미 맛있게 먹을 수 있는 것이 아니다.

그러나 불은 라면은 여름 더위에 비하면 아무것도 아니다. 여름에는 도저히 우아할 수가 없다. 다른 계절에는 우아한 사람이었냐 물으면 할말이 없지만, 여름에는 하루에도 몇 번이고 부딪히는 자잘한 판단의 순간에서 이성을 갖고 차분한 결정을 내리기가 정말 힘들다. 그래서 별것도 아닌 일에 화를 내고 충분히 너그러울 수 있는 상황에서 옹졸한 태도를 보이는 실수를 하곤 한다. 너무 더위를 먹으면 급기야 정신줄 놓은 사람처럼 사고가 정지된다.

더위에는 말 그대로 치장이란 것도 할 수가 없다. 그저 몸을 가볍게 하고 통풍이 잘 되는 옷이 최고다. 외모를 1.5배 돋보이게 한다는 귀걸이도 싫고, 옷에 달린 쓸데없는 레이스나 카라도 거추장스러울 뿐이다. 집 안엔 물건이 많을수록 덥게 느껴지기 때문에 필요하지 않은 것들은 버리거나 안 보이는 곳으로 치운다. 사람도 집도 더위와 싸울 각오를 해야 한다.

일기 예보를 볼 필요도 없이 일주일 내내 37도가 계속되는 7월의 어느 날이었다. 하루 종일 가동 중인 에어컨 때문에 냉방병에 걸려 끊임없는 콧물과 재채기로 정신이 오락가락 하던 중, 그날은 마침 한참을 걸어야 하는 일이 있었다. 에어컨 바람만은 당분간 피하고 싶어서 오랜만의 야외 활동이 오히려 반가울 정도였다. 뜨거운 햇볕이 병든 내 몸을 깨끗이 소독해 줄 것이라 기대를 품고 집을 나섰다.

그러나 걷기가 10분이 넘고 20분이 넘으니 마치 태양이 얼굴을 가까이 들이밀고, '어디 한번 죽어봐라' 하는 심산으로 나를 쫓아오는 느낌이 들었다. 이 모든 게 열돔 현상 때문이라면 대기권을 뚫고 위로 솟아버리면 이 불구덩이 같은 더위에서 해방될 수 있으니, 초능력이 있다면 능히 이 지구를 벗어나겠구나, 반쯤 혼이 나간 상상을 하다가 다행히 기절하지 않고 실내에 도착했다. 더위를 많이 타는 편에 비해 그다지 땀을 흘리지 않지만, 의자에 앉는 순간 홍수처럼 솟아나는 땀부터 닦아야 했다. 요즘은 공공장소에서 마스크를 벗을 수 없는 게 문제다. 한 손으로 마스크를 살짝 잡아당기고 티슈를 든 다른 한 손은 마스크 밑으로 집어넣어 땀으로 초토화된 얼굴을 주섬주섬 문질러 닦는데 휴지 몇 장으로 해결될 일이 아니다. 해를 가리던 모자를 벗으니 이마에 미역 같은 머리카락이 쩍쩍 들러붙어 있다. 역시 여름에는 우아한 사람이 될 수 없다.

여름이 오면 가벼워진 옷차림만큼이나 에너지가 샘솟고 유달리 활기를 띠는 사람들이 있을 것이다. 그들에게 여름은 잎이 무성하게 자란 수풀처럼 싱그러운 계절이고, 수박의 계절이며 한 해의 절정과도 같을 것이다. 그래서 나는 그들을, 노래를 잘해서 어느 자리에서든 주인공이 되는 사람 다음으로 부러워하곤 했다. 왜 하필 나는 더위에 약한 체질로 태어난 걸까. 내가 한국에 없던 2018년의 폭염은 올해보다 더 했다고 하는데, 나로서는 도저히 상상이 가지 않는다.

청량한 여름밤을 기대하며 마실 와인으로 스페인의 스파클링 와인, 아이스 카바Cava를 준비했다. 시원한 냉장고에서 방금 꺼냈는데도 잔에 따르니 금세 미지근해진다. 아예 얼음 몇 개를 들이부었지만 너무 더위를 먹은 걸까. 갈증이 해소되지 않는다. 와인을 마실 때 '목을 축인다'라는 표현이 나오는데, 그것도 기온이 어느 정도껏일 때 이야기인가 보다. 너무 더울 때는 차갑게 식힌 보리차만 한 게 없다. 목을 축이는 데 있어서 커피나 와인은, 물과 식힌 보리차 앞에서 명함도 내밀지 못할 것 같다.

그러나 이 시기도 지나고 어느새 선선한 바람이 분다. 비로소 차분한 사고가 가능해지고, 잊고 있던 미각의 세계도 돌아오는 걸까. 진한 믹스 커피도 한번 타 마시고, 뜨겁게 내린 원두커피의 모락모락 올라오는 향에 얼굴을 갖다 대 보기도 한다. 잃었던 '우아한 세계'로 돌아오는 느낌이다. 가을을 맞이하는 첫 와인으로 말벡을 마시고 싶었는데 어쩌다 보니 아직이다. 진한 보라색이 주는 인상과 달리, 말벡에는 복잡하지 않은 과일 향의 소박함과 부드러움이 있다. 요란스러운 여름을 보내고 나서의 첫 레드 와인으로 어쩐지 적당해 보인다.

유난히 더위에 약한 나에게, 갈수록 더워지는 여름은 '와인이 덜 생각나는 시기'가 될까? 사실 도시에 살면서 덥다고 와인을 마시고 안 마시고는 그냥 내 개인적인 일이다. 그러나 이 기후변화란 것은, 세상 어느 과일보다도 섬세한 껍질을 가지고 있는 포도 농사에 치명적인 영향을 끼치고 있다. 올해 보르도는 다행히 너무 덥지 않아 전통적인 9월 수확이 가능했지만 이제는 8월에 시작하는 포도 수확도 드문 일이 아니다. 50년 동안 수확 날짜는 무려 1개월이 앞당겨졌다고 한다.

평균 기온이 오르면서 포도 산지도 자연히 극지방으로 뻗어나가고 있다. 영국은 물론이고 이제는 북유럽에서도 포도를 재배하기에 이른 반면에 전통적인 와인 산지는 어떻게 손을 쓸 수 없을 정도로 타격이 크다. 미국 국립과학원 회보 PNAS의 연구 결과에 따르면, 기온이 2도 높아질 때마다 포도 재배지는 50% 이상 사라질 것이고, 4도 이상 오른다면 그 면적은 약 80%에 달할 것이라고 한다.

이에 와인 농가가 취할 수 있는 선택지는 그저 포도 품종을 바꾸는 것뿐이다. 즉 더위와 가뭄에 잘 견디는 품종으로 말이다. 피노 누아 산지인 프랑스 부르고뉴 지방과 카베르네 소비뇽, 메를로의 고장인 보르도는 모두 무르베드르Mourvedre, 즉 더운 지방에서 블렌딩용으로 많이 쓰이는 품종을 재배하는 지역으로 탈바꿈되고, 산미가 중요한 소비뇽 블랑과 피노 누아의 재배지는 점점 추운 지방으로 이동할 것이다. 프랑스 남부 랑그독 지방에서는 이미 늦게 여물고, 가뭄에 강한 그리스와 이탈리아 품종들을 실험하고 있다. 앞으로 우리가 마실 와인은 점점 농익고, 알코올 농도가 더 높으며 덜 섬세할 것이다. 그럼 이미 뜨거운 날씨에 견디는 품종에 한정된 포도 농사를 하고 있는 이탈리아나 스페인, 호주 등은 무얼 선택해야 할까?

숨 쉬고 살 수 있는 곳을 찾아 이동하는 것은 포도뿐이 아니다. 그깟 와인 안 마시고 살면 되지 않겠냐는 말이 통하지 않는 이유다. 과학자들은 50년 안에 더워서 살 수 없는 땅이 현재 1%에서 19%로 늘어날 것이라고 예견한다. 인간도 더위와 재해, 그로 인한 가난과 불평등을 피해 안전한 곳을 찾아 떠나는, 기후 난민의 문제에 맞닥뜨린 것이다. 생물학자이자 세계적인 문화인류학자이며 『총, 균, 쇠』의 저자인 재레드 다이아몬드Jared Diamond는, 한 일간지와의 인터뷰에서 우리 문명은 이제 30년 밖에 남지 않았다는, 무섭지만 아직도 현실로는 와닿지 않는 말을 남기기도 했다. 두고 볼 일이다.

천상병 시인은 그의 시 「귀천歸天」에서, 하늘로 돌아가는 날을 '아름다운 이 세상 소풍 끝내는 날'이라고 했다. 그에게 삶은 소풍이었나 보다. 이 땅의 단 한 줌도 영원히 내 것일 수 없는 이곳에서 소풍 나온 나비처럼 훨훨 날다가 흔적도 없이 사라지는 것은 얼마나 아름다울까. 그러나 나 하나 먹고사는

데 뭐가 그리 많은 게 필요했는지, 오늘도 버리고 분리해야 할 쓰레기가 베란다에 한가득이다. 너무 더워 일에 능률이 오르지 않으니 에어컨을 켜야 한다. 한 번뿐인 인생을 소풍 온 것처럼 제대로 놀아 보려면 해외여행도 가야 하고, 비행기도 타야 한다. 내가 배출하는 이산화탄소가 얼마나 되는지, 그로 인해 지구는 또 얼마나 뜨거워질지 생각해 보지만 그에 대해 뾰족한 답은 없다.

그러니 기후변화에 대처하는 와인 애호가의 자세 같은 것도 정해져 있을 리 없다. 그저 오늘 마실 와인을 내일로 미루지 말고 지금 마실 수 있는 것들을 감사히 여기고 즐길 뿐이다. 그리고 가까운 훗날 젊은 세대들에게 그들은 모를, 내가 누렸던 즐거움을 지루한 옛날 이야기처럼 늘어놓는 상황이 오지 않길 바란다. '나 때는 와인이 이렇게 진하지 않았지. 아찔한 신맛이 인상적인 샤블리 와인이란 것이 있었지. 참 좋았던 때지….'라고 말이다.

와인 스노브

♦

미국에서 가장 '스노비쉬Snobbish'한 주가 어디인지에 대한 조사를 다룬 기사를 최근에 읽은 적이 있다. 이는 미국의 한 취업사이트가 만든 4가지 영역에서 가장 높은 점수를 취득한 주를 의미하는데, 그 기준이란 것이 다음과 같다. 대학 졸업자의 비율과 예술 혹은 인문학 학위 취득자의 비율, 그리고 해당 주가 보유한 아이비리그 대학의 수, 그리고 마지막 하나가 연간 소비되는 그 지역 와인의 양이다. 그리하여 그 영예의 주인공은 미국의 동부에 있는 매사추세츠가 되었다. 전 세계 사람들 누구나 한 번은 들어 알고 있는 그 학교, 하버드 대학이 있는 동네 말이다.

위의 기사는, 그들의 스노비쉬함을 알기 위해 예를 들어 출신 대학 따위를 묻는 수고는 필요 없다고 이야기한다. 묻지 않아도 스스로 말하기 때문이다. '우리 학교', '내가 나온 학교' 등으로 말하지 않는다. 자랑스러운 고유명사, 하버드, 예일이면 너무나 충분하다. 그곳의 엘리트 대부분은 스스로가 비엘리트들의 삶의 방식을 결정할 자격이 있다고 믿는다는 신랄한 말을 덧붙이며 이 짧은 기사는 마무리된다.

기자가 지적하듯, 스노비쉬함은 굳이 말하지 않아도 드러나게 마련이다. 그들이 공부를 얼마나 많이 하고 수입이 얼마나 되는지와 직접적인 상관이 없어 보이는 와인 소비량이 그 기준에 포함되어 있는 것은, 특이하지만 어쩌면 당연한 일이다. 방에 틀어박혀 문을 걸어 잠그고 혼자 조용히 마시지 않는 이상, 와인은 누군가와 함께 마시는 경우가 많아 그 무엇보다 사회적이고 사교적인 음료이기 때문이다. 그들이 마시는 와인의 종류와 가격, 와인을 대하는 태도와 이를 둘러싼 지식들이 계속해서 노출된다.

스노브 하면 와인이고, 와인 하면 스노브다. 나의 영어 공부가 늦되어서 그런지는 모르겠으나 부끄럽게도 와인을 알기 전에는 스노브란 단어를 들어본 적이 없다. 가치관의 스펙트럼이 극단적으로 다양한 서양에서는 이 와인 스노브에 대한 부정적 인식이 많은 것 같다. 남의 속을 뜨끔하게 하는 거침없는 말 속에서도 유머를 잃지 않는 미국의 작가, 프란 레보비츠 Fran Lebowitz는 이런 말을 했다.

"위대한 사람들은 이상에 대해 논하고, 평범한 사람들은 이런저런 일들을 말하지만, 별 볼 일 없는 사람들은 와인에 대해 이야기한다."

그래서 어떤 이들은 테이블 위에 놓인 와인 잔을 돌리는 장면만 봐도 질색을 한다. 그러면 나는 '그냥 와인 향을 좀 더 잘 맡고 싶었을 뿐이에요. 그 밖의 다른 이유는 조금도 없어요.'라며 마치 사무친 억울함을 풀듯 해명 아닌 해명을 하고 싶어진다. 그리고 와인 잔에 코를 깊숙이 집어넣었다 뺀 후 버터 향 혹은 휘발유 향 따위가 느껴지기라도 하면 이 사실을 상대방에게 말을 해야 하나 말아야 하나 잠시 망설이다가 이내 그만두고 말 때가 있다. 이럴 때는 '홍시 맛이 나서 홍시라 한 것이온데, 어찌 홍시라 생각했느냐 하시면… '이라고 대꾸하는 어린 장금이의 솔직함이 부럽다. 하지만 '이 와인은 뭐랄까, 백단 향? 혹은 프랑스 남부의 전형적인 테루아를 보여주는 덤불 숲속의 허브 향… 그렇지! 이건 분명 에스트라공이에요. 타라곤 향 말이에요'라는 말은 차마 할 수가 없다. 백단 향을 직접 맡아본 적이 없으며, 선택한 단어들은 내게도 매우 생소하고, 설명하는 방식은 너무도 진부하여 그래서 웃기고, 결국엔 공허해지고 만다.

그런데 스노브Snob가 대체 무슨 뜻일까? 국어사전에서 스노브란 단어를 찾으면 '속물, 잘난 체하는 사람, 재물 숭배자' 등의 표현이 나온다. 세속적인 일과 재물에 관심이 많다 하여 비난할 사람이 누가 있을까? 그렇지 않은 사람은 오히려 위선자에 가까울 것이다. 여기에 덧붙인 '잘난 체하는 사람'이라는 표현은 귀여울 정도다. 그럼 스노브에 아무 문제는 없는 것일까? 위키피디아에 따르면 스노브란 '외모를 포함한 사회적 위치와 인간의 가치 간에 밀접한 관계가 있다고 믿는 사람이며 또한 교육 수준을 비롯해 자신보다 사회적 위치가 낮은 계층에 대해 우월감을 느끼는 사람'을 일컫는다. 그들은 대개 다른 이들과의 차별성을 두는 것에 민감하며 이는 종종 과시적인 소비 행태로 나타난다. 그중 복잡하고, 접근하기 어려우며 비싸다는 인식이 많은 와인을 소비하는 일만큼 그들의 스노브함을 보여주기에 적절한 것은 없다고 한다.

와인 스노브란 단어가 꽤 트렌디하게 들리기는 하지만 사실 이것이 어제오늘만의 일이 아닌 것은 분명한 것 같다. 미국의 와인 매거진 《와인 인수지애스트Wine Enthusiast》는 고대의 술을 연구하는 고고학자 트래비스 럽Travis Rupp의 말을 인용하며, 와인은 이미 수천 년 전부터 계층을 구분 짓는 잣대로 이용되어 왔다고 한다. 로마제국의 수많은 정치가와 학자 즉 '진정한 로마인'들은 와인을 마시고, '나머지'들은 맥주를 마셨다. 고대 그리스의 서사시인 호메로스가 그의 저서 『일리아스Ilias』에서 와인은 특별하고 높은 지위에 있는 자만이 마실 수 있는 음료로 묘사한 걸 보면, 와인과 맥주를 바라보는 인식이 이미 그리스에서부터 존재했다는 것을 알 수 있다. 이후 콘스탄티누스 1세가 로마의 지배자가 되어 기독교라는 유일신교를 받아들인 후, 와인은 그리스도의 피, '성스러운 것'이 되어 그야말로 '신의 물방울'이 되었다. 글을 읽을 줄 아는 1%에 속하지 않는 '나머지'들은 여전히 맥주 등을 마시는 이단이며, 야만인으로 존재했다.

모든 걸 가지고 태어나거나 특별한 지위를 누리고 있는 사람이라면 생각이 달랐을까? 그럴 수도 있겠다. 처한 상황이 사람의 가치관과 사고방식을 결정짓는 것을 부인할 수 없다. 그러나 평범한 인간으로 태어나서 특별할 것도 없는 인생을 살고 있는 나같은 사람에게 사람의 사려 깊은 마음이 아닌 물질에 너무 많은 의미와 감정을 부여하고, 이를 이용하여 사람과 사람 사이에 가치의 높낮이를 매기는 것은 불가능한 일이다. 그래서 내가 가진 무언가로 타인을 평가하는 것도 있을 수 없는 일이다. 그렇게 생각하고 살았다.

그러다 최근 길을 걷다가 아는 사람의 메신저 프로필에

올라온 사진을 우연히 보았다. 그녀는 코로나와 사람들로 붐비는 도시를 피해 지방으로 내려가 가족들과 조촐한 캠핑을 하고, 30도를 웃도는 날씨에 걸맞게 토마토와 오이 등 알록달록한 채소를 이용한 음식을 테이블에 놓고 사진을 찍어 올렸다. 그때 내 눈에 들어온 것이 샐러드 접시 위에서 가족들과 건배하는 모습의 와인이었다. 이 숨막히는 폭염에, 어린잎 채소로 가득한 상에, 와인 잔 밑이 안 보일 정도로 시커먼 레드 와인이어야만 했을까? 다른 와인은 없었을까?

또 한번은 친구가 연락을 해왔다. 언젠가 외국에서 정말 맛있게 먹은 와인이 있는데, 그때 찍은 와인 병의 사진까지 보여주며 어딜 가면 이 와인을 다시 맛볼 수 있느냐는 것이다. 나는 여러 곳을 수소문해 보았지만 그것과 똑같은 와인을 파는 곳을 찾지 못해 그녀가 마신 와인과 비슷한 다른 와인 몇 개를 소개해 주었다. 상황에 수긍을 하면서도 어째 내가 추천한 와인을 사 마실 생각은 없어 보이고 찾는 와인을 구하지 못해 내내 아쉬운 얼굴이다. 사는 동안 세상의 수많은 와인을 다 마셔 보지도 못할 텐데 이미 마신 똑같은 와인을 고집하는 그녀에게 나는 급기야 서운한 마음까지 들었다.

그러던 어느 날이었다. 외출을 하다가 들린 공중 화장실의 거울에 비친 내 모습을 본 순간, 마치 아담과 이브가 사과를 베어 물었을 때 느꼈을 수치심 비슷한 것을 느꼈다고 하면 너무 호들갑스러운 표현인지도 모르겠다. 외국의 유명 디자인 학교를 졸업했다는 어느 패션 디자이너가 거울에 비친 내 모습을 보고 이런 조언을 한다면 어떨까. '지금 입고 있는 그 옷이 최선인가요? 각자에게 맞는 옷의 조합이란 것이 있거든요. 그냥 안타까워서 그래요.'

와인에 대해 쓴 다른 글에서 입맛과 취향의 개방성을 강조한 나는, 정작 낯선 것에 대해 얼마나 도전적인가. 늘 마시던 커피만 마시고, 음식의 재료와 조리법이 그 나라의 면적만큼이나 다양하다는 중국요리점에 가서도, 짬뽕 아니면 짜장면만 먹는다. 신맛을 좋아한다는 이유로, 구수한 쓴맛이 일품이라는 로부스타Robusta 원두로 만든 커피는 마셔 보지도 않고 내 취향이 아니라고 말하며, 중국의 모든 음식은 느끼할 것 같다는 이유로 다른 것은 아예 시도해 보지도 않는다. 그런 내가, 더없이 특별한 경험이었을, 외국에서 마신 그 와인의 맛을 잊지 못해 다른 와인을 두고 망설이는 그 친구를 이해하지 못한 것이다.

프랑스 브르타뉴 출신으로서, 캐나다 퀘벡으로 이주한 후 30년간 와인 교육 분야에서 일한 자크 오롱Jacques Orhon은 몇 년 전 『와인 스노브Le Vin Snob』란 책을 펴냈다. 그는 한 기사의 인터뷰에서, 기상학, 지리학, 화학, 생물학 등에 정통한 척하는 '스노블리에(스노브와 소믈리에의 합성어)'가 판을 치는 현실을 개탄하며 이들이 와인을 너무 복잡하게 만든다고 비판한다. 그러고는 와인 앞에서는 늘 겸손해야 한다고 말한다. 그는 '와인 앞에서'라는 말을 썼지만, 나는 '와인을 만드는 사람과, 와인을 마시는 사람 앞에서'라고 이해하고 싶다. 그러면서 그는 상대방을 가르치려 들면 안 된다고 말한다.

나는 촌스럽건 말건 누가 뭐래도 꽃무늬 원피스를 입고 싶고, 폭염에 머리카락이 이마에 들러붙어 쪄 죽는 한이 있어도 앞머리를 고수하고 싶다. 그게 내 얼굴을 더욱 납작하게 보이게 할지라도 말이다. 한 번 먹어본 커피가 맛있다는 이유로 늘 같은 곳의 커피만 마시고 싶다. 길지 않은 인생에서 나만의 황금비율을 찾지 못할지언정, 더 많은 세계를 경험할 수 없을지언정 내가 하고 싶은 대로 살고 싶다.

와인을 소개하고 마시는 데 도움을 주는 일은 어릴 적 학교 선생님을 생각나게 하는 일인 것 같다. 책과 친해지려면 읽고 싶은 책을 읽어야 한다. 역사에 흥미가 있으면 역사를 다룬 만화책부터 시작하면 된다. 그러다 보면 나아가 E.H 카의 『역사란 무엇인가』와 같은 책을 읽는 사람이 될 수도 있고, 전혀 다르게 제9의 예술이라는 만화 자체에 관심이 생겨 새로운 영역을 찾는 사람이 될 수도 있다. 어느 쪽이든 멋있고 가치 있는 일이다. 직업을 고르는 일이 이럴진대, 하물며 먹고 마시는 일에 옳고 그름이나 가치의 높낮이란 있을 수 없다. 오크 풍미가 진동하는 와인만 찾더니 몇 년 후 위스키 전문가가 되어 있을 수도 있다. 와인을 마시는 즐거움을 알고 그로 인해 잠시나마 행복하면 그걸로 충분하다. 그들의 입맛이 내 입맛이 아닌 것처럼, 내 취향도 그들의 취향은 아니다.

그나저나 와인은 왜 이렇게 복잡한 걸까? 와인을 그토록 사랑한다는 자크 오롱은, 조금 부끄러운 취미라며 인터뷰 말미에 이런 고백을 했다. 마라톤과도 같은 기나긴 와인 시음이 끝난 후 한 잔 들이켜는 맥주가 그렇게나 좋다고 말이다. 그의 이야기를 들으니 와인학교 시절, 학교 식당에서 만난 교장 선생님의 점심 식사가 떠오른다. 평생을 와인 양조와 교육에 종사하고, 당시 은퇴를 1년 앞두고 있던 그가 식사를 하기 전 마시던 코카콜라가 인상적이었다. 강의를 끝낸 후 탁! 하며 경쾌하게 콜라 캔을 따는 그 소리가 아직도 귀에 들리는 것 같다. 선생님도 복잡한 와인의 세계로부터 잠시 벗어나고 싶었던 걸까?

신세계와 구세계
그리고 그냥 세계

◆

촘촘히 잘 짜여진 세계 안에 있다는 것이 얼마나 편안하고 아늑한지! 그 안에는 수많은 규칙이 있지만 별로 불편함을 느껴본 적은 없다. 그래서 길거리에 침을 뱉는 일, 금연 장소에서 흡연을 하는 일이 경범죄를 넘어 중범죄로 취급된다 해도 나랑은 별로 상관이 없다. 나는 거리에 침을 뱉거나 흡연을 하지 않기 때문이다.

규율이 많은 사회는 대부분 예외 없이 아귀가 딱딱 들어맞고, 체계적이다. 그 속에 사는 사람도 그렇게 산다. 논리적이고 합리적이며 결론은 충분한 근거가 있어야 하고 무엇보

◆

다 실현 가능해야 한다. 이 완벽한 시스템을 일단 구축하면 그 안에서 그것을 지키고 잘 살면 된다.

세상에는 크게 나누어 두 가지 법률체계가 있다고 한다. 로마제국의 시민법에서 출발하여 오늘날 독일과 프랑스 그리고 일본을 거쳐 우리나라가 채택한 대륙법 체계가 그중 하나고, 영국과 미국, 그 외 호주와 캐나다 등 영국의 식민지였던 국가들의 법체계인 영미법 체계가 그것이다. 웬 뜬금없는 법 강의이냐 물을지 모르지만 잠깐 들어 보시길. 세상의 모든 이분법이 그렇듯 너무도 단순하니 말이다.

대륙법 체계는 성문법成文法 주의라고도 한다. 각 부문의 법들이 성문화 즉 말 그대로 법전 위에 적혀 있다. 세상에 일어나는 모든 일들은 이 법체계 안에서 적용되고 운용되기 때문에 이 안에 우연적인 것과 현대인의 관점에서 비합리적인 판단은 들어갈 여지가 없다. 반면에 영미법은 성문화된 법보다는 그때그때 개별적 사건의 판결에 의한 판례가 쌓인 결과로 이루어져, 불문법不文法 또는 판례법이라고 불린다. 이성적인 몇몇이 아니라 일반 시민의 상식적인 판단에 근거한다 하여 보통법이라고도 한다.

사람이 시스템을 만들지만, 시스템이 사람을 만들기도 하나보다. 내가 언제부터 '대륙법 체계'적인 인간이었을까 생각해 본다. 사소한 것에서부터 질서와 체계를 잡고 싶어 안달이다. 예를 들면 번역된 영미권의 글을 읽을 때가 그렇다. 가슴으로 읽는 문학이 아닌 상황을 분석하고 의견을 표출하는 글을 읽고 이해하는 데에 늘 애를 먹는 편이다. 저자의 생각이 끊임없이 가지치기를 하고 그들만의 비유가 남발할 때마다 내 안의 수직적인 체계가 붕괴되는 느낌이다. 끝맺음은 또 어떤가. 요즘 유행하는 영화처럼 열린 결말이다. 무슨 얘기가 하고 싶은 거야? 보기 좋게 나열된 목차는 글 전체를 빠짐없이 아우르고 기승전결이 분명해야 하며 논리는 모순에 빠지지 않아야 하거늘 이 얘기 했다. 저 얘기 했다가 삼천포로 빠지더니 결론도 없이 흐지부지다. 일정한 체계도 없이 코에 걸면 코걸이, 귀에 걸면 귀걸이 같은 판례에나 의존하는 사람들의 사고방식을 내가 어떻게 이해하겠는가!

그러나 줄 세우고 질서 잡기 좋아하는 나의 방식이 생활 전체를 지배하고 그래서 그 체계 안이 답답하게 느껴질 때에 이것은 곰곰이 생각해 봐야 할 일이 된다. 다시 말해 내가 생각하는 상식과 합리가 스스로 만들어 놓은 틀 안에서 맴돌고 고여서 굳어질 때, 그리고 그것들이 지금의 내 문제들을 해결해 주지 못해 당황스러울 때면 나는 슬슬 의심이 든다. 우주 같은 뇌를 가진 인간의 생각을 모순되지 않는 체계 안으로 밀어 넣는 것이 가능한가? 엉뚱한 생각이 반드시 실현 불가능한 생각일까? 우연적인 요소를 배제한 완벽한 체계를 만드는 것이 과연 가능한가? 어쩌다 입에 이물질이 들어가 길거리에서 침을 뱉어야만 하는 상황도 있지 않을까?

의심이 많아질수록 틀 안을 벗어나 보고 싶은 욕망은 강해진다. 나라고 처음부터 이런 사람으로 태어나지는 않았을 것이다. 내 목과 어깨를 짓누르는 껍질처럼 단단한 틀, 일렬 종대로 줄 지어져 꽉 들어찬 목차를 부수고 싶은 때가 있다. 소위 말하는 리버럴한 사람이 되어 작은 가능성에도 혹시나 하는 마음을 갖고, 우연과 의외로 가득 찬 거친 세상을 직접 보고 싶은 생각이 드는 것이다.

가치관과 사고방식은 사람을 지배하는 무서운 것이지만 그래서 세상이 재미있다. 각자 처한 환경에 맞게 살다 보면 나름의 세계관이 생긴다. 이 생각들이 쌓여서 문화와 역사가 되고, 그 모든 것들이 담겨 있는 것이 바로 체계다. 합리와 이성 그리고 전통이 중요한 유럽과, 개방성과 유연함으로 무장한 영미의 사고 체계가, 각자 와인을 접근하는 방식에도 그대로 이어진다는 사실이 그래서 흥미롭다. 그렇습니다. 유럽의 와인과 신대륙 와인의 차이를 이야기해 보고자 이토록 장황한 설명을 한 것이지요, 네.

와인의 세계에서 구세계란, 현대적인 와인 양조의 전통

이 처음 유래한 곳을 의미하는데 대체로 역사와 지리를 구분하는 일반적인 개념과 비슷하다. 즉 프랑스와 이탈리아, 독일 등의 유럽 국가들이 이에 해당된다. 그중 프랑스의 영향력은 절대적이라 전 세계 와인 메이커들의 입맛을 결정지었다고 해도 과언이 아니다. 와인 제조의 기준을 프랑스에 맞추고 그들의 와인과 비슷한 맛을 내려고 모든 노력을 기울여 왔기 때문이다. 프랑스 보르도 와인과 샴페인의 블렌딩 기술은 균형 잡힌 와인이 무엇인가를 보여 주었고, 오늘날 전 세계 대부분의 와인 생산국에서 흔히 볼 수 있어 '국제적인 품종'이라 불리는 카베르네 소비뇽과 피노 누아, 그리고 샤르도네와 시라 등의 고향이 바로 프랑스이다.

프랑스의 와인 제조법은 엄격한 규제로 유명하다. 지역에서 허용하는 특정 포도 품종을 사용해야 하고 그 재배 방식과 수확 시기, 알코올의 최소 도수와 숙성 방법 등이 명시된 복잡한 규정은, 대륙법 체계의 성문 법전과 다르지 않다. 그들은 수세기 동안 이어 온 전통을 소중히 여기기 때문에 해당 지역의 특성, 즉 고유한 토양과 기후 조건, 자연환경을 아우르는 개념인 테루아를 강조한다. 와인 라벨도 생산자와 생산 지역을 표시하는 데에 중점을 둔다. 그래서 유럽의 지도를 샅샅이 뒤져보거나 유명 와인 생산자 목록을 가지고 있지 않은 이상 라벨만 보고 판단하기가 쉽지 않다. 소비자 입장에서는 여간 불편한 게 아니지만, 이해하면 해당 와인을 신뢰할 수 있게 된다.

반면 미국과 호주, 남미 등 신대륙 국가들은 상대적으로 자유롭다. 유럽의 와인을 모방하는 데서 출발했으나 점차 개방적이고 창의적인 발상으로 그들만의 새로운 와인을 개발하고 있다. 사적 자치를 최대한 용인하기 위해 최소한의 규제를 적용하는 영미 국가들이 그렇듯 각종 규제로부터 자유롭고, 아낌없는 투자와 발달된 기술을 활용하는데 주저함이 없다. 그들은 실험을 좋아한다. 일단 '왜 안되죠?'에서 출발한다. 희박한 대기를 가지고 있는 화성에 굳이 진출하려고 하는 어느 대담한 기업인처럼 말이다.

발상의 전환과 새로운 기술은 소비자들의 요구에 부합하는 와인을 만들고자 하는 의지로 나타난다. 신대륙 와인을 고를 때에는 프랑스 와인 라벨에서나 볼 법한 고풍스러운 고딕체의 지역 명칭과 생산자 이름과 씨름하지 않아도 된다. 그들은 친절하게도 포도 품종을 표기함으로써 소비자들이 대강의 맛을 유추할 수 있도록 돕는다. 종종 화려한 현대적 그림이나 그래픽이 들어간 라벨로 단번에 소비자의 눈을 사로잡기도 한다. 간편한 스크류 캡 마개와 종이팩 혹은 캔에 담긴 와인은 또 어떤가. 그들에게 와인은 틀에 박힌 술이 아니라 다양한 가능성이 있는 아이디어 상품이다.

신세계와 구세계의 와인은 맛과 향에 있어서 확연히 다르다. 유럽의 와인은 대체로 라이트 바디, 즉 입안에서 느껴지는 질감이 가벼운 편이다. 알코올은 낮고, 산도는 높으며 과일 향은 은은하고 상대적으로 미네랄리티가 돋보여 신선한 타입이다. 신대륙 와인은 반대로 맛에 무게감이 있다. 알코올이 상대적으로 높고 산도는 부드러우며 와인 잔을 요리조리 돌리지 않아도 과일 향이 느껴진다. 이는 대체로 선선한 지역과 따뜻한 기후의 차이로 설명할 수도 있다. 유럽은 신대륙과 비교해 상대적으로 추운 지역으로 분류되기 때문이다.

신대륙의 와인은 아주 화려하다. 눈, 코, 입이 크고 아주 글래머러스한 몸매를 가진 사람이라고나 할까. 도저히 밋밋한 구석이라고는 찾아볼 수 없어 멀리서도 단번에 눈에 띄는 미인 같다. 때로 부담스러울 정도로 말이다. 반면에 구대륙의 와인은 슬림한 편이다. 눈도 살짝 가늘고 코와 입도 작은 편이며 호리호리한 몸매를 가지고 있지만 알고 보면 꽤 다부진 몸을 가진 사람이다. 눈에 확 띄지는 않지만 어쩐지 세련되고 교양 있으며 은은한 매력을 풍기는 타입처럼 말이다.

단순한 생김새도 현미경으로 들여다보면 복잡다단하듯이 사실 사회를 규율하는 체계도, 와인도 이분법으로는 충분히 설명할 수 없다. 어느 한 쪽이 절대적으로 우월하지 않다는 것을 알기 때문에 서로를 기웃거린다. 삼계탕에 (굳이) 인삼, 수정과에 (굳이) 잣을 넣듯, 선조가 이어온 어느 정도의 노하우와 전통, 체계의 기반 없이 창조를 일굴 수는 없을 것이다. 반대로 틀과 전통만 고수하면 예상치 못한 상황 앞에서 발을 동동 구르게 된다. 그래서 신세계의 와인 생산자도 유럽식 블렌딩 기술을 따르고 구세계 역시 소비자의 달라진 취향에 귀 기울이며 시대 변화에 적응해 나가는 것이다.

그래서 위에서 말한 맛의 스타일이란 것도 극단적인 비유일 뿐이고 수많은 예외가 존재한다는, 미안하지만 맥 빠지는 결론을 내릴 수밖에 없다. 신세계에도 매끈하고 날씬한 와인이 있고, 유럽이라고 대담하고 화려한 와인이 없지는 않은 것이다. 그런데 와인을 마시는 우리의 입장에서 걱정할 일은 아니다. 모르는 와인을 두고 시음을 한다고 치자. 내가 마신 피노 누아가, 맑은 루비색에 은은한 숲속 같은 오묘한 향기를 풍기는 것이 아무래도 프랑스 부르고뉴, 즉 구대륙의 와인인 것 같다. 짜잔 하고 라벨을 감싼 덮개를 벗기는 순간, 역시 예상대로라면 정답을 맞힌 쾌감에 기쁠 것이다. 그러나 미국이나 호주의 와인이라면? 이게 바로 그 예상을 벗어나는 경우라서 흥미로운 것이다. 전형과 예외, 이 두 가지를 벗어나지 않는다. 세상에는 두 가지 정답이 있는 것이다. 그리고 그 두 가지 정답은 때로 마구 섞여서 새로운 정답을 만들기도 한다. 네, 세상이 다 그런 거죠.

와인 스트레스

♦

영국의 저명한 와인 전문가 휴 존슨Hugh Johnson은 그의 저서 『세상에서 가장 맛있게 와인을 즐기는 방법HUGH JOHNSON's How To Enjoy Wine』의 첫머리에서 이렇게 말했다.

"레이블을 보지 마라. 가격도 무시하라. 오직 하나만 생각하라. 바로 지금 잔에 든 이 와인이 얼마나 맛이 있는가 하는 것만 생각하라!"

지당한 말씀이다. 이보다 더 간단하고 명확하게 와인을 대하는 자세를 설명하진 못할 것이다. 하지만 어딘가 찜찜한

의문은 남는다. 마치 '삶이란, 있는 그대로 받아들이고 즐기는 것'이라는 인생의 깨달음에 깊이 공감하면서도 구체적으로 어떻게 실천할지를 몰라 우왕좌왕하는 것처럼 말이다. 그래서, 삶은 어떻게 즐기는 건데요? 내 앞에 놓인 와인, 이 정도면 맛있게 즐길 만한가요? 순간을 즐기라는 명제 앞에서 온통 물음표투성이다.

휴 존슨도 이어 다음과 같이 말했다.

"이것은 와인을 가장 맛있게 마시는 방법 중 하나이지만, 이 간단한 방법을 실천에 옮기기는 말처럼 쉽지 않다. '지금 이 와인이 얼마나 맛이 있는가?' 하는 것은 대답하기 여간 어려운 질문이 아니기 때문이다."

이렇게 말씀하실 거면 하나마나한 이야기를 왜 시작했는지 원망스러울 지경이다. 아무리 와인에 대한 취향과 감상은 개인적이고 주관적이라지만 세상 모든 것이 직업의 영역으로 들어올 때 늘 그렇듯이, 와인을 직업으로 택하려면 어느 정도 객관적이고 전문적인 지식과 훈련이 필요하다. 해당 와인이 맛이 있는지 없는지, 즐길 만한지 설명할 줄 알아야 하기 때문이다. 그 훈련이란 것은 와인의 맛과 향에 대한 감각을 기르고 와인을 판단할 수 있는 능력을 갖추기 위한 반복되는 시음이다. 누군가에게는 와인의 수도라 불리는 곳에서 다양하고 질 좋은 와인을 마음껏 마셔볼 수 있어 더없이 행복한 순간들이겠지만, 이러한 훈련을 거치는 것이 고통스러울 때가 있었다.

내가 그다지 예민한 감각을 가지고 있는 사람이 아니라는 사실은 예전부터 알고 있었다. 미묘하게 다른 립스틱 색상 사이에서 고민하는 친구들을 잘 이해하지 못했으며 매사에 상황 파악이 느리고 상대방의 말귀를 잘 못 알아듣는다는 소리를 많이 들었다. 심지어는 상한 김밥을 먹어도 아무 탈이 없다며 나의 위대한 소화능력을 자랑스레 말하고 다녔을 정도로 무디고 둔감한 편이다. 그런 내가 복잡한 와인의 세계로 들어가 천진한 내 후각과 미각을 시험에 빠지게 할 생각을 했다니, 그 흔한 말처럼 무식해서 용감했다.

와인학교 초반 엉뚱한 테이스팅 노트를 작성하면서도 나는 대수롭지 않게 생각하고 나름의 노력을 기울이며 시음을 즐겼다. 도시에서만 자라 자연을 접해본 일이 별로 없던 나는 막연하게만 알던 각종 꽃의 향기, 아카시아, 장미, 바이올렛 등 그윽한 향기의 향연이 작은 와인 잔 안에서 펼쳐지는 것이 즐거웠으며 아몬드 향과 바닐라 향이 내가 알던 향과 다르다는 사실을 발견했을 때에는 그 신기함과 놀라움에 그저 헤헤 웃기만 했다.

향과 맛을 분석하여 어느 정도 말할 수 있다면 그것들을 바탕으로 와인에 대한 종합적인 평가와 결론을 내릴 줄 알아야 한다. 그래서 이 와인은 무슨 품종으로 만들었는가? 오래된 와인인가 아니면 갓 만든 와인인가? 지금 마시기에 적당한가? 더 나아가 어느 지역에서 만든 와인인가? 등등. 문제는 여기에 있다.

와인을 배워가는 기쁨도 잠시, 학교에 다닌 지 어느새 1년이 지나고 곧 시험이라는 큰 산과 졸업을 앞두고 있을 즈음 슬슬 초조함과 긴장감이 몰려오기 시작했다. 그러던 어느 날, 레드 와인 세 잔을 두고 각각의 포도 품종을 알아맞히는 모의시험이 있었는데 나는 그 세 가지를 모두 틀리고 말았다. 어느 하나만 틀린 것이 아니라 전부 틀려서 선생님은 오른쪽 위에서 왼쪽 아래까지 틀렸다는 표시로 시험지에 주욱 대각선을 그어 버렸다. 수능을 앞둔 고3이 찬바람 부는 어느 가을날, 처참한 모의고사 성적표를 받았을 때의 기분이 이럴까. 그날, 덜컥 겁이 나면서 나는 성급하게도 이런 생각을 했다.

'아, 내가 길을 잘못 들었구나. 와인은 내가 할 것이 아니구나.'

길을 잘못 들어섰다고 해서 당장 비싼 학비를 지불한 와인학교를 뛰쳐나와 한국으로 돌아갈 수도 없는 노릇이니 나는 내 나름대로의 방법으로 밀어붙이기로 했다. '타고난 감각이 형편없다면 일단 지식으로 무장하리라'는 각오로 포도 품종과 각 지역별 와인의 특징 등 주어진 책의 내용을 처음부터 끝까지 모두 암기하고 시음에 임하는 것이 내가 찾은 방법이었다.

그러다 보니 나는 어느새 와인을 내 감각에 맡기기보다는 머릿속에 입력한 지식에 의존해 시음하고 판단하고 있었다. 가볍게 와인에 대한 감상을 말하는 자리에서도 솔직한 나의 느낌을 말하지 않고 슬쩍 본 병의 레이블에 근거해 내가 알고 있는 지식을 늘어놓곤 했다. 이 방법이 항상 들어맞으면 얼마나 좋을까마는 앞에 놓인 와인은 불행히도 내 지식 목록과 예상에서 벗어나기 일쑤였다. 중고등학교 시절, 늘 처음 마킹한 답이 정답이거늘 쓸데없는 생각에 사로잡혀 답안지를 교체해 망한 경험이 있지 않던가. 하물며 본능적인 감각이 중요한 와인 시음에서 나는 왜 스스로를 믿지 못했을까.

급기야 나에게는 일종의 시음 공포증이란 것이 생겼다. 식사와 함께 가볍게 마시는 와인조차도 와인을 분석할 줄 알아야 한다는 생각에 마음 놓고 즐길 수가 없었다. 와인이 나에게서 멀어지고 있었다. 긴장감과 압박감은 악순환이 되어 시음은 더 두려운 것이 되어 버렸다. 책상 앞 벽면에 붙여 놓고 한동안 삶의 모토로 삼았던, '인생에 있어서 두려워할 것은 없다. 이해할 것뿐이다.' 라는 마리 퀴리의 글귀가 무색하게 나는 점점 와인 자체를 두려워하고 있었다. 추운 겨울날, 고장난 라디에이터 옆에서 책을 한 번 보고 와인을 한 번 시음하고, 스트레스를 받아 그다음 순서로는 차가운 맥주 캔을 들이켜곤 했던 시간들을 돌이켜 보면 웃어야 할지 울어야 할지 모르겠다.

시험이란 것이 늘 그렇듯 내 시음 공포증은 시험이 끝나자 사라져 버렸다. 와인을 공부한 사람으로서 더 제대로 알고 표현하고 싶은 욕심과 부담은 있지만, 다행히 시험을 앞두고 맞닥뜨린 공포에 비할 바는 아니다. 지금 생각하면, 내 인생을 늘 따라다녔던 시험 공포증의 일종이었던 것도 같다.

요즘 '즐기는 자는 노력하는 자를 따라갈 수 없다'는 말을 많이 하는 것 같다. '노력하는 자는 즐기는 자를 이길 수 없다'는 말을 세태에 맞게 바꾸어 노력을 강조했나 보다. 사실 즐기기 위해서는 어느 정도 노력이 필요하고 그러다 보면 비로소 즐기는 경지에 이르기도 할 것이다. 그래도 이왕이면, 처음부터 두려움을 걷어내고 호기심과 미지의 바다에 몸을 맡기는 즐거움, 되돌릴 수 있다면 그런 쪽을 택하고 싶다.

우리 술, 주류박람회를 다녀와서

♦

한국에 온 지도 어느새 많은 시간이 지났으니 보고 싶었던 사람들도 모두 만나고 먹고 싶은 한국 음식도 다 먹었겠다, 이제는 내가 정말 프랑스에 살았었나 싶다. 역시 와인 관련 일을 하는 남편 덕에 여러 와인을 맛볼 기회가 많은 편이지만 길거리의 아기자기한 와인 가게부터 대형 마트 한 층의 주요 자리에 와인을 넘치도록 쌓아 놓는 도시, 보르도에서의 생활이 잊을 만하면 다시 떠오른다.

그러던 차에 서울에서 국제주류박람회가 열린다는 소식을 듣고 꽤 반가웠다. 매년 12월 보르도에서 열리는 '보르도 테이스팅Bordeaux Tasting' 그리고 2년에 한 번 열리는 '비넥스포VINEXPO' 등의 행사와 비교도 해 볼 수 있는 좋은 기회일 뿐더러 무엇보다 오랜만에 세계의 와인들을 한 자리에서 볼 수 있다는 기대감이 컸기 때문이다.

하지만 기대와 달리 외국의 와인 부스는 많지 않았다. 처음 방문하는 것이기 때문에 예년과 비교할 수는 없지만 아무래도 코로나의 영향이 크지 않았나 싶다. 그 모습에 적지 않게 실망한 나는 와인 잔 하나를 덜렁거리며 들고 입장객의 동선을 그대로 따라갔다. 그러다 꽤 많은 사람이 붐비는 곳, 전통주 코너에서 내가 있는 나라가 어디인가를 그제야 실감했다. '우리나라'에 있으니 '우리 술'이 있는 건 당연했다. 익숙하지 않은 분야에 대한 두려움과 호기심이 반쯤 섞인 채 마치 외국의 어느 주류박람회에 처음 들어선 사람처럼 두리번거리며 낯선 전통주 병들 사이를 비집고 들어갔다.

쌀, 과일 등 국내 농가에서 수확된 지역 특산물을 활용해 빚은 전통주를 생산자가 직접 들고 홍보하는 경우를 종종 볼 수 있었다. 전통적 농산물인 사과, 오미자, 유자, 인삼에서부터 생소한 오가피, 노루궁뎅이버섯을 이용한 술까지. 지역과 생산자의 개성을 보여주는 독특한 병에 담겨 사람들의 호기심을 자극했다. 길쭉한 원통 모양으로 생김새가 거기서 거기인 와인과 다르게 하나하나가 공예품에 가까웠다.

작고 귀여운 병에 이름부터 서정적인 백제명주 4종 앞에서 나는 잠시 발걸음을 멈췄다. 백제의 지명과 역사, 인물들을 접목해 백제의 여럿 이미지를 형상화한 모습이 내 시선을 끌었기 때문이다. 그중 사비의 꽃, 녹천 한산소곡주를 조금 맛보았는데 고소하고 감미로운 술맛과 부드러운 목 넘김이 인상적이었다.

그 밖에도 안동의 진맥소주, 화요, 청주 신선주 등 말로만 듣던 고급 증류주들이 보였다. 병을 보기만 해도, 이름만 들어도, 물 좋은 자연에서 거문고 소리를 들으며 한 잔 마실 수 있다면 그야말로 신선이 될 것만 같다. 한편 도수 높은 술들을 탄산수나 토닉에 희석해 레몬을 곁들이는 칵테일 바도 제공되었는데, 서양의 술이 아닌 우리 술을 베이스로 한 칵테일이라는 발상이 참 신선했고 실제로 맛도 좋았다. 나도 한 잔 마시고 고개를 들어 각 주류 부스의 이름과 산지를 죽 훑어보았다.

그러고 보니 영동군이 꽤 많이 보인다. 특별한 이유라도 있나 하고 생산자 분께 여쭤보니 충북 영동이 사과, 배, 복숭아 같은 과일이 풍부하게 재배되는, 말 그대로 과일의 성지란다. 인터넷을 찾아보니 실제로 영동은 국내 최대 포도 산지이며 국내 유일의 포도, 와인산업특구였다. 와인을 배우며 하나라도 놓칠까, 프랑스를 비롯한 주요 와인 생산국들의 지도를 샅샅이 훑고 암기하던 내가 한국의 대표적인 과일 산지도 모르고 있다는 사실이 부끄러웠다.

한국의 와인 코너로 넘어가 알렉산드리아 머스캣으로 만들었다는 화이트 와인을 한 모금 시음했다. 머스캣 특유의 꽃향기가 은은하게 발산되지만 좀 더 신선한 느낌이 강하다. 이 와인의 라벨을 보는 순간 나는 조금 의아했는데, 설탕이 첨가되어 있다고 적혀 있었기 때문이다. 부스에 계시는 분께 이유를 물으니 일정한 수준까지 알코올 농도를 끌어올리기 위해 가당을 한다고 한다. 그리고 요새는 생산자의 기술, 와인의 품목에 따라 가당을 하지 않고 알코올 농도를 유지하는 방법을 찾는 양조장이 늘고 있다는 말씀도 덧붙이신다.

좀 더 걸으니 정겨운 사과, 감 말랭이를 내놓은 부스가 보인다. 계속된 시음으로 얼얼하게 무뎌진 입을 달래기 위해 감 말랭이를 한입 물었다. 그 옆에는 머루, 캠벨 품종 등을 이용해 만든 레드 와인이 전시되어 있었다.

"이거 다 내가 직접 만든 거예요. 나 충청도에서 왔어요. 다 내가 만들었어요."

충청도 출신 우리 엄마에게서도 찾기 힘든 사투리 억양이 또렷하다. 웃느라 반달이 된 눈으로 자신의 작품들을 소개하는 생산자의 정감 어린 목소리에는 자부심이 배어 있었다. 한 모금 마셔보니 내가 그동안 알고 마시던 와인과 달리, 평소 먹어왔던 포도 그대로의 맛이 익숙하게 느껴졌다. 어릴 적 천

안에서 포도 농사를 짓던 외할머니가 만드신 거봉 포도주가 생각나서 나는 괜히 기분이 노곤해졌다.

전국의 지역 특산물들을 보고 맛보는 동안 내가 있는 곳이 서울 한복판인지 아니면 지방의 어느 흥겨운 장터인지 잠시 기분 좋은 혼란함을 느꼈다. 약간의 취기와 함께 프랑스에서 다니던 어학원에서의 기억이 꿈처럼 떠올랐다.

그날은 자기 나라의 자랑스러운 문화를 소개하는 시간이었다. 그때 한 일본인 친구가 일본의 사케를 소개하기 위해 가져온 것은 단계별로 도정되어 있는 쌀알 견본들이었다. 그 친구는 쌀 한 알을 얼마나 깎았느냐에 따라 사케의 등급이 갈린다며 50% 이상 깎아낸 최고급 사케 다이긴죠의 우수성에 대해 설명했다. 사케를 소개하는 그녀의 목소리와 프랑스어 발음, 사용하는 단어들은 평소보다 더 완벽해 보였다. 그 발표는 결국 강사와 학생들의 호기심과 관심을 끄는 데에 성공하여 큰 박수를 받았다.

이웃 나라의 술을 멋들어지게 소개하는 모습에서 부러움과 약간의 질투를 느끼는 정도로 끝났으면 좋으련만, 지금까지 영 찜찜하고 부끄러운 기억으로 남아 있는 이유는 그 이후에 발생했다. 어느 학생이 한국의 소주는 사케와 어떻게 다르냐고 나에게 물은 것이다. 지금이라면야 '일제강점기 이전에는 현재 한국에서 흔히 볼 수 있는, 주정에 물을 탄 희석식

소주는 마시지 않았으며 우리나라에도 각 지방의 특색을 보여주는 고급 전통 소주가 많이 있다'라고 응수를 했을 것이다. 그러나 막연히 전통방식의 소주가 있다고만 알던 당시의 나는 너무도 당황하여 아무 말도 할 수 없었다.

한편 와인학교를 다니면서 받은 많은 질문도 지금에 와서야 많은 생각을 하게 만든다. 그 당시 프랑스인들이 나에게 많이 한 질문은 '그럼 너는 한국에서 와인 양조를 할 것인가?'였다. 직접 한국에서 와인을 만들 목적으로 외국에서 와인을 배우는 한국인이 얼마나 될지 모르겠다. 나는 그저 와인 선진국의 와인을 알고 싶고, 소비하고, 나아가 한국에 그 좋은 와인들을 소개할 수 있기를 바랄 뿐이었다. 그래서 나는 그 질문이 턱없이 거창하고 이상적이라고만 생각했다. 그런데 사치스러운 무엇이 아닌 농민, 생산자의 기술과 철학 그리고 자연이 일구어낸 '농산물'로서의 와인을 한국 땅에서 만들기 위해 고군분투하는 사람들을 보니, 내가 받은 그 질문의 의미가 새롭게 다가온다.

술은 그 나라의 음식을 보완하는 성격을 가지고 있다. 그리고 그 나라의 음식을 가장 돋보이게 하는 방법으로 진화한 것이 술이다. 갓 잡은 우럭으로 만든 시원하면서도 칼칼한 매운탕에 굳이 와인을 곁들이는 사람은 거의 없을 것이다. 와인과 함께할 여지를 남기거나 와인이 반드시 필요한 음식이 많은 서양과 달리 그 자체로 완벽한 한국의 음식은, 와인을 매칭하기 까다롭다는 말을 많이 한다. 여러가지로 난감할 때에 굳이 진한 바디감의 카베르네 소비뇽 베이스 등의 와인을 찾을 필요는 없지 않을까. 가벼운 질감에 적당한 당도와 산도가 균형을 이루어 은은한 향이 나는 캠벨 품종의 우리 레드 와인을 함께하는 것은 또 어떨까, 그런 생각도 든다.

전 세계의 많은 이들이 우리의 음식과 음악, 드라마와 영화를 찾는데 우리 술이라고 그 범주에 들어가지 말라는 법은 없다. 특히 음식과 함께라면 반드시 따라가야 한다. 중국, 일본과 다른, 각 지역 장인들의 개성이 빚은 전통주와 우리 고유의 포도 품종으로 우리 땅이 만들어 낸 와인. 또는 누룩, 쌀과 함께 빚어 전통주의 깊고 부드러운 맛과 과일의 신선한 맛이 어우러진 과실주 등 우리 술은 무궁무진하다.

프랑스에서 와인을 공부하던 때의 바람대로, 와인 선진국의 좋은 와인들을 알리는 강의를 하게 된 지도 벌써 몇 년이 지났다. 가까운 미래에 우리 포도 품종과 한국 와인을 소개할 날이 오길 기대한다. 그러기 위해서는 나부터 공부해야 하겠지만.

4

와인을 마실 때
우리가 이야기하는 것들

와인이 사람이라면

◆

와인의 맛을 결정하는 3대 요소로 포도 품종과 생산지 그리고 제조방법을 대표적으로 든다. 이 요소들을 우리 인간 생활에 빗대어 본다면 포도 품종은 사람, 생산지는 자라온 환경, 그리고 제조방법은 우리가 받아온 교육쯤 되지 않을까? 어느 나라에서 어떤 교육을 받았느냐는 개인의 자질을 결정하는 데 매우 중요한 요소다. 하지만 그것과 상관없이 불변하는, 남들과 다른 각자의 고유한 성격과 개성이 있기 마련이다.

◆

가끔 내가 프랑스 땅, 프랑스인 아티스트의 가정에서 자랐으면 어땠을까 생각한다. 일단 외모부터 다를 것 같다. 삼단 같은 머리를 풀어 헤치거나 아니면 반대로 삭발을 했을 수도 있다. 지금의 경직되고 보수적인 태도는 찾아볼 수 없고 사물과 사회에 대해 좀 더 자유로운 사고방식을 지니고 있지는 않을까, 이런 공상을 해 본다. 그러나 날 때부터 고정된 내 DNA가 그 한없는 자유분방함에 제동을 걸 게 분명하다. 좋으나 싫으나 나는 나로 살아야 하는 것이다.

포도 품종도 마찬가지다. 주어진 토양과 환경에 따라 그리고 생산자만의 기술과 나름의 철학에 따라 와인의 스타일이 달라지지만, 와인의 향과 색의 농도를 결정하여 맛의 핵심을 이루고 와인에 개성을 부여하는 각각의 품종이야말로 와인의 정체성이다.

그래서 말인데, 각 포도 품종을 사람에 비유해 보면 이해가 쉽지 않을까? 어디까지나 재미로 말이다. 이하는 어디까지나 '이해를 돕기 위한 것'에 불과하다. 그래서 우리 사이에 만연한 성별, 국가 그리고 세대 간의 편견과 선입견이 보일 수도 있음을 미리 말씀드린다. 물론 재미를 이유로 이러한 비유를 자주 하는 것은 앞으로 지양해야지만 말이다. 또한 내 취향이 반영된 주관적인 인물 선택임을 미리 말해둔다.

카베르네 소비뇽 – 비토 코를레오네

그렇다. 그 이름에서부터 포스가 느껴지는 이름, 영화 〈대부〉의 말론 브란도가 연기한 그 '돈 코를레오네Don Corleone'다. 나는 이 영화를 안 본 사람만 보면, 제발 봐 달라고 강력히 전도하는 사람이 된다. 소위 조폭 영화를 싫어하는 편인데, 이 시리즈는 볼 때마다 새롭고 짜릿하다. "그가 거절할 수 없는 제안을 하지."라는 대사 속에는 냉정함을, "친구는 가까이, 하지만 적은 더 가까이 둬라."라는 유명한 말 속에서는 그의 현명한 판단과 카리스마를 볼 수 있다. 패밀리라는 이름으로 마피아를 미화했다는 비판이 있지만 좌중을 휘어잡는 이상적인 보스의 모습은, 단단함과 무게감을 가지고 세계적으로 명성이 높은 와인을 생산하는 카베르네 소비뇽을 닮았다.

젊을 적 타닌 때문에 다소 투박하고 거친 와인이 되기 쉽지만 오래 숙성할수록 부드러워지며 특유의 풍부한 과일 향이 주로 숙성에 함께 하는 오크 향과 잘 조화된다는 점도, 말년엔 손자와 천진하게 놀아주는 자상하고 관대한 비토 코를레오네의 모습과 겹친다.

메를로 – 메릴 스트립

메를로는 과일 맛이 풍부하고 다소 추운 토양에서도 잘 자라는 강인한 속성을 지녔기 때문에 카베르네 소비뇽과 비슷한 면이 있다. 그래서 역시 리더의 기질이 보인다. 하지만 사교적이고, 남에게 관용을 베푸는 상냥함을 겸비한 부드러운 리더다. 맛이 부드러워 다가가기 쉽다.

메릴 스트립은 어떤 역할을 맡든 늘 내면의 강인함을 가지고 있지만 동시에 부드러움과 포용력도 마음껏 펼칠 수 있는 점이 다른 배우들과 다른 점인 것 같다. 영화 〈맘마미아〉 속 다른 남자 캐릭터들 사이에서 딸을 안고 한없이 다정한 모습으로 노래하는 모습은, 씁쓸하고 단단한 느낌의 카베르네 소비뇽과 블렌딩되어 부드러움을 더해 주는 메를로를 연상시킨다.

피노 누아 - 가스파르 울리엘(혹은 그냥 프랑스 남자)

영화에서 디자이너 이브 생 로랑Yves Saint Laurent을 연기하고, 샤넬의 향수 광고를 찍었으며, 현재는 안타까운 사고로 세상을 떠난 프랑스 배우, 가스파르 울리엘은 잘생기고 멋지고 또 잘생겼다. 그런데 사실 이게 중요한 건 아니다. 그게 누구든 내가 생각하는 피노 누아는 그냥 프랑스 남자이기 때문이다.

피노 누아는 재배가 까다롭기로 유명하다. 포도알은 일찍 여물고 껍질도 얇아 각종 포도나무 병에 시달린다. 일기, 토양으로 대표되는 자연환경과 제조방법의 변화에도 대단히 민감하다. 그래서 손이 많이 간다. 자연히 생산량은 적고 가격은 높을 수밖에 없다. 하지만 투명하고 연한 루비색을 띄는 피노 누아 품종 와인은 까다로운 과정을 거친 만큼 매우 섬세하고 우아한 매력을 드러낸다.

내가 봤던 프랑스 남자들은 조용하고 섬세하며 새침하고 까칠하다. 목소리도 작아서 그가 하는 말을 들으려면 귀를 갖다 대야만 한다. 뭔가 조금이라도 틀린 정보를 이야기하면 그제서야 보통 이상의 목소리로 따박따박 내 오류를 지적한다. 그래서 처음에는 다가가기 힘들지만 한 번 매력에 빠지면 헤어 나올 수가 없다(고들 한다.) 그 매력은 외모일 수도, 풍부한 지성일 수도 있다. 그래서 나에게 프랑스 남자는 맛의 여운이 긴 피노 누아다.

시라 - 브래드 피트

요즘의 중후한 브래드 피트가 아니다. 정확히 말하면 긴 머리를 휘날리며 말을 타고 달리는 〈가을의 전설〉 혹은 거친 매력을 보여주는 〈파이트 클럽〉 속 브래드 피트다.

짙은 보랏빛의 검붉은 시라는 색상만큼이나 강한 힘과 골격을 보여주는 와인이다. 대부분의 환경에서 잘 자라는 강인한 성격을 가지고 있으며, 풍부한 타닌과 검은 후추 비슷한 스파이시한 향이 농후한 맛을 선사한다. 숙성될수록 짙어지는 커피와 젖은 가죽 같은 스모키한 향은 영화 속의 거친 듯 부드러운 모습을 보여주는 브래드 피트를 생각나게 한다.

산지오베제 – 윌 스미스

영화제에서의 불미스러운 사건 속 윌 스미스를 부디 잊어 주길 바란다. 영화 속 건강한 잘생김을 연기한 윌 스미스를 떠올려야 한다. 이를 훤히 드러내고 시원하게 웃는 모습이 매력적인 윌 스미스는 산지오베제를 연상시킨다. 산지오베제는 여느 이탈리아 포도 품종답게 산도가 높은 것이 특징이다. 높은 산도는 그다지 가볍지도 무겁지도 않은 적당한 질감과 결합하여 대부분의 음식과 잘 어울리게 하는 역할을 한다. 역시 다양한 요리가 풍부한 이탈리아의 품종답다. 이렇듯 균형 잡히고 활력이 넘치는 산지오베제는 어느 자리에서나 활달하게 자신을 드러내어 사람들과 자연스럽게 어울리는(왠지 그럴 것 같았던!) 윌 스미스와 꼭 닮았다.

소비뇽 블랑 – 세상의 모든 10대들

여름날 가볍게 걸치고 해변을 뛰노는 10대들을 보고 있자면 나도 모르게 기분이 들뜨고 생기가 돈다. 내 나이도 잊고 같이 놀고 싶어진다. 초록빛 레몬의 노란 색과 높은 산도, 상큼한 레몬 향이 물씬 풍기는 소비뇽 블랑은 그야말로

더운 여름날 신선한 활력을 불어 넣는 에너지 드링크다.(라고 말하지만 혹시라도 누군가 소비뇽 블랑이 정말 우리가 아는 그 에너지 드링크와 맛이 같으냐고 물을까봐 겁이 난다) 때로는 잘 다듬어지지 않은 거친 풀 향에서 나는 정제되지 않은, 푸릇푸릇하고 싱싱한 기운이 느껴진다.

샤르도네 – 전도연

샤르도네는 환경에 따라 다양한 스타일을 보여준다. 프랑스 북부 샤블리Chablis처럼 서늘한 토지에서는 미네랄 향과 함께 신맛의 과일 향이 가득한 라이트 바디의 샤르도네가 생산되는 반면, 비교적 온난한 토지에서는 열대과일 향의 제법 볼륨감 있는 샤르도네를 맛볼 수 있다.

또한 개성이 강하지 않아서 오크통 숙성, 젖산 발효 여부에 따라 다양한 맛의 차이를 보여준다. 그래서 우리나라의 대표 배우 전도연의 얼굴이 보이는 것은 어쩌면 당연한 일인 것 같다. 눈에 띄게 화려한 외모는 아니지만 어느 감독과 일하고 어느 역할을 선택하느냐에 따라 다양한 스펙트럼을 보이며 자신의 영역을 계속 확장하기 때문이다. 그러고 보니 전도연과 메릴 스트립은 호환 가능하여 서로 메를로나 샤르도네의 역할을 해도 좋겠다. 내가 그들의 팬이라서 그런 것만은 아니다.

리슬링 – 케이트 블란쳇

케이트 블란쳇은 창백하고 투명한 피부를 가졌다. 길고 슬림한 몸에 어울리는 은은하면서도 화려한 드레스를 입은 배우, 케이트 블란쳇을 보면 언제나 리슬링이 떠오른다.

리슬링은 소비뇽 블랑처럼 산도가 높아 신선하고 샤프한 풍미를 지녔다. 거기에 더해 감미로운 꽃향기와 숙성이 진행되면서 풍기는 특유의 화학 물질 냄새가 리슬링만의 독특한 매력을 말해준다. 드라이한 와인부터 산도와 당도가 완벽한 균형을 이루는 스위트 와인까지, 리슬링은 말 그대로 '차가운 아름다움'이다.

부드럽고 자상한 아버지가 있을 수 있고, 대쪽 같은 카리스마를 풍기는 어머니도 있다. 프랑스에서 작은 수술을 하느라 병원 신세를 졌을 때 만났던 한 남자 간호사 분은 타지에서 아팠던 나를 안심시키기 위해 갖은 슬랩스틱 코미디를 보여 주었다. 그때의 그 멋진 남자는 전형적인 산지오베제였다. 또한 호기심 가득한 눈으로 끊임없이 세상을 배우고 싶어 하는 우리 엄마는 소비뇽 블랑에 가깝다.

그렇다면 당신에게 카베르네 소비뇽은? 메를로는?

잃어버린 보르도를 찾아서

“인생은 가까이서 보면 비극이지만 멀리서 보면 희극이다.” 가까이서 본 유럽이 비극이라고 생각하는 것은 절대로 아니다. 많은 사람들이 그렇게 생각하듯, 풍요롭고 행복을 추구하기에 ‘이보다 더 좋을 수 없는’ 곳이라고 생각한다. 그러나 저 문장을 보면 이상하게도, 수많은 사람들이 동경하는 혹은 동경했던 유럽이 생각난다. 물론 인생에 대한 깊은 통찰을 표현한 찰리 채플린의 저 유명한 말을 조금 단순하게 적용하자면 말이다.

유럽의 도시 풍경은 한 폭의 그림 같다. 그러나 거주민들에겐 그곳도 생활의 터전일 뿐이다. 파리를 소개하는 여행 책에 낭만적으로 묘사된 '벤치에 앉아 바게트 샌드위치를 먹는 사람'은 사실, 늦은 점심을 허겁지겁 먹고 사무실에 복귀해야 할 직장인일 수 있고 그가 먹으며 보는 것은 문학적 사유로 가득한 책이 아니라 급히 처리해야 할 서류 중 하나일지도 모른다. 그리고 그의 머릿속엔 며칠 내로 내야 할 공과금, 세금이나 대출이자로 걱정이 한가득일지도 모를 일이다.

바로 얼마 전까지 나도, 귀국한 지 5개월이 되도록 닫히지 않던 프랑스 은행계좌 문제로 골치가 아팠다. 프랑스는 우리와 달리 은행계좌 유지비란 것이 있다. 설상가상으로 가입했던 한 보험은, 이미 해지한 사실은 아랑곳하지 않고 그 계좌에 계속해서 보험료를 청구하고 있었다. 그래서 모든 게 해결될 때까지 마음을 놓지 못한 나는, 한국에 와서도 프랑스의 느린 시스템 때문에 겪어야 하는 스트레스가 이만저만이 아니었다. 보험회사와 수차례 메일을 주고받고 나서야 빠져나갔던 보험료도 환불이 되고, 시간이 지나 은행계좌도 드디어 닫혔다는 소식을 들었다. 업무 처리 속도가 상당히 느리기로 유명한 프랑스에서의 행정 서류도 이걸로 마지막이라고 생각하니 어찌나 홀가분하던지.

메일을 받은 지 하루가 지나고 이틀이 지났다. 슬그머니 마음 한 켠엔 지난 5년의 보르도 생활에 대한 아쉬움이 생기고 애틋함과 그리움까지 자리 잡는다. 나아가 프랑스에서의 모든 것이 좋았다는 착각까지 든다. 이 간사한 마음을 어찌해야 할지 모르겠다. 광장에서 좌락 좌락 소리를 내며 어른이고 아이고 할 것 없이 스케이트보드를 즐기는 사람들, 뜀박질을 싫어하는 사람도 한 번쯤 발걸음에 속도를 내고 싶게 하는 가론 강의 시원한 바람. 어둑해지면 허공에 매달린 주황색 불빛 하나에 의지해 집으로 돌아오던 골목길. 와인이 익어가는 속도만큼이나 느리게 흘러가는 이 도시에서의 순간들을 나는 충분히 소중하고 감사하게 여겼을까. 그러지 못한 것만 같아 아쉽고 또 아쉽다.

시험을 핑계로 책에만 파묻혀 있던 나는, 내가 지내고 있는 곳이 어디인가를 잊지 않기 위해 종종 버스나 트램을 타지 않고 보르도 시내를 걸었다. 와인의 수도답게 와인과 관련한 시설과 와인 가게, 즉 카브 등이 밀집된 보르도는 내가 하는 공부에 동기부여를 주며 좋은 자극제가 되어 주었다. 때로는 모든 게 익숙해 새로운 기분을 완전히 잊어버리고 만사에 무감각해지기도 했다. 그럴 때는 유명하다는 건물들 사이를 떼지어 다니는 여행자들 속으로 들어갔다. 프랑스어를 한 마디도 못하는 외국인이 되어 어설픈 영어를 써 가며 말이다.

지금 생각하면 참 유치하다고 할지, 매너리즘에 빠지지 않기 위한 안간힘이었다고 할지.

와인 시음 관련 각종 교육과 이벤트를 제공하는 보르도 와인협회CIVB와 보르도 관광안내소 주변에는 시내 투어를 하려고 몰려든 개인 관광객들과 단체로 온 깃발부대를 볼 수 있다. 그들 앞으로는 지붕이 뚫린 투어용 이층 버스와 길고도 두툼한 트램이 사이좋게 교차하며 지나간다.

트램이 지나가는 코메디 광장 양 편에는 보르도 대극장과 인터컨티넨탈 호텔이 마주보고 있다. 광장 한복판에는 시계탑과 대극장, 호텔 등 18세기 고전주의와 신고전주의 양식으로 지어진 통일성 있는 건축물들이 조화롭게 늘어서 있다. 그 아름다운 건물들이 한눈에 들어오는 야외 카페에 자리를 잡고 지나가는 사람들을 보고 있자면 여행객의 설렘이 생생하게 느껴진다. 화사하고 따뜻한 낮의 이미지와 달리 밤의 광장은 나에게 특히 잊을 수 없는 장소이다. 몸도 마음도 시린 1월, 인턴 자리를 구하기 위해 밤이 늦도록 이력서와 자기소개서를 들고 분주히 돌아다니던 곳이기 때문이다.

이곳에서 보르도 시청으로 가는 트램을 타면 보르도 대성당이 나온다. 노엘Noël(크리스마스를 뜻하는 프랑스어)이면 대형 트리가 설치되는 이곳 주변 광장은 성당과 시청이 있는 곳답게 좀 더 조용하고 차분한 분위기다. 나는 이곳에서 우연히 헌책 시장이 열리는 것을 발견하고 거의 매주 가곤 했는데 귀국할 때는 그곳에서 사들인 책들 때문에 꽤 많은 배송 비용을 들여야만 했다. 배도 채울 겸 잠시 쉬어 가기 위해서는 전 세계의 다양한 음식을 파는 레스토랑, 와인 바, 부티크가 즐비한 생 피에르 거리로 향한다. 그곳은 항상 사람들로 넘쳐나서 어디를 가든 줄 서는 건 감수해야만 한다. 감자튀김과 샐러드, 스테이크로 구성된 전형적인 프랑스 음식부터 이탈리아, 인도, 일본과 페루 음식까지 조금 과장해 모든 나라의 음식을 맛볼 수 있다. (당연히 한국 음식점도 있다!)

이 거리를 따라 내려오면 부른 배를 소화시키기에 적당한 부르스 광장이 나온다. 가론 강을 마주보며 지어진 이곳은 보르도의 상징 같은 장소라 각종 보르도 홍보 책자나 엽서에 나오는 단골 장소다. 도시와 건축물이 완벽한 앙상블을 이루는데, 매년 12월마다 보르도 테이스팅 행사가 열리는 곳이기도 하다. 이곳 부르스 광장과 가론 강 사이에는 '물의 거울'이라는 분수광장이 있다. 바닥에서 물이 뿜어 올라 발목을 살짝 적실 정도로 고일 때 그 물에 비친 부르스 광장의 건물은 실제 모습과 완벽히 대칭되어 장관을 이룬다. 이 장관에 관심이 없는 어린 아이들은 물웅덩이를 첨벙첨벙 천진하게 뛰어다니느라 정신이 없다.

가론 강가를 향해 좀 더 가면 너른 광장 겸 공원이 나온다.

이곳에서는 매년 초여름 보르도 와인 축제가 펼쳐진다. 20유로를 내고 와인 잔을 하나 받으면 자유롭게 돌아다니며 약 80개의 AOC(원산지통제호칭이 부여된 와인) 와인을 시음할 수 있다. 강가엔 영화 〈캐러비안의 해적〉에서나 볼 법한 범선들이 전시되곤 한다. 다양한 문화 행사가 함께하는 이 축제를 통해 와인이 지역의 주민들과 얼마나 친근하고 가깝게 존재하는지를 느낄 수 있다. 그런데 이 대중적인 축제도 코로나 여파로 한동안 중단됐었다고 한다. 내가 알고 있는 보르도는 현재 어떤 모습일지 오늘도 괜히 궁금해서 인터넷을 뒤적인다.

내가 사랑하는 대한민국을 떠나고 싶은 생각은 이제 조금도 없지만 나에게 많은 것을 보여주고 생각하게 한 보르도에서의 시간은 역시 소중하고 고마운 경험이다. 어느 곳에서나 문제들은 존재하고, 우리는 그 문제 속에서 나름의 방법을 찾고 살아간다는 사실을 가르쳐 주었기 때문이다. 무엇보다 나에게 와인의 길을 가게 해주었으니 말이다. 이제는 멀리서 보아도 프랑스가 희극으로 보이는 것은 아니다. 그러나 한국에 돌아온 지도 벌써 몇 년이 지난 지금, 점점 보르도에 대한 기억을 잃어가는 하루하루가 조금 속상하다.

2018.8.21.

와인을 마실 때
우리가 이야기하는 것들

"저물어 가는 사막의 석양이야… 좀 있으면 찾아들 땅거미와 서로 어우러질 그 '다홍색'은… 반신에 어둠을 드리우고, 남은 반신에 빛을 머금고 있어. 피기 시작한 연꽃, 그리고 수선화. 이 우아함은 생명력으로 넘치고 있다.

당신은… 누구십니까? 신비로운 미소…나한테 질문을 던진다. 언어가 아닌 미소로써… 이 와인은 내 어머니입니다!"

윤동주와 미국의 시인 에밀리 디킨슨의 시 몇 편을 읽고 뭐라고 표현할 수 없이 마음을 파고드는 무언가를 느낀 적이 있긴 하지만 시에 대해 누군가 나에게 묻는다면 나는 할말이 없다. 전혀 모르기 때문이다. 사람마다 나름의 감성이란 게 있지만 시를 이해한다는 것은 아무래도 어느 정도의 연습이 필요하지 않나 그런 생각이 든다. 와인이란 다른 음료와 달리 비유와 상상의 나래를 펼치고 싶은 욕망이 드는 술이지만, 와인 한 모금에서 석양과 신비로운 꽃들 나아가 어머니를 연상하는 일련의 흐름은 참으로 놀랍고 범접하기 힘든 세계다. 마신 것이 환각을 일으키는 무언가가 아니라 단순히 와인일 뿐인지 다시 봐도 감탄스럽다. 남녀 간의 사랑을 주제로 한 그 흔한 드라마도 못 보는, 내 로맨스 알레르기 탓일지도 모르고.

정신을 번쩍 들게 하는 위 서정적인 시는, 와인을 소재로 한 유명 만화에 나오는 주인공의 대사 중 일부다. 와인 공부를 시작하기 전에 이 만화를 안 봤기에 망정이지 그렇지 않으면 큰일날 뻔했다. 와인 전문가라면 누구나 저 정도로 와인을 표현할 능력은 갖춰야 하는 줄 알았을 테니 말이다. 나는 아마 지레 겁을 먹고 와인에 입문하기를 포기했을 것이다. 한때 수많은 와인 애호가들의 필독서였다는 그 만화책을 사서 몇 년이 지난 지금까지 한 권을 다 읽지 못했는데, 그래서 누군가 그 책에 나온 와인을 물을 때마다 난처해진다. 박경리 작가의 『토지』와 함께 언젠가 꼭 읽어야 할 작품 중 하나가 되었다.

와인 시음에는 두 가지 종류가 있을 것이다. 한 가지는 분석적 시음이다. 와인의 품질을 평가하는 것으로서 해당 와인이 맛의 조화와 균형을 이루고 있는지, 풍기는 향이 강한지, 문제점은 없는지 그리고 당장 마실 수 있는 상태인지 아니면 좀 더 숙성을 시켜야 할지 등을 결정한다. 그리고 그 최종 목적은 마시는 사람 즉 소비자의 만족일 것이다.

나머지 하나는 친구들 또는 가족들과의 편한 식사 자리에서의 와인 마시기다. 화기애애한 분위기에서 와인의 맛과 그 맛이 주는 즐거움(기대에 어긋났을 때에는 실망감), 함께 먹는 음식과의 어울림 등을 자유롭게 표현할 수 있다. 모두들 알다시피 여기에 정답은 없다.

처음 만나는 사람들과 함께하는 조금 격식 있는 모임에 술이 있어야 한다면 와인이 적당할 경우가 많다. 특히 외국인이 함께하는 자리가 그렇다. 우리에게는 낯설고 난해한 게 와인이지만 사실 와인만큼 만만한 게 없다. 대부분의 나라에서 와인을 마시기 때문이다. 맥주는 너무 배부르고 우리 술인 소주는 그들에게 처음엔 낯설며, 위스키는 너무 독하다. 같은 한국 사람들끼리의 식사 자리도 마찬가지다.

와인을 아무리 모르는 사람도 한 모금을 마시면 잠시 와인 잔을 쳐다보고 생각에 잠기는 순간을 많이 봤다. 알 수 없는 만족감에서 오는 미소를 볼 때마다 나는 그 모습이 참 인간적이고 우아하게 느껴진다. 동시에 '저 사람은 지금 무슨 생각을 하고 있을까' 하고 생각한다. 조용히 음악 감상을 하듯 그 향과 맛에 취한 중인지도 모르지만 뭔가 하고 싶은 말이 있을 것 같은 느낌이다. 익숙한 향인데 이게 뭐더라? 이걸 뭐라고 표현하지? 표현에 대한 갈증은 낯선 사람들과의 식사 자리에서 더욱 커진다.

서로의 이름도 잘 몰라 어색하고 약간 떨리기까지 하는 자리에서 처음 말을 트기 위해 자기소개를 하고, 도입부의 대원칙인 날씨 이야기까지 끝나는 순간 적막이 찾아온다. 둘 곳 없는 시선은 테이블의 와인 잔으로 향하고 정신을 차리려(정신을 놓기 위해(?)) 와인을 한 잔 마시고 나면 이제 상대방의 시선이 느껴진다. '어때요, 맛이?' 이렇게 묻는 것 같다. '참 맛있네요. (음, 딜리셔스)' 그리고 할말이 없다. 직관적으로 맛이 쓰다거나 달다, 시다 이외에 뭔가 더 얘기하고 싶은데 입에서 나오지가 않는다.

이런 때를 대비하는 가장 좋은 방법은 역시 와인에 대한 기초를 배우는 것이다. 꼭 그런 것은 아니지만, 역시 아는 만큼 보이고 그만큼 마음 놓고 즐길 수 있기 때문이다. 와인 라벨은 각 나라마다 다르지만, 미국과 호주, 칠레 등 이른바 신대륙의 와인들은 포도 품종이 라벨에 나와 있기 때문에 주요 품종의 특징만 알아도 할 수 있는 이야기는 많아진다. 유럽의 경우, 생산지까지 조금 알고 나면 포도 품종도 쉽게 짐작할 수 있다. 마치 정답을 알고 푸는 수학 문제만큼이나 수월해진다.

슬쩍 본 유명 부르고뉴 와인 라벨을 통해 내가 지금 맡는 축축한 듯 신선한 향기가 오랜 숙성을 거친 최고급 피노 누아에서 맡을 수 있는 젖은 낙엽과 이끼 냄새임을 쉽게 연상할 수 있고, 친절하게도 샤도네이(샤르도네의 영어식 표현)라고 쓰여 있는 미국의 와인 라벨을 보고 내가 맡은 진한 풍미가 그 유명한 버터 향이었음을 쉽게 알 수 있다. 요새는 일러스트를 곁들인 쉬운 서적과 재밌고 기발한 콘텐츠가 가득한 인터넷이라는 수단이 있어서 와인에 대한 정보를 얻는 것이 어려운 일이 아니다.

하지만 와인의 품종과 그 특성을 미리 공부한 후에 하는 시음은 마치 결말을 알고 보는 추리소설과도 같다. 또 적당한 비유인지는 모르겠으나 미리 정답책을 펴 놓고 수학 문제를 풀던 습관 때문에 수학 성적이 나아질 겨를이 없었던 내 경험으로 보아도 그렇다. 우리는 와인의 정확한 향과 그 와인의 이름, 생산지, 연도를 알아내야만 하는 시험을 앞두고 있는 것이 아니다. 위와 같은 선행학습은 와인 시음이 주는 즐거움을 반감시키고, 미리 아는 와인이나 품종에 대한 지식이 실제 마시는 와인의 느낌과 다를 때 또는 반전과도 같은 의외의 맛을 지닐 때 그것을 설명할 요령이 없다. 나의 느낌과 나의 언어로 표현하는 훈련이 필요한 이유가 바로 이것이다.

취할 목적으로 와인을 바로 목구멍으로 털어 넣는 사람은 별로 없을 것이다. 우선 와인의 색을 보고, 향을 맡고, 맛을 음미하고 나면 그 다음의 한 모금 사이에 혹은 마주앉은 상대방과의 대화 사이에 자그마한 시간의 여백이 생긴다. 그 동안 와인의 맛과 나의 느낌, 더 나아가 거기서 불현듯 떠오르는 삶의 경험에 대해 한마디쯤 하게 만드는 것이 와인의 매력이지 않을까. 아, 그러고 보니 만화 속 주인공의 서정시가 그제야 이해가 되는 것도 같다. 마르셀 프루스트의 소설 『잃어버린 시간을 찾아서』의 주인공이 우연히 홍차에 적신 마들렌을 한 입 베어 물고 어린 시절의 기억 속으로 빠져드는 것처럼 말이다. 와인을 핑계로 마음껏 나만의 이미지를 만들고 상상하면 와인 시음은 더욱더 풍요로워진다. 우연히 마신 화이트 와인이 어린 시절 할머니 댁 마당에 흐드러지게 핀 늦봄의 장미향을 떠올리게 해, 그 장면 속에서 꼭 잡고 놓지 않던 할머니와 나의 손, 이런 것들까지 한꺼번에 떠오르는 희한한 마법처럼.

프랑스의 언론인이자 작가인 장 폴 카우프만Jean-Paul Kaufmann은 한 인터뷰에서, 와인을 표현하는 데 스무 단어면 충분하다고 했다.

"내가 한 말이 아니에요. 페트뤼스Petrus(프랑스 보르도 포므롤Pomerol 지역 메를로로 만든 최고급 와인)의 위대한 양조전문가, 장 클로드 베루에Jean-Claude Berrouet가 한 말이죠."

상대방에게 과시하기 위한 목적의 현학적이면서도 공허한 와인 예찬을 꼬집는 발언일 것이다. 그러나 와인이 주는 느낌을 자유롭게 이야기하고 상상력을 발휘해 우리 삶을 좀 더 재밌고 풍성하게 하는 표현까지 스무 단어 내로 이야기하라는 말은 아님에 틀림없다. 와인 한 잔을 두고 향과 맛과 어제 오늘의 인생사까지, 할말은 끝이 없다.

모두들 잘 계신가요?

♦

학위를 받고 와인학교를 무사히 졸업하기 위해서는, 현장에서의 실무 경험을 위한 몇 개월간의 실습을 하고 그 경험을 바탕으로 한 보고서와 논문을 제출하고 발표하여 일정 점수를 획득하는 것이 필수적이다. 이것은 졸업시험과 출석만큼 중요하다. 대부분의 학생들이 인턴십 장소로 와인 카브나 샤또 혹은 레스토랑 등 와인 관련 시설을 선택한 반면 나는 뜬금없이 럼Rum을 선택했었다. 선원이나 해적 등 뱃사람들이 즐겨 마셨다는 그 '럼주' 얘기다.

보르도는 와인의 수도지만, 17세기부터 시작되어 18세기에 절정을 이루었던 럼 무역으로도 유명하다. 그 항구 무역이 성행했던 거리 샤르트롱가를 지나가던 중 우연히 보르도 유일의 럼 카브 '라 프티트 마르티니크La Petite Martinique'를 발견했을 때, 나는 더 생각할 것도 없이 무작정 안으로 들어가 카메룬계 프랑스인 주인에게 이력서와 자기소개서를 내밀었다. (몇 년이라도 어렸던 그때의 내 용기가 매우 놀랍고 스스로 대견하게 느껴질 때가 가끔 있다) 그때나 지금이나 '증류주의 일종인 럼을 배움으로써 와인에 한정된 지식 세계를 좀 더 넓혀보고 싶었다'라고 말을 하고는 있다. 그러나 지금 와 생각해 보면 눈을 요리조리 돌려 남들이 하지 않는 걸 선택하고 옆길로 새는 것, 좋은 의미든 나쁜 의미든 그것이 내가 살아온 방식이 아니었나, 지나친 일반화인 것 같지만 아무래도 그런 것 같다.

여동생과 함께 소규모로 운영하고 있어 특별히 직원이 필요하지 않다며 난감해하던 주인에게서 며칠 후 연락이 왔다. 프로모션과 마케팅을 위해 보르도 중심가에 콘셉트 부티크를 열 예정인데 그곳에서 판매와 매장 관리를 도와 달라는 요청이었다. 외국인 학생으로서 많은 것을 배울 수 있겠다는 가벼운 마음으로 시작했던 그 당시에는 몰랐다. 바쁜 주인은 이틀에 한 번씩 저녁 시간에만 나타나 그날의 고객 동향과 판매 상황만을 묻고 사실상 고객 응대와 가게의 문을 열고 닫는 일 등 모든 관리를 내가 해야 한다는 것을. 낯선 장소와 사람들 속에서 어쩌다 한 번 긴 팔과 다리를 흐느적거리며 나타나는 주인을 볼 때면, 하루 일과를 마치고 돌아오는 주인을 만난 강아지라도 된 듯, 얼마나 반가웠는지 모른다.

하지만 각종 책과 잡지를 보며 럼을 알아가던 것은, 늘 와인만 공부하던 내게 새로운 즐거움이었다. 나는 금세 싫증을 내는 편이라 이렇게 작은 변화가 끊임없이 필요하다. 게다가 가르침을 먼저 받는 것보다 우선 혼자 익히고 궁금한 것을 질문하는 걸 좋아하는 나는 가끔 만나는 주인으로부터 경험이 알려 주는 속 시원한 답을 듣는 시간이 좋았다. 그리고 고객에게 설명하기 위해 달달 외웠던 클레멍Clément이니 생 제임스Saint James, 트루아 리비에르Trois Rivières와 HSE 등 럼의 각종 브랜드들과 그 특징들은 시간이 많이 지난 지금도 기억에 남아 있다.

그러나 뭐니 뭐니 해도 가장 기억에 남는 건 역시 프랑스인 고객들과의 만남이다. 내가 아는 한 소심하기로 치면 서양인 중 프랑스인이 제일 아닐까 싶다. 누가 길을 막고 서 있어도 길을 비켜 달라는 말을 하느니 길을 비켜 주길 하염없이 기다리는 편을 선택하는 사람들이다. 알자스 지방을 여행할 때 갔던 한 레스토랑에서는 디저트가 30분째 나오질 않고 있는데도 항의를 하기는커녕 명상을 하는지 잠을 자는지, 테이블에 엎드려 눈을 감고 있던 사람도 본 적이 있다. 그런 그들이 매장 문을 서슴없이 열고 과감히 안으로 들어올 리 없다. 쇼윈도에 전시된 병을 바라보다가도 어쩌다 나와 눈이 마주치면 어색한 웃음을 짓고 가던 길을 재촉하기 바빴다.

이럴 때는 내가 먼저 문을 열고 나가 손님에게 말을 걸어본다. "어때요? 병이 향수병처럼 예쁘지요? 럼을 좋아하시나 봐요?" 이 문장을 하루에 열 번 정도는 했던 것 같다. 길지도 않으니 금방 외워진다. 그러면 한두 마디 반응이 있게 마련이다. 그리고 매장 안으로 들어오도록 유도하는데, 대부분은 호기심에서 들어올 뿐 어리둥절한 상태다. 잘난 척을 싫어하고 소심한 그들의 성격답게 "럼은 잘 몰라서요…." 라는 말이 늘 따라 붙는다.

맥주처럼 도수가 낮아 캐주얼하게 마시는 것도 아니고, 포도로 만든 것이 와인이라는 누구나 아는 사실과 달리 사탕수수로 만든 도수 높은 술이 럼이라는 것을 모르는 사람이 많다. 칵테일의 재료라고 여겨질 뿐 단독으로 즐기는 음료라는 인식이 부족하기 때문이다. 우리가 럼을 잘 모르듯 그들도 잘 모른다. 방문객들의 대부분은 상대적으로 시간이 많은, 나이가 지긋하신 분들이었다. 나는 내 나름의 지식을 바탕으로 열심히 외운 문장을 어르신 고객들께 되풀이해 말했다.

"럼은 아무래도 아그리콜 럼Rhum Agricole을 최고로 쳐요. 카리브 해의 마르티니크Martinique 같은 프랑스령 섬에서 사탕수수 즙을 그대로 발효한 거예요. 설탕을 만들 때 나오는 부산물인 당밀을 발효해 증류한 다른 일반 전통적인 럼보다 훨씬 섬세하고 부드러우면서도 풍미가 좋으니까요. 이 마르티니크 AOC 마크 보이세요? 유일하게 럼에 붙는 원산지 호칭 표시랍니다."

동양에서 온 사람이 프랑스령 섬들에서 생산하는 럼의 우수성을 설명하니 기분이 좋았던 걸까? 몇몇 고객들이 나의 응대에 관심을 보였다. 그리고 내 설명을 들은 사람들은 마르티니크라는 섬의 이름을 듣고 반가워했다. 프랑스령이기 때문에 예전에는 흔히들 가는 바캉스 장소였다고 한다. 마르티니크란 이름이 그들의 추억을 자극했나 보다.

젊었을 적 가족과 자주 가던 휴양지로 프랑스랑은 비교도 안 되는 천국 같은 곳이라면서 아직 가보지 못한 나를 측은해 하던 할아버지. 그리고 딸이 그곳에서 결혼해 살고 있다 하고는 한동안 말이 없던 한 아저씨. 나는 그저 "아 그런가요?" "저런 그랬군요, 지금은 혼자 사시나요?" 같은 추임새를 넣곤 했다.

프랑스어가 부족해서 더 많은 말을 할 수 없던 나를, 듣는 데에 꽤나 재주가 있는 사람이라고 생각했나 보다. 말이 잘 통하지 않는 외국인을 상대할 때에 생글생글한 미소는 어디에나 통하는 것 같다. 달리 뭐 어쩌겠는가. 그래서 그런지 평일 낮 적적한 시간을 때우려 이곳저곳을 기웃거리는 어른들로부터 나는 명함을 비롯해 몇 번이나 그들의 연락처를 받았다. 럼을 한 상자쯤 배송해 달라는 주문 전화번호라면 얼마나 좋았을까? 그들의 관심은 럼이 아니라 함께 시간을 보낼 말동무였던 것이다.

한번은 찢어진 청바지와 화려한 징이 박힌 청재킷을 입어 외모부터 범상치 않은 은발의 남자 분이 온 적이 있다. 가끔 럼을 마신다는 그는 자신을 아티스트라고 소개했다. 그리고는 나에게 인스타그램 주소를 알려주며 곧 있을 전시회에 구경 오라는 말을 남기고 떠났다. 후에 그 인스타그램에 들어갔는데 그의 작품들은 하나같이 난해하고 파격적이었다. 그에 비해 너무도 평범한 나는 차마 전시회에 갈 생각을 하지 못했다. 또 한번은 시원한 쇼트커트가 잘 어울리는 중년 여성 한 분이 들어온 적이 있다. 여러 가지로 잊을 수가 없는 고객인데 그 이유 중 하나는 그가 대학에서 강의하는 전공과목이 소설이나 영화에서나 보던 고고학이었기 때문이다. 또 하나는 그의 남편에 대한 것이다. 역시 교수인 남편이 남미에서 살고 있다고 하길래 자연스레 나는 "남편분이 그립겠어요." 라고 한마디 던졌다. 무표정으로 전혀 그렇지 않다는 그의 대답에 나는 어떤 표정을 지어야 할지 잠시 당황했다. 보고 싶지 않은 사람을 왜 남편으로 두고 있는지 굉장히 궁금했지만 다행히 나는 입을 다물어야 할 때를 아는 사람이다. 혼자 사는 삶을 즐긴다는 그도 나에게 가끔 만나 이야기를 하자며 전화번호를 남겼다. 그리고 역시 이런저런 이유로 나는 연락을 하지 못했다.

운동 삼아 자전거를 타고 공원을 산책하던 중, 그늘을 만들어 주는 나무 밑 벤치를 하나씩 차지하고 띄엄띄엄 앉아 계신 할아버지들을 보니 그때 생각이 났다. 일찍 떠지는 눈에 새벽부터 시작되는 하루가 너무 긴 어르신들은 오늘, 누구를 만나고 어디를 방문하실까? 우연히 들른 가게의 점원과 신나게 자식 이야기, 오늘 본 뉴스 이야기로 수다를 떨고 그 즐거운 만남이 내일도 계속되길 기다리고 있지는 않을까?

그리고 '라 프티트 마르티니크'에서의 그때, 하필 수줍음이 많은 내게 연락처를 줘서 아무 연락을 받지 못했던 어르신 고객들에게 마음속으로 외쳐본다. "모두들 안녕히 잘 계신가요?"

구조감이 좋은 사람

외모 지상주의는 타파되어야 한다. 외모가 그 사람의 전부를 말해 주는 것은 아니며 살집이 있는 사람도, 키에 비해 어깨가 너무 넓어 비율이 좋지 않은 사람도(어쩌다 보니 내 얘기다) 어딘가 장점이 숨어 있을 것이다. 하지만 TV 속의 조막만 한 얼굴에 긴 다리, 완벽한 비율을 가지고 있으면서 거기에 운동이 만들어 낸 탄탄한 근육까지 자랑하는 연예인들을 보고 있자면 감탄이 절로 나온다. 부러워 나도 모르게 중얼거리게 된다. "저 사람은 구조감이 좋네."

와인에는 유난히 사람의 몸을 사용한 용어가 많다. 맛의 무게와 질감을 나타낼 때 쓰는 바디Body, 와인 잔을 흔들 때 잔 내부 벽을 타고 흘러내리는 몇 줄기의 액체를 영어권에서는 다리Leg로 표현하는 것 등이 그렇다. 그래서 그런지 와인을 공부한 사람으로서 사람을 와인에 비유하는 것이 일종의 습관처럼 되어 버렸다. 근데 그게 또 나름 재밌다.

와인을 알기 전에는 누군가 와인을 한 모금 마신 후 잔을 그윽이 바라보며 만족스러운 듯 "이 와인은 구조감이 좋군." 하고 말하면 왠지 실소가 터지며 거부감이 들곤 했다. 와인은 액체인데, 무슨 건조물도 아니고 미켈란젤로의 조각상이라도 평가하는 듯이 말하는 것이 어쩐지 '그들만의 언어' 같고 젠체하는 듯한 느낌이 들었다.

하지만 와인을 마시고 공부하면서 누가 가르쳐주지 않아도 자연스럽게 그 의미가 와닿았던 단어 중의 하나가 내게는 바로 이 '구조감'이다. 말귀를 쉬이 알아먹지 못하는 나로서는 신기한 일이다. 그런데 많이 마시고 조금만 더 와인에 관심을 가진다면 누구나 공감할 수 있어서 결코 어려운 것도 아니라고 생각한다.

미국의 와인매거진 《와인 스펙테이터Wine Spectator》의 질의응답 코너에 의하면 구조감이란, 타닌, 산도, 알코올 그리고 글리세롤Glycerol(당분에서 추출되는 끈적거리는 성질) 등과 같은 와인의 여러 요소 사이의 관계를 표현하는 개념이다. 와인의 향이나 질감과 달리 구조감은 이러한 요소들이 서로 어떻게 관계 맺고 반응하는지에 기인한다.

구조감의 핵심은 타닌(떫은 맛)과 산도(신맛)일 것이다. 그야말로 어른의 맛이다. 타닌은 보통 떫고 거친 맛을 내는 요소인데 용어가 익숙하지 않을 뿐, 덜 익은 감이나 바나나에서부터 커피, 차에 이르기까지 우리 주변에서 쉽게 그 맛을 느낄 수 있다. 와인의 경우 타닌은 포도의 껍질과 줄기, 씨앗에 들어 있는 물질이며 오크통에서 숙성되는 과정에서도 생길 수 있다.

한마디로 구조감이 좋은 와인이란 이러한 타닌, 산도, 알코올, 당도 등이 조화롭게 균형을 이루는 와인이다. 각 요소들의 맛을 모두 지니고 있으면서 어느 하나가 튀지 않고 응축되고 통합되어 부드럽게 마시기 좋은 상태가 되어야 한다. 각자의 위치에서 제 소리를 내며 하나의 교향곡을 연주하는 훌륭한 오케스트라처럼 말이다. 그래서 구조감이 좋은 와인은 균형이 잘 잡힌 와인을 의미한다. 예를 들어 리슬링 품종의 스위트 와인은 당도가 높음에도 불구하고 산도도 아주 높아서, 산도와 당도가 균형을 이루어 크게 달게 느껴지지 않는다. 만약 산도가 없이 그저 달기만 했다면 걸쭉한 설탕물과 같은 단조로운 와인이 됐을 것이다.

사람으로 치면 구조감은 사람의 골격, 그러니까 뼈대 혹은 근육과 같은 탄탄하고 견고한 틀을 의미한다. 그래서 구조감이 좋은 와인은, 튼튼한 뼈를 가지고 적당한 비율과 보기 좋은 근육을 가지고 있으며 허리를 곧게 펴고 얼굴은 당당하게 정면을 응시하는 사람과도 같다.

한편 과일 향과 같은 와인의 향은 그 이후의 문제다. 와인의 개성인 향 자체를 음미하기 위해 단독으로 마실 수도 있지만 대개 와인과 같은 음료는 음식과 함께하기 위한 것이라는 점이 그 이유다. 식전에 입맛을 돋우기 위해 산도가 높은 와인을 찾거나 단백질이 풍부한 고기 요리를 위해 타닌이 강한 레드 와인을 매칭하는 등 주인공인 음식 앞에서 와인의 향에 우선을 두지는 않을 것이기 때문이다.

그런 의미에서 와인의 향은 사람이 걸치는 옷과 액세서리 혹은 헤어스타일쯤 되지 않을까? 취향과 개성을 보여주어 나를 더욱 돋보이게 하고 때로는 부족한 골격과 생김새를 보완하기도 하는 그런 역할 말이다. 물론 보완하는 액세서리라고 해서 덜 중요하다는 얘기는 아니다. '자기 스타일'이란 것이 꼭 있어야 하는 것이 와인이기 때문이다.

구조감이 좋은 와인은 또한 세월이 흐르면서 그 맛이 더욱 기대되는 와인이다. 높은 산도는 오랜 보관을 가능하게 하고 잘 숙성된 타닌은 와인에 깊고 풍부한 맛을 더하는데 이는 알코올도 마찬가지다. 오랜 기간 숙성하면 이 알코올로부터 부드러운 풍미를 느낄 수 있다.

아무리 생각해도 와인은 사람과 참 닮았다. 잘 생기고 잘 빠진 사람(와인)이 주목 받는 것은 어쩔 수 없다. 하지만 세월이 흐를수록 깊은 맛을 보여주는 와인이 있는 것처럼 나도 조금만 노력하면 오래가는 사람이 될 수 있지 않을까? 이미 주어진 골격이지만 등과 어깨를 곧게 펴고 바른 자세로 걷는 것, 어느 상황에서도 균형을 잃지 않기 위해 노력하는 것 등등 아직 희망은 있다. 어느 고대 철학자의 말처럼, 삶이 있는 한 희망은 있다. 아직 살아 있다면 누구나 구조감이 좋은 사람이 될 수 있다고 믿는다. 거기에 언젠가는 나만의 향기까지 찾아, 그런대로 '구조감이 괜찮은 사람'이 될 거라는 희망을 나는 가지고 있다.

슬픈 와인과 명랑한 와인

♦

"아… 지금이 딱 좋은데 슬슬 깨려고 하네."

정확히 맥주 500ml가 주량인 엄마는 450ml쯤 마셨을 때 평소보다 말도 많고 그래서 더 행복해 보인다. 하지만 주량을 채우고 나면 어김없이 도로 정신이 맑아지는 게 문제다. 알딸딸해서 참 좋았는데 점점 제정신으로 돌아오는 순간 엄마 말을 그대로 옮기자면, 기분 참 '더럽다'고 한다. 바꿔 말하면, 취하지 않은 상태로 있는 것이 기분이 나쁠 정도로 별로라는 걸까. 석가모니가 인생은 고통이라고 했다더니 그 말이 맞나 보다.

취기에서 오는 이 잠깐의 행복감을 느낄 때면 어김없이, 보르도에 살던 시절 늘 사람들로 붐벼 동네 사랑방과도 같았던 카브 '엉트르 듀 뱅Entre Deux Vins'이 떠오른다. '엉트르 듀 뱅'은 직역하면 '두 와인 사이에 있다' 정도 되는데 풀어 말하자면, 약간의 취기가 오른, 기분 좋을 정도로 적당히 취한 상태를 의미한다. 매주 금요일이면 와인 한 잔을 두고 이야기꽃을 피우며 '와인 사이에 있던' 보르도 주민들은 늘 여유로워 보였다.

우리나라에 술을 인용한 표현이 많듯 프랑스어에도 와인을 뜻하는 프랑스어 '뱅Vin'을 사용한 관용 표현을 많이 찾아볼 수 있다. 프랑스 내의 와인 소비 감소로 이러한 표현도 점점 줄어드는 추세라지만 몇 개의 표현은 아직도 자주 쓰이는 것 같다. 프랑스에서 '뱅'은 와인 뿐 아니라 일반적인 술을 가리키는 경우도 많기 때문이다.

와인 단지를 받은 혐의로 구속되다?

프랑스 신문의 정치, 사회면에는 와인 단지, 즉 포도주 항아리를 주고받았다는 내용의 기사가 종종 나온다. 프랑스뿐 아니라 어느 사회이건 늘 이게 문제다. 짐작하다시피 이 와인 단지Pot-de-vin란, 이익이나 특혜를 얻기 위해 주는 부정한 돈이나 각종 형태의 선물 그러니까 뇌물이다. 속어처럼 쓰이는 표현이 아니라 뇌물을 의미하는 거의 유일한, 오늘날 흔히 쓰이는 단어다.

이 단어의 유래는 중세로 거슬러 올라간다. 원래는 술을 한잔 마시고 나서 주는 팁Pourboire(팁이란 단어도 '마시기boire 위함pour'이란 뜻이다!)을 의미했다고 한다. 이 팁을 돈으로 주거나 항아리에 와인을 채워 주었던 것이다. 그러니 처음에는 부정적인 의미는 찾아볼 수 없었다. 그런데 대부분의 단어가 그렇듯 많은 시간이 지나면서 처음의 의미가 변질되었다. 뇌물을 뜻하는 영어 브라이브Bribe도 본래 자선을 베풀 때 쓰는 선의의 물건이었던 것처럼 말이다.

뇌물을 의미하는 용어로 그 나라에서 널리 즐겨 먹는 음식이 사용되는 것도 흥미로운 사실이다. 프랑스에 '와인 항아리'가 있다면 우리나라에는 설날이나 추석 등의 명절에 주는 특별수당이 변질되어 사용되는 '떡값'이 있지 않은가! 자매품으로 '사과 상자'가 있는 걸 보면 우리는 술보다는 배불리 먹는 것을 선호하나 보다.

와인에 물을 탈 줄 알아야 해Savoir mettre de l'eau dans son vin

와인을 좋아하는 사람이라면 도대체 무슨 소리를 하나 싶은 말이다. 말 그대로 '와인에 물을 넣는다'는 말인데 이는 어느 상황에서나 '말과 행동을 절제할 줄 알아야 한다'는 뜻이다. 삶의 지혜를 상징하는 이 표현은 15세기 이래부터 널리 쓰였다고 한다. 사실 와인에 물을 타는 것은 고대 그리스 철학자들이 만취 후의 돌이킬 수 없는 행동을 하는 것을 방지하기 위해 실제로 행한 방식이다. 심지어 술의 신인 디오니소스도 실천한 습관이라고 하니 이 표현이 주는 의미를 되새겨볼 만하다.

술잔의 찌꺼기까지 마신다 Boire le calice jusqu'à la lie

'술잔의 찌꺼기까지 마신다'는 17세기 종교의식에서 나온 표현으로 '어떤 괴로움 앞에서도 물러서지 않고 참고 견디는 것'을 의미한다. 'calice'란 영화 〈인디애나 존스〉에서나 볼 법한 입구가 넓게 벌어진 술잔인데, 가톨릭 미사에서 볼 수 있다. 기독교에서 와인은 그리스도의 피를 상징하기 때문에 그 옛날 사제들은 미사 중 와인이 담긴 술잔을 단 한 방울도 남길 수 없었다. 그리하여 그 시절 완벽하게 정제되지 않은 와인의 까끌까끌한 침전물la lie까지 다 마셔야 했던 것이다. 그래서 술잔을 뜻하는 calice는 동시에 '신이 주는 고난과 고통'을 의미하기도 한다. 그 찌꺼기 맛이 도대체 어느 정도였길래 이런 표현이 나왔을까?

와인을 발효시키는 중이야 Cuver son vin

이 표현은 양조업자가 아니라 술을 진탕 마신 사람의 이야기다. 'Cuver'는 '와인을 퀴브cuve라는 발효통에 넣는 것' 즉 '발효시키다'라는 뜻이다. 프랑스에서는 와인을 발효 또는 숙성시키기 위해 일정 기간 술통에 넣어두는 것을 와인을 '쉬게 한다'라고 말하는데 이에 빗대어 '과음하고 난 후 푹 자면서 술이 깨길 기다린다'는 의미로 '와인을 발효시킨다'라는 표현이 나왔다고 한다.

와인을 뽑아냈으면 마셔야지 Quand le vin est tiré, il faut le boire!

'잔에 일단 와인을 따르면 마셔야 한다'는 지극히 논리적인 말이다. 그럼 따른 술을 마시지 버리기라도 한단 말인가? 프랑스인들은 이 당연한 말을, '한번 맡은 일은 돌이킬 수 없으니 무슨 일이든 끝까지 밀고 나가야 한다'라는 격언으로 사용한다. 우리로 치면 '칼을 뽑았으면 무라도 베어라' 정도 될까? 우리나라의 표현 방식이 더 멋있는 것 같다.

슬픈 와인을 가졌어 Avoir le vin triste

대학교 1학년 때, 친구가 술을 마시고 운 적이 있다. 무엇 때문에 울었는지는 그때나 지금이나 알 수 없다. 아마 당사자도 모르는 것 같다. 알코올이 마음 속 뭔가를 건드렸지만 그게 무엇인지는 아무도 모를 것이다. 그런데 그 단 한 번의 울음 이후로 그녀는 술을 마시고 운 적이 없다. 술을 울 정도까지 마시지는 않는다는 표현이 더 정확할까. 술 마시고 우는 버릇은 버리겠다는 다짐을 지금까지도 지키고 있는 그 친구가 참 대단하다고 생각한다. 물론 불 끄고 이불 속에서 조용히 눈물을 흘리는지는 이 역시 아무도 모를 일이다.

'취하면 울적해지곤 한다'는 의미로 쓰이는 '슬픈 와인을 가지고 있다'는 문장을 들으면, 괜히 나까지 슬퍼진다. 어떻게 보면 감성적이고, 또 어떻게 보면 그저 단순하게 만들어 낸 표현 같다. 반대로 '취하면 기분이 좋아진다'는 '명랑, 쾌활한 와인le vin gai'을 가졌다고 말한다. 우울하고, 기분 좋은 것은 내가 아니라 와인인 것이다.

우리를 슬프게 하는 진

◆

오테사 모쉬페그의 소설『아일린EILEEN』의 주인공이자, 소년원에서 비서로 일하는 아일린은 지긋지긋한 삶에서 벗어나 더 큰 도시로 탈출하는 꿈을 가지고 있다. 그녀가 그런 꿈을 가지게 된 가장 큰 이유는 아버지 때문이다. 어머니가 죽은 이후 술을 마시기 시작한 아버지는 갖은 사고를 치고 늘 술심부름이나 시켜 아일린을 힘들게 할 뿐이다. 삶에 대한 혐오로 가득찬 아일린이 무기력하게 매일 사오는 그 술은 바로 진Gin이다.

진이라고 하면 화려한 색과 다양한 향으로 사람을 사로잡

◆

는 칵테일을 떠올리는 사람들이 많을 것이다. 도시적이고 세련된, 트렌디한 술로 기억할지도 모른다. 한여름 불쾌지수가 치솟는 날씨에, 보기만 해도 청량감을 주는 진 토닉 혹은 바에서 연인을 기다리는 동안 왠지 한 잔 주문해 마시고 싶은 마티니 같은 것들 말이다.

나는 진을 베이스로 한 수많은 칵테일을 맛보기도 전에 소설 속에서 먼저 진을 배웠다. 그런데 소설 속에서 진을 마시는 사람들은 대부분 실직했거나, 가족을 잃었거나, 그밖에 주체할 수 없는 트라우마를 가지고 있었고 하나같이 늘 취해 있었다. 한마디로 알코올 중독자들인 것이다. 그리고 그들 곁에는 고통을 감내해야 하는 주변인들이 있다. 이 진과 진에 중독된 인물, 그리고 이로 인해 고통 받는 주인공으로부터 이야기는 시작된다.

와인학교 시험 중에는 각종 증류주들을 블라인드 테이스팅 하는 항목도 포함되어 있다. 그래서 나는 책상에 앉아 공부를 시작하기 전 늘 몇 종류의 향을 습관적으로 맡아보곤 했다. 그중 진은 쉬워도 너무 쉬웠다. 쌉쌀한 듯 달콤하고 흡사 향수나 화장품 냄새 같기도 한 게 너무 독특해서 도저히 다른 술과 헷갈릴 수 없기 때문이다. 향을 깊이 들이마시면 높은 알코올 도수와 진한 향에 머리가 아찔해진다.

그즈음 한번은 보르도를 가로지르는 트램 안에서 어린 여자아이를 안고 앉아 있는 한 엄마를 보게 되었다. 아이는 원래는 분홍색이었을 회색 곰 인형을 안은 채 바게트를 물고 있었고, 엄마는 지친 행색과 공허한 얼굴로 좌석 맞은편 바닥을 응시하고 있었다. 그녀에게서는 코를 찌를 정도로 들큰한 향수 냄새가 났는데, 내가 아는 진의 향기 그리고 소설 속에서 보아 온 장면들이 떠올랐다. 그 강하고 독특한 향이 일종의 슬픔과 고통의 정서와 관련이 있는 것은 아닐까, 하는 생각이 들었다. 아이가 안은 회색 빛 분홍색 곰 인형도 진에서 자주 볼 수 있는, 옅은 보랏빛 진의 이미지를 자꾸만 떠올리게 한다.

아니나 다를까 인터넷에서 '진'과 '슬픔'이라는 단어를 동시에 검색해 보니 다양한 글과 기사가 쏟아져 나온다. 한 기사에 의하면 이렇다. 《영국의학저널the British Medical Journal》이 3만 명의 성인을 대상으로 조사한 결과, 위스키나 진을 마신 사람들은 와인이나 맥주를 마신 사람에 비해 급격한 감정 변화를 느꼈다는 것이다. 그들 중 3분의 1이 슬픔과 분노 등의 공격성을 보였는데, 와인을 마신 사람들의 약 7%만 그러한 감정을 느낀 것과는 대조적이다.

위 연구에는 위스키를 마신 사람들도 포함되어 있지만 진에는 그보다 더 분명한 편견이 서양인들 사이에 뿌리 깊게

박혀 있는 것 같다. 진이나 진을 베이스로 한 칵테일을 마시면 슬픔을 주체하지 못하고 어김없이 눈물을 보인다고 하는 것, '진을 마시고 취했다'는 것은 알코올 중독과 그로 인한 각종 해악을 연상시키는 것 등이 그렇다. 진은 언제부터 이런 부정적인 이미지를 가지게 됐을까?

1700년대 초반부터 진은 영국 런던에서 심각한 사회 문제의 주범이었다. 아편이나 브랜디, 와인은 부유층의 전유물이었고, 대부분의 하층민들은 당시 맥주보다도 싼 진을 마실 수밖에 없었다. 그 시절 진은 질이 낮고 위험한 원료로 생산되곤 했는데, 깨끗하고 독특한 향을 내는 원료인 주니퍼 베리 Juniper berriy, 노간주나무 대신 특유의 향을 내기 위해 양조자들은 페인트 물감 등을 희석하는 데 사용하는 오일이었던 테레빈유油를 사용했으니 값이 싼 건 당연한 일이다.

빈곤층의 고단한 나날을 위로해주던 진은 자연스레 범죄와 폭력을 부추기는 꼴이 되어 급기야 런던의 치안판사들은 '진은 모든 악과 방탕의 주요 원인'이라고 선언하기에 이르렀다. 당시 하층민들의 비참한 삶은 영국의 화가 윌리엄 호가스 William Hogarth의 동판화 〈진 골목Gin Lane〉에 적나라하게 묘사되어 있다. 엄마로 보이는 한 여성은 아이가 난간에서 떨어지는 것도 모른 채 만취해 계단에 앉아 있고 한 남자는 역시 진에 취해 마치 죽음을 기다리는 듯 뼈만 남은 앙상한 몸을 드러내고 있다.

이러한 사정은 19세기에 이르러서도 별로 나아지지 않았다. 영국의 소설가 찰스 디킨스Charles Dickens는 빅토리아 시대의 빈곤과 사회 계층 문제에 대한 신랄한 비평가이기도 했는데, 그가 쓴 첫 단편집인 『보즈의 스케치Sketches by Boz』 중 「진 가게Gin shops」에서 한 묘사가 대표적이다. 진을 파는 상점들이 모여 있는 런던의 빈민가 드루리 레인 거리는, 그의 표현대로 '보지 못한 사람은 감히 상상도 못 할 더러움과 비참함' 그 자체였다.

사정이 이러니 영국과 역사의 흐름을 같이 하는 미국이라고 다를 게 없었을 것이다. 금주법 시대에는 메틸알코올 등을 사용한 배스텁 진Bathtub Gin이라는 밀주가 성행했고, 이러한 진의 역겨운 싸구려 향을 감추기 위해 각종 칵테일을 만들어 마시게 되었다는 것은 널리 알려진 사실이다.

한편 위에서 언급한《영국의학저널》의 기사는 인간은 어떤 특정한 상황과 관련해서 감정적으로 격해져 있을 때 도수가 높은 알코올을 찾게 되고 그래서 더욱 슬픔, 분노와 같은 감정에 노출되기 쉽다는 당연하고도 맥 빠지는 결론을 도출했다고 한다. 진은 그 도수 높은 술에 속하고, 당시 가격이 매우 쌌을 뿐이다.

진 두 병을 마시고 만취하여 코로나 봉쇄 조치도 잊고 대형 마트에 들어간 한 영국 남성이 거액의 벌금을 내야만 했다는 기사를 보았다. 그도 취할 수밖에 없었던 어떤 사정이 있었던 걸까? 진의 뒤에 숨어 있는 비참한 역사, 소설과 그림 등의 작품에서 본 진과 관련된 슬프고 고통스러운 이미지가 뇌리에 박힌 나는 또 여러 생각이 든다.

GIBSON'S
LONDON DRY
GIN
ENGLAND
IMPORTED
2018.8.14

올드 앤 뷰티풀

♦

평생 운동이란 걸 해 본 적이 없는 사람이 몸에 이상이 있음을 발견하고 그제서야 건강한 사람이 되겠다고 다짐하며 뭔가를 시작하려고 하면, 막상 선택할 수 있는 운동의 종류가 많지 않다는 사실 앞에서 당황하게 된다. 그러니까 나처럼 목 디스크가 있는 사람에게 고개를 하늘 높이 쳐들어 공을 던지고 손목과 어깻죽지의 힘을 이용해 시원스레 내려치는 테니스나 배드민턴 따위는 꿈도 못 꿀 일이다. 방치되었던 몸이니 목 이외의 다른 부위도 온전할 리가 없다. 이건 이래서 안 되고 저건 저래서 안 된다.

격렬한 운동이 아니어야 하고 지속 가능할 만큼 지루하지 않은 것이 무엇이 있을까 하던 중에 내가 택한 것은 그 흔한 걷기다. 매일 걷는 이 코스를 정하기까지는 몇 번의 답사를 거쳐야 했다. 최대한 고개를 숙이지 말아야 하는 질병의 특성상 특히 내리막길은 피해야 했는데, 오르막길이 많은 우리 동네는 돌아오는 중에 필연적으로 내리막길을 동반하고 있어서 코스를 정하는데 애를 먹었다. 다행히 머리를 기분 좋게 꼿꼿이 들 수 있을 만큼의 경사진 오르막길로 시작해, 옆으로 구불구불 늘어져 내리막을 거의 느낄 수 없을 정도로 평지와 다름없는 이상적인 코스를 찾았다.

걷기가 다른 운동보다 좋은 점은 세상 구경이 가능하다는 것이다. 집으로 돌아오는 길에는 작은 동네가 늘 그렇듯, 소소하지만 일상을 영위하기 위해 필요한 모든 것들이 골목골목 숨어 있다. 제법 큰 놀이터와 나무 무늬 간판이 인상적인 카페, 언제 생겼는지 모를 액세서리 공방과 재잘거리는 소리가 끊이지 않는 어린이집, 그리고 늘 치열한 삶의 현장처럼 느껴지는 세탁소까지, 걷는 길이 지루할 수가 없다. 공방 창가를 기웃거리다가 카페에 들어가 책꽂이를 가득 채운 어린이용 역사 만화책을 시간 가는 줄 모르고 읽기도 하고, 지난 계절의 옷을 맡기기 위해 세탁소에 들르기도 한다. 이쯤 되면 이게 무슨 운동인지 스스로도 의문이 들긴 하지만 걷는 순간

만큼은 고개를 들고 적당히 팔을 휘저으며 열심히 걷는다.

얼마 전엔 걷는 여정에 조금의 변화를 주기 위해 가보지 않은 골목으로 방향을 틀었더니 지금까지 있는 줄도 몰랐던 고등학교가 나왔다. 연두색 철제 펜스 사이로 보이는 운동장은 코로나로 인해 등교가 축소된 탓인지 점심시간임에도 적막하기만 했다. 나는 울타리를 붙잡고 운동장과 건물을 가만히 쳐다보았다. 학교란 얼마나 변함없는 곳인지! 처음 보는 학교 앞에서 금세 시간을 뛰어넘어 고등학교 시절로 돌아감을 느꼈다. 곧 오후 수업을 알리는 벨이 운동장 전체에 울리고 서둘러 계단을 두 칸씩 올라 교복을 휘날리며 교실로 뛰어 들어가야 할 것만 같다. 선생님과 거의 동시에 들어가 자리를 잡고, 숨을 헐떡이며 같이 들어간 친구와 눈을 맞추고는 안도의 한숨을 쉰다. 얼마 안 돼 밀려오는 졸음을 피하지 못하고 선생님께 들키지 않기 위해 교과서로 되지도 않는 장벽을 쌓고 엎드려 잠을 잘지도 모른다. 이 모든 일이 어제의 일 같다.

뭐가 그리 급했는지 늘 학교 계단을 두세 칸씩 오르내렸었다. 특히 쉬는 시간이면 빵을 사겠다고 매점을 향해 계단을 두 칸씩 성큼성큼 뛰어갔다. 그랬던 내가, 목과 무릎 관절을 보호하겠다고 공들여 짠 코스를 걷던 중, 한 고등학교 앞에서 잠시

멍해진다. 세월이 쏜 화살 같이 빠르다는 말이 있지만 이토록 완벽하게 과거와 현재가 뒤엉켜 생생하게 떠오르는 걸 보면, 시간은 흐르지 않고 그저 존재할 뿐이라는 과학자들의 도통 알 수 없는 이론이 단번에 이해가 되는 것도 같다. 문득 지금은 돌아가신 할머니에게, 천진한 얼굴로 '할머니가 어릴 때는 세상이 흑백이었어요?'라고 묻던 어린 시절의 나와 그런 나를 쳐다보는 할머니의 너그러운 얼굴이 떠올라 마음 한편이 아리다.

와인 병이 그려진 명함을 들고 다니는 사람이 된 나는, 내가 와인이라면 지금 어디쯤 왔는지 생각해 본다. 물론 사람이라면 누구나 잠재적 가능성이 풍부해서 오랜 숙성이 가능한 품종의 와인 혹은 특별히 심혈을 기울여 만들어진 와인이라는 전제에서 말이다. 사는 동안 크고 작은 문제에 부딪혀서 우왕좌왕할 때 또는 그릇이 작아 여러 사람을 힘들게 하는 사람들을 보면, 향도 맛도 금방 사라져 오래가지 못할 와인 같은 사람도 있는 것이 아닌가 하는 생각이 들 때도 있다. 하지만 내가 생각하기에 인간은 시간의 풍파를 잘 견뎌낼 능력이 있는, 처음부터 잘 만들어진 와인이다.

태어나서 성장하고 진화하며 어느 순간 정점에 이른 성숙미를 보여준 다음에는 늙고 죽음을 맞이한다는 점에서 와인과 인간은 많은 부분이 비슷하다. 갓 태어난 와인은 신선하고 건강해서 젊은이만큼이나 풋풋하고 활기로 가득하다. 다른 요소와 타협하지 않은 개성 강한 향이, 젊음을 숨기지 않고 대담하게 피어오른다. 자기주장이 강한 이 어린 와인은 때로 지나치게 톡 쏘아 유치하고 반항적인 모습을 보일 때가 있는데, 뭐 어떤가. 젊어서 그런 걸. 그래서 이런 혈기 왕성한 와인을 싫어할 사람은 거의 없다.

나이가 들면 입맛도 변하고 생각도 변하고 많은 것이 변하는데, 잘은 몰라도 이것 역시 아마 과학의 한 부분이고 자연의 순리일 것이다. 산도와 알코올 등 달라진 것이 없는데 시간이 가면서 계속 변하는 와인과 같다. 공격적이고 단순했던 향들은 서로 어우러져 복합적이고 오묘한 향을 만들어 낸다. 튀는 활기는 없지만 차분하고 깊은 향이 은은한 분위기를 준다. 입안에서도 마찬가지다. 젊은 시절의 껄끄럽고 모난 모습은 둥글둥글해지고 원만해진다. 인간의 나이 듦과 같이 말이다. 알 수 없는 향으로 무장한 이 안정감을 누구나 좋아하진 않을 것이다. 그래서 이 와인은 그 진가를 알아봐 줄 사람이 필요하다.

그래서 나는 지금 어느 상태일까. 몸 여기저기 손볼 곳이 많아지고 상대와 상황을 봐 가며 타협할 줄도 알게 됐으니 젊고 풋풋한 와인의 시기가 지났음은 분명하다. 그렇다고 내 안의 모든 것을 잘 다스려 아름다운 하모니를 이루고, 서로 사이좋게 지내는 지경에 이르지는 못 했으니 아직 잘 숙성된 와인이 아님도 분명하다. 모든 것이 잘 녹아들어 새로운 향의 세계가 펼쳐지는 와인이 되는 것은 꿈처럼 불가능한 일일까.

자신이 얼마나 오래됐는지를 자랑하기 위해 레제르바Reserva, 그란 레제르바Gran Reserva 같은 라벨(와인의 숙성 등급을 나타내는 말로, 레드 와인의 경우 대체로 3년, 5년 숙성을 뜻한다)을 훈장처럼 달고 다니는 스페인 와인처럼, 언젠가는 살아온 세월과 경험을 자랑스럽게 내보일 날이 오면 좋겠다. 그리고 그것이 존중받는 사회가 되었으면 한다. 그러나 나로 말하자면, 그것이 언제까지나 '언젠가'의 일이었으면 좋겠다.

나는 젊음이 좋다. 계단을 두세 칸씩 오르며 가로 뛰고 세로 뛰던 그 시기가 그립다. 오늘만 살 것처럼 밤새워 놀던 그 때가 그립다. 한 번 책상 앞에 앉으면 3시간은 후딱 지나가곤 했던 그 집중력과 체력, 선생님 앞에서 눈치 없이 친구 편을 들어 매를 벌었던 그 시절로 돌아갈 수만 있다면, 사방으로 발산하는 그 일차원적인 향을 회복할 수만 있다면 얼마나 좋을까.

프랑스의 양조업자, 에밀 페노Emile Peynaud는 와인의 나이듦에 관하여 이렇게 말했다.

"숙성할 수 있다는 것은 오랫동안 젊음의 미덕을 유지할 수 있음을 의미한다."

잘 만들어진 와인이란 이렇듯 신선함을 잃지 않는 와인이다. 젊을 적의 신선한 과일 향이 완전히 사라지는 것이 아니다. 다양한 향과 맛의 형태로 옷을 갈아입을 뿐이다. 나이가 들어도 생기를 잃지 않고 투명하며 새로운 맛을 보여준다. 그래서 지루하지 않다.

시간이 흘러도 신맛이 날카롭게 살아있는 와인이 되고 싶다. 번득이는 총기와 활기를 잃지 않고 건강한 사람이 되고 싶다. 그러기 위해서는 해야 할 것이 많다. 서늘하고 어두운 저장고에 놔둬야 하고 끊임없이 온도와 습도를 살펴야 하며, 오랜 세월의 흔적으로 침전물 알갱이가 생기면 가라앉혀야 하고, 때로는 코르크를 갈아주기도 해야 하는 와인처럼 말이다. 나는 우선 오늘도 힘차게 걸을 것이다.

뷔페에서 와인을 생각하며 (feat. 샹베르탱)

♦

나는 먹고 싶은 게 많은 사람이다. 이것도 먹고 싶고 저것도 먹고 싶다. 어릴 때는 엄마가 수고스럽게 만든 피자 앞에서 난데없이 떡볶이가 먹고 싶다고 해서 매를 벌기도 하고, 성인이 된 지금도 돈까스를 먹는다 치면 옆에 앉은 사람이 먹는 메밀국수가 어쩐지 더 맛있어 보이는 식이다. 먹는 데 있어서 짓궂고 탐욕스러운 편이라고나 할까. 한마디로 식탐이 많은 사람이라는 말이다.

요새는 외식 물가가 많이 오른 탓에 이럴 바에 돈을 조금 더 주고 뷔페에 가는 게 낫겠다는 생각이 든다. 그래서 특별

♦

한 날, 호텔의 고급 뷔페 같은 곳은 아닐지라도 가끔 뷔페형 레스토랑에 갈 때가 있다. 때로는 다른 식당과 가격 차이가 없어서 굉장히 이득을 보는 느낌이다. 그런데 이 뷔페란 곳을 생각하면, 솔직히 말해 한숨부터 나온다.

아직도, 정말 제대로 잘 먹겠다 각오하며 뷔페에 입장하는 촌스러운 사람이 있을지 모르겠다. 내가 바로 그런 사람이다. 접시를 집어 들고 화려한 불빛 아래에서 손님을 기다리는 음식들을 쓱 조망할 때에 나도 모르게 기합이 들어간다. 요새 김밥이 있는 뷔페는 없는 것 같지만, 아무튼 뷔페에서 김밥이나 치킨을 먹을 나이는 지났다. 올리브오일을 곁들인 샐러드로 가볍게 시작을 하고 귀한 생선이 들어간 회와 초밥을 조금 먹은 후 전복이 들어간 주방장 특선 요리 혹은 레스토랑에 따라 대게나 바닷가재로 이어지는 식사 순서를 잊지 말아야 한다. 선택한 요리는 모두 한 젓가락 분량을 넘으면 안 된다. 진지해서 한 손에 든 접시가 싸움터로 나가는 기사의 방패 같기도 하고, 너무 긴장을 하면 이 순간이 전장 속에서 받는 식사 배급 시간처럼 느껴지기도 한다.

그런데 이 비장한 계획은 샐러드에 달콤하고 진한 드레싱을 듬뿍 붓는 순간부터 삐걱거린다. 그리고 입맛에 꼭 맞는 초밥을 몇 조각 다시 한 번 가져다 먹고 나면 이상하게도 뜨끈하고 진한 이국의 수프가 당긴다. 마음에 들면 한 번만 먹는 법이 없다. 한 차례 더 먹고 나면, 이제는 늘 함께하면서도 그리운 한식 차례다. 그중에서도 내가 가장 좋아하는 잡채를 지나칠 수가 없다. 집에서 만든 것에 비하면 채소와 고기를 압도하는 양의 살짝 불은 당면일 뿐인데, 왜 이리 반가운지 모를 일이다. 그러고 보니 며칠 전 이탈리아 음식 다큐에서 본 몇 종류의 파스타도 먹어야 할 것 같다.

아직 먹어야 할 게 많은데, 겨우 두 접시 먹었을 뿐인데, 배가 부르다. 부지런히 음식을 퍼다 나르며 바쁘게 움직였는데 소화될 기미가 없다. 상대방과 수다를 많이 떨면 금방 소화가 된다는데 오늘은 왠지 할 말도 별로 없고, 그저 음식이 너저분하게 놓인 접시만 쳐다보니 고개가 점점 숙여진다. 오늘의 뷔페도 어쩐지 성공하지 못한 것 같다. 먹은 것을 대충 따져보니 지불할 가격에 비하면 아무리 봐도 손해다. 역시 한 가지 음식을 파는 식당에 갔어야 하나. 더 먹지 못해 아쉬운 마음 앞에서, 오늘도 지구상 어딘가 아니 내 주변 어딘가에서 끼니를 거르고 있을 사람들까지 떠올라 자괴감이 든다. 속상해서 무한 리필이라는 생맥주를 한 잔 들이켰는데 이런, 이곳은 생맥주 맛집이었다. 마음이 조금 누그러진다.

반복되는 뷔페에서의 시행착오 앞에서, 만약 와인 뷔페가 있다면 나는 성공적으로 임무를 수행할 수 있을지 생각해 본다. 물론 술을 밥처럼 배부르게 먹는다면 그곳은 난장판이 될

테지만 만약에 그렇다는 이야기다. 전 세계 와인이 즐비한 고급 와인 뷔페를 생각하면 런치 혹은 디너 가격이 상당히 비쌀 것 같다. 그러나 재료와 원산지, 요리법 등을 잘 알 수 없는 음식 뷔페에 비하면 이 와인 뷔페에서의 선택은 상대적으로 쉬울 것이다. 이름과 원산지, 제조자와 그로 인한 명성과 가격이 명백하기 때문이다. 그러니 단언컨대 내가 공략할 와인은 피노 누아, 특히 부르고뉴산 피노 누아로 만든 와인이다.

피노 누아로 만든 와인은 비싸다. 피노 누아 포도는 재배하기에 대단히 까탈스럽기로 유명하기 때문이다. 껍질이 얇아 포도나무 병에 취약하고, 포도 알은 너무 빨리 익어버려 서늘한 기후가 필수적이다. 관리하기 까다로워 손이 많이 가지만 생산량은 적어 당연히 값이 높을 수밖에 없다. 날씨가 점점 더워지고 있으니 앞으로는 더욱더 귀하신 몸이 될 것이다. 그중에서도 최고는 프랑스의 부르고뉴산 피노 누아 와인이다. 부르고뉴 하면, 뷔페를 떠올릴 때처럼 한숨이 나온다. 그야말로, '아! 부르고뉴!'다. '산산이 부서지는 이름이여, 부르다가 내가 죽을 이름이여!'의 처절한 시구가 맥락도 없이 떠오를 정도다. 찬양과 감탄의 한숨이라는 점에서 앞의 한숨과 다르지만, 아무래도 영원히 정복할 수 없을 것 같은 느낌은 뷔페를 생각할 때의 한숨과 비슷한 것 같다.

부르고뉴는, 세상에서 가장 섬세하고 부드러우며 비할 데 없는 복합미와 깊은 향이 나는 최고의 피노 누아를 생산하는 곳으로 알려져 있다. 전 세계적으로 수요가 높지만 부르고뉴 지방의 포도밭은 전 세계의 1%에 불과하고 프랑스 포도밭의 4% 밖에 안 되어 공급량은 절대적으로 부족하다. 부르고뉴에 사는 주민조차 로컬 와인을 마실 수 없다는 탄식의 소리가 나오는 이유다. 말 그대로 '위대한 부르고뉴'다.

부르고뉴를 생각할 때 한숨이 나오는 또 다른 이유는, 와인을 공부하는 사람으로서 외워야 할 지식의 양이 (지나치게) 많기 때문이다. 솔직히 말하면, 이렇게까지 해야 하나 싶다. 세계에서 가장 오래된 와인 산지 중 하나이자 와인의 품질을 가장 오래 연구해 온 곳 역시 부르고뉴다. 이곳의 대규모 토지를 소유했던 교회 수도사들은 이미 포도밭 구획마다 서로 다른 와인이 나온다는 것을 알았다. 2미터마다 토양의 질이 달라진다는 이야기가 있을 정도다. 부르고뉴에서는 포도밭 구획을 나타내는 말로 '클리마Climat'라는 단어를 사용하는데, 오늘날 그 작은 클리마는 또 여러 명의 재배자들이 잘게 나눠 가지고 있다. 어떤 이들은 부르고뉴의 이 작고 소중한 밭뙈기들을 가리켜 패션업계에서 고급 맞춤복을 뜻하는 용어 오트 쿠튀르를 사용하여, '오트 쿠튀르 포도밭'이라고 부르기도 한다. 그러니 어쩌겠는가. '이렇게까지 해야 하나'라는 말을 할 때가 아닌 것이다.

그럼에도 불구하고, 부르고뉴의 큰 도시와 지역 이름 그리고 하나하나 고귀한 브랜드가 되는 마을과 포도밭 이름들을 외우고 있자면, 일명 현타의 순간이 온다. 무슨 뜻인지도 모르면서 가슴에 와닿는 단어들이 가끔 있는데 나의 경우는 '현타'가 그중 하나다. 인터넷을 찾아보니 '현실 자각의 타임, 뭔가를 강하게 원했던 욕망 충족의 과정에서 찾아오는 무념무상의 시간'이라고 한다. 그러니까, 내 나라 내 땅의 이름과 역사도 모르면서 남의 나라 지리를 생선 가시 바르듯 파헤치고 있구나 하는 반성의 시간 같은 것 말이다.

그러나 이 시기가 지나면 달콤한 열매의 시간이 오는 법이다. 아는 만큼 사정을 이해하게 되고, 마셔보고 싶고, 또 더 맛있게 먹을 수 있다. 얼마 전 부르고뉴 코트 도르Côte-d'Or 지방의 주브레 샹베르탱Gevrey-Chambertin 와인을 마신 적이 있다. 코트 도르는 부르고뉴의 중심부로서, 그중 북쪽을 가리키는 코트 드 뉘Côte de Nuits 지역 중 하나인 주브레 샹베르탱 마을의 와인을 마셨다는 말이다. 달랑 '부르고뉴'만 쓰여 있는 와인보다는 고급으로 치지만, 짧게 샹베르탱 하나만 쓰여 있는 최고급 와인이나, 자세한 포도밭 이름이 붙거나 붙지 않은 그 바로 아래 등급보다는 평범한 축에 속할 것이다. 그렇다고 주브레 샹베르탱 지역의 최고급 와인이 늘 쿨하게 '샹베르탱'

한 단어로만 이루어졌을 거라 오해해서는 안 된다. 같은 최고 등급이지만 '샹베르탱 클로 드 베즈Chambertin-Clos de Bèze,' '샤펠 샹베르탱Chapelle-Chambertin' 등의 긴 이름들을 가진 와인이 잔뜩 존재한다.

여기서 우리가 알아야 할 것이 바로 이거다. 표를 만들고, 지도를 보아 체크를 하고 외우며 와인을 마셔서는 안 된다는 사실이다. 그야말로 술맛 떨어지는 일이다. 한국의 도시 이름을 알려면, '평창' 올림픽과, '부산' 국제영화제 또는 '전주' 비빔밥 등을 통해 알아가는 것이, 대한민국 전도를 달달 외우는 것보다 더 재미있고 효과적인 방법인 것과 마찬가지다. 조셉 드루앙Joseph Drouhin 이라는 회사가 피노 누아로 만든 주브레 샹베르탱 마을 와인의 깊은 루비색 와인을 마시고 좋았다면, 오늘은 그것만 기억해 두면 된다. 참고로, 영미권에서는 갈색 빛이 도는 검붉은 색을 가리켜 버건디색이라고 하는데, 여기서 말하는 버건디란 프랑스 부르고뉴의 영어식 표현이다. 그런데 부르고뉴의 와인은 대체로 밝은 루비색에 가까운데 어쩌다 보르도 와인과 비슷한 색에 버건디라는 이름이 붙었는지 모를 일이다. 보르도 사람들은 갈색 빛 검붉은 색을 보르도 색이라고 부른다.

이야기가 나와서 말인데, 샹베르탱 와인은 나폴레옹이 즐겨 마신 와인이라고 한다. 그의 제1시종이었던 콩스탕Constant이라는 사람이 회고록에 기록한 바에 따르면, 나폴레옹은 가끔 마시는 샴페인 이외에는 늘 샹베르탱 와인만 마셨다고 한다. 한 번 마시면 한 병 반을 마셨다고 하는데, 당시 와인 한 병은 오늘날(75cl)과 달리 50cl였으며, 지중해에 위치한 코르시카섬 출신답게, 얼음과 함께 마셨다고 하니 생각보다는 덜 취한 상태로 지냈나 보다.

나폴레옹은 샹베르탱 와인을 너무도 사랑하여 이집트 원정길에도 늘 한 궤짝씩 싣고 다녔다고 한다. 그러다 와인이 변질되면(당연하게도) 자신을 따르는 군사들에게, 지급해야 할 월급 대신 상한 와인들을 주려는 얄미운 짓을 시도하기도 했다. 물론 실패했지만 말이다. 한편 이렇게 순한 술만 마셨던 나폴레옹이지만, 프랑스의 브랜디 꼬냑Cognac을 널리 알리는 데 일조한 인물로도 알려져 있다. 자신은 마시지도 않으면서 꼬냑의 브랜드 쿠르부아지에Courvoisier의 셀러를 방문해 독려하고 군대에도 꼬냑을 공급했는데, 이는 위스키의 침입에 대항하기 위한 전략이었다고 한다. 나라를 부강하게 하는 힘이 무엇인지 아는 사람이었음은 분명한 것 같다.

실속 있는 뷔페 이용을 위한 노하우 앞에서 늘 좌절하다가 만약 전 세계 와인을 무제한으로 마실 수 있는 와인 뷔페를 상상하다 보니, 피노 누아와 부르고뉴, 샹베르탱과 나폴레옹까지 나왔다. 먹을 것도 많고 마실 것도 많은 좋은 세상이다. 얼마 전 본 영화가 생각난다. 혜성 충돌을 앞두고 이리저리 발버둥 치다가 한계를 깨닫고 친구, 가족들과 최후의 만찬을 하며 혜성 충돌을 담담하게 받아들이는 과학자, 레오나르도 디카프리오는 마지막에 이런 말을 남겼다.

'생각해 보면 우리 참, 부족한 게 없었어. 그렇지?'

올해는 술을 줄이려고

"올해는 술을 줄이려고!"

지난날의 가혹했던 주6일 근무제와 수많은 야근, 접대가 불러온 습관이라 치부하기에, 우리 아버지는 술을 참으로 좋아하시는 것 같다. 평소의 적은 말수도 술만 드시면 다른 사람이 되어 말이 술술 나온다. 웃음도 많아지고, 얼큰하게 취했다 싶으면 조용히 방에 들어가서 그날의 주량에 따라 쌕쌕 혹은 쿨쿨 주무실 뿐이다. 함께하는 사람들로서는 술이 아빠를 부드럽게 만들고 분위기도 넉넉해지니 나쁠 게 없지만 역시 아빠의 건강이 걱정되는 것이 사실이다.

그런 아빠가 몇 년 전부터 술을 줄여보겠다는 공언(혹은 공언空言?)을 할 때마다 이번에도 어김없이 연말이 다가오는구나 싶다. 물론 피우던 담배도 단번에 끊고, 일요일에는 조금도 움직이기를 거부하던 아빠가 수년 전부터는 완벽한 운동인으로 거듭났기에, 술도 언제든지 의지로 조절할 수 있을 거라는 실낱 같은 믿음이 없는 것은 아니다. 그러나 이제는 안다. 아빠가 술을 줄이는 것은 새해부터 내가 일기를 꼬박꼬박 쓰겠다는 것만큼이나 어려운 일이라는 것을. 그러니 새해 결심을 공개적으로 외침으로써 스스로 또 하나의 거듭남을 이루고 싶어 하는 아빠를 볼 때마다 마음이 착잡해진다. 그 마음을 모르는 게 아니기 때문이다.

프랑스 릴Lille 대학병원에서 연구한 결과에 의하면 하루에 4잔 이상의 알코올을 섭취하는 사람은 그렇지 않은 사람보다 평균적으로 14년 일찍 뇌혈관 질환에 걸릴 위험이 있다고 한다. 과음의 위험성에 대한 경고가 늘 그렇듯, 뻔한 기사일 뿐이지만 곰곰이 생각해 보면 백 년이 채 안 되는 인간의 일생에서 14년을 앞당긴다는 것은 너무나 슬픈 일이다.

위 연구가 말하는 알코올이 정확히 어느 술을 말하는지는 나와 있지 않다. 하지만 통계는 프랑스 내 지역에 따라 뇌졸중 조기 발병률 격차가 뚜렷하다는 사실을 밝히고 있는데 이는 지역별 음주 습관과 밀접한 관계를 가지고 있고, 따라서 이를 통해 섭취하는 술의 종류의 위험성을 간접적으로 예측하는 것이 가능하다고 한다. 즉 맥주나 높은 도수의 알코올을 소비하는 지역보다 포도를 재배하고 와인을 마시는 지역의 조기 발병률이 낮았다는 것이다. 와인을 만들고, 팔고, 마시는 사람들이 들으면 꽤 흐뭇해 할 연구인 것 같다.

릴 대학의 지역별 음주 습관과 뇌졸중의 상관관계에 대한 연구 결과는, 미국의 3대 대통령이자 와인 애호가였던 토머스 제퍼슨이 했다는 유명한 말을 떠올리게 한다. 그는 '와인을 싸게 살 수 있는 나라치고 국민이 취해 있는 법이 없고, 증류주가 와인을 대신하는 나라치고 국민이 깨어 있는 법이 없다'라는 말을 했다고 한다.

프랑스의 카페에서, 고사라도 지내는지 수십 분 동안 채 한 잔을 비우지 못하고 있는 사람 앞에 놓인 게 와인인 반면, 길거리에서 늘 같은 옷을 입고 취한 채 나무 아래 누워 있는 사람의 손에는 어김없이 맥주병이 들려 있는 걸 많이 본 나로서는, 토머스 제퍼슨이 어떤 의미로 그런 말을 했는지 알 것 같기도 하다. 그렇다 해도 어쩐지 서글픈 마음이 든다. 하루의 시름을 달래기 위해 찌개를 안주 삼아 소주잔을 기울이는 것이나 힘든 일이 많았을 한 주를 보내고 난 주말 저녁, 타는 듯한 갈증을 풀어주는 시원한 맥주를 들이켜는 것을 '깨어 있지 못하고' 어리석은 일이라고 말하면 우리 삶이 너무 가엽지 않은가.

내 경험에 의하면 와인은 절대 빨리 마실 수 있는 술이 아니다. 눈으로 보고 향을 맡고 맛을 즐기는 과정을 거치다 보면 인사불성으로 취할 겨를이 없기 때문이다. 그래서 소주나 맥주에 비해 상대적으로 폭음을 하기 힘들다. 물론 나의 경우가 유독 그렇다는 말이다. 또한 여러 연구 결과가 심혈관질환 등 각종 질병에 대한 와인의 긍정적 효과를 말해주고도 있다.

하지만 와인도 역시 술은 술이다. 하루 2잔 (순수 알코올 20g) 이상의 와인 섭취는 오히려 높은 발병률에 노출될 위험이 있다고 한다. 따라서 어느 술을 마시느냐 보다는, 음주량과 술을 소비하는 방법 등의 습관이 그 나라의 건강한 음주문화를 보여준다는 결과가 나온다. 느끼한 음식이 많은데도 비교적 날씬한 몸을 유지하는 프랑스인들을 부러워해 영미인들이 이름 붙인, 일명 '프렌치 패러독스'라는 말도 와인을 '느릿느릿' 마시는 프랑스인들의 습관에서 찾아야 하지 않을까. 처음 한두 잔은 와인을 오감으로 즐긴다 해도 어느 정도 취기가 올라 그야말로 술이 술술 들어가는 상태가 되는 순간, 술의 종류는 의미가 없어진다. 천천히 마시다 보면 시간상 많이 마실 수도 없다.

와인을 마시는 것이 습관이 되지 않은 이상 여전히 많은 한국인들에게는, 와인의 색을 즐기고 다채로운 향을 맡으며 시간을 들여 음미하는 모든 것들이 사치스럽게 느껴질 수 있다. 와인 잔과 오프너도 사야 되고, 무엇보다 천천히 마실 시간 자체가 없다. 뭐든지 빨라야 인정받는 세상이니 술도 빨리 마셔야 하고 하루의 고단함을 잊으려면 빨리 취해버려야 하며, 그래야 이른 아침 출근을 위해 빨리 잠들 수 있기 때문이다. 그래서 늦은 퇴근 후 냉장고 속을 가득 채운 맥주를 허겁지겁 찾는 사람에게 '건강을 생각해서 와인을 마시면 어떨까요' 라고 말할 용기가 선뜻 나지 않는다.

어제의 해와 오늘의 해가 뭐가 다를 게 있겠냐마는 오늘도 우리는 새해를 맞이해 많은 결심들을 한다. 어제를 2022년이라 부르고 오늘을 2023년이라 부르기로 한 인간의 의지처럼 변함없이 고된 하루를 새로운 각오로 시작하겠다는 인간의 의지만으로 이미 큰 변화가 시작된 것 아닐까. 그리하여 오늘도 수고했을 많은 이들이, 무엇을 마시든 너무 급하지 않게 천천히 마시기를, 나아가 늘 마시는 것 말고 새로운 것에도 손을 뻗어 눈을 감고 음미할 정도의 여유가 생기기를, 간절히 바라는 마음이다. 물론 생각보다 어려운 일이긴 하다.

•짧은 여행기•

포르투로 향하다

포르투로 향하다

모두가 부러워하던 유럽 생활도 적응하지 못하던 시절이 있었다. 당시 프랑스는 잡지 샤를리 에브도의 만평, 파리 축구장과 극장 등을 향한 연쇄적인 테러로 인해 프랑스 전역에서 감시와 경계를 강화하던 시기였다. 군인들이 장전한 소총을 옆구리에 끼고 아무렇지 않게 인파에 섞여 돌아다녔다. 그래서 나도 자주 이곳저곳에서 불심검문을 당하곤 했다.

자꾸만 실수를 하던 은행 직원이 '실례합니다Pardon'라는 말을 습관처럼 할 뿐, 자신의 잘못을 인정하는 '미안합니다'

라는 말은 그들에게서 듣기 힘들다는 사실을 깨닫던 시기이기도 하다. 가끔씩 사 먹는 샌드위치는 늘 차가웠고, 역시 차가운 접시에 담긴 다 식은 스테이크 옆에는 어느 음식에나 어김없이 따라오는 감자튀김이 있을 뿐이었다. 나는 속까지 뜨끈해지는 따뜻한 음식이 먹고 싶었다. 전차를 두 번이나 갈아타야 하는 아시아 마트에 들러 한국 식재료를 사 갖고 집으로 돌아가는 트램 역에서 나를 향해 가운뎃손가락을 보이고 킬킬거리며 웃는 남학생 두 명을 마주친 순간, 나는 생각했다.

'아, 떠나야겠다. 포르투갈로. 단 며칠이라도.'

왜 포르투갈이었을까. '유럽의 끝에서 과거의 영광을 조용히 품고 그들만의 리듬에 맞추어 살고 있는 그 속으로 들어가 보고 싶었다'라고 말하면, 포르투갈이 조금 기분 나빠할지도 모르겠다. 하지만 와인 교과서 한 귀퉁이에서 보았던 따듯한 채소 수프 칼도 베르드Caldo Verde를 상큼하고 짭짤한 화이트 와인 비뉴 베르드Vinho Verde와 먹어보고 싶었다. 여러 곳을 효율적으로 돌아다니는 데 재능이 없는 나는, 포르투갈의 북서부 포르투Porto 한곳으로 정했다. 그리고 그곳에서 달콤하고 진한 포트와인을 마실 것이다. 하지만 '나처럼 머리가 검고, 진한 밤색 눈동자를 가지고 있으며 나와 키 차이가 많이 나지 않는 사람들이 있는 곳이라면 어디든 가고 싶다'라는 것이 가장 솔직한 심정이었다. 프랑스에 도착한 지 1년이 조금 지난 겨울, 그렇게 나는 포르투로 향했다.

1일차 - 포트와인의 도시 포르투로

지갑은 두둑한데 시간에 쫓기는 사람과 가진 거라고는 시간밖에 없는 사람의 여행은 다를 수밖에 없다. 특히 돈과 시간이 극단적으로 반비례한 나 같은 사람의 스케줄을 결정하는 것은 내가 아니고 바로 비행기다. 즉 가장 저렴한 티켓이 있는 시간이 내가 여행을 시작할 타임인 것이다. 세계 최고의 디저트 와인인 포트Port라는 이름의 유래가 됐으며, 수도 리스본보다 더욱 아련한 향수를 풍기는 포르투갈 제2의 도시, 포르투로 향하는 최저가 항공편이 수요일 오후 3시 20분에 출발을 하기로 결정했다면 따라야 하는 것이다.

포르투 공항에 도착해서 캄포 24 아고스토 역에 내려 간신히 호텔을 찾으니 벌써 어둑하다. 까만 머리색과 살짝 구릿빛이 도는 얼굴색의 직원을 보자마자 나는 마음이 따뜻해지는 것을 느꼈다. 그때만 해도 동양인이 많지 않았을 때인데 나를 아주 친절하게 맞이해 주었다. 하지만 방으로 들어서는 순간 나는 인생 최악의 숙소를 경험하리라는 것을 단번에 느꼈는데 세상에서 가장 차가울 것 같은 돌 벽에 덮을 이불이라고는 얇고 빳빳한 담요 두 장이 전부였기 때문이다. 그것은 어릴 적 할머니를 따라 간 노인정에서 동료 할머니들의 화투

용 판으로도 쓰지 못할 만한 것이었다. 아치형 모양의 키 큰 갈색 옷장과 높은 천장은 공포스러울 정도로 추운 느낌을 가중시켰다. 그곳은 호텔 방의 모양을 한 동굴이었다. 누굴 탓하랴. 한겨울 유럽의 저렴한 숙소에 오면서 전기매트 챙길 생각을 못 한 내가 어리석었을 뿐. 나는 추위로 인한 충격과 허기짐을 달래기 위해 미리 봐 둔 레스토랑으로 향했다. 배고픔과 추위는 같이 온다고 하지 않는가. 이게 다 배가 고픈 탓인지도 모른다.

내일 가 볼 재래시장, 볼랑 시장을 지나 곧장 포르투갈의 전통 레스토랑으로 향했다. 숙소로 인한 충격을 보상받기 위해 나에게 한껏 너그러워지기로 했다. 합체되어 나란히 누워 있는 다섯 세트의 차가운 새우와 홍합을 먹고 나니 차례로 메인 요리가 나온다. 대구는 포르투갈을 대표하는 식재료로서 포르투갈어로는 바칼라우Bacalhau라고 불리는데 주로 건조 후 염장해서 먹는다. 천 가지가 넘는다는 다양한 조리법이 있지만 내가 주문한 것은 올리브 오일과 마늘, 양파, 피망 등과 함께 구운 큼직한 대구살에 고소하게 삶은 감자가 곁들여진 것이었다. 부드럽고 짭조름하며 향긋한 바다 내음이 난다. 역시 올리브 오일, 삶은 감자와 마늘 등의 채소와 함께 나온 두툼한 문어 다리를 잘라 한 입 베었더니 겉은 바삭하고 속은 매우 부드러우며 씹을수록 쫄깃하다. 직원 분께 물으니 푹

삶았다가 적당히 자른 뒤 다시 구운 것이라고 한다.

하지만 감동을 느끼는 포인트에서 남다른 구석이 있는 나는, 메인인 문어와 대구보다 다른 것에 마음을 빼앗겨 버렸다. 내가 주문한 대구와 문어는 모두 '라가레이루Lagareiro' 방식의 요리였는데, 이는 감자에 소금과 올리브 오일, 마늘과 각종 삶거나 구운 채소를 메인 해산물 요리에 곁들여 먹는, 포르투갈과 스페인 등 지중해 나라에서는 일반적인 조리법이다. 그중 채소 곁들임, 즉 영어로 케일Kale이라 번역되고 한국에서는 무청이라고도 불리는 포르투갈의 채소 그렐로Grelos의 맛을 나는 아직도 잊을 수 없다. 신기하게도 한국의 나물 반찬과 같은 향긋하고 깊은 맛이 났다. '이 사람들, 채소 먹을 줄 아는구나!'

음식과 같이 마시기 위해 직원 분이 권한 포르투갈의 화이트 와인, 마르케스 보르바Marquês de Borba Branco 한 병을 시켰다. 라벨을 보니 포르투에서도 한참 먼 남부 지방, 알렌테주Alentejo 출신이다. 사실 이 지역은 코르크 생산지로 유명한 곳이다. 전 세계 코르크 마개의 절반이 포르투갈에서 생산되고 있는데 그중 대부분의 생산이 바로 이곳 알렌테주의 코르크 나무 숲에서 이루어지기 때문이다. 덥고 건조한 기후 특성상 화이트 와인보다는 레드 와인 생산에 알맞은 지역이기도 하다. 와인을 가장 잘 아는 사람은 주방에서 음식을 조리하는 사람이라는 와인학교 선생님의 말대로, 나는 추천받은 화이트 와인을 얼른 마셔 보고 싶었다. 연한 밀짚 색에 신선한 레몬, 감귤 향이 입안에서도 그대로 퍼진다. 멜론과 배, 복숭아류의 과일 맛도 조금 나지만 대체로 가볍고, 입맛을 돋우는 산도가 해산물의 담백한 맛과 잘 어울린다. 찾아보니 알렌테주 지역의 토착 품종인 산미 가득한 품종 아린투Arinto 그리고 샤르도네와 매우 닮았다는 안타웅 바스Antão Vaz, 그리고 국제적 품종인 리슬링과 비오니에Viognier가 블렌딩된 것이다. 맛이 괜찮냐는 듯한 표정으로 테이블 사이를 돌아다니는 직원분과 눈을 맞추며 한 모금 홀짝인 후 만족스러운 표정을 지어 보였다.

기분 좋게 먹고 취해 식당을 나오니 마침내 깜깜한 어둠 속에서도 정겨운 집들이 보이기 시작한다. 가로등 불빛 아래에서 보는 건물들은 한 건물, 심지어 한 벽 내에서도 서로 다른 색을 가지고 있었다. 비록 습하고 흐린 겨울이지만 내일이면 이 시기만이 보여줄 수 있는 포르투만의 분위기를 느낄 수 있을 것이다.

그런데 슬슬 돌아갈 숙소가 걱정이다. 추위로 인한 고통을 잊게 인사불성이 되도록 술을 마셨어야 하나 갑자기 후회가 몰려오기 시작할 무렵 내 의지와는 다르게 금세 호텔에 도착해 버렸다. 로비에 맡긴 열쇠를 돌려받고 올라가려는데,

영화 〈일 포스티노Il postino〉의 마리오를 닮은 매니저 분이 이불 두 개를 들고 나타났다. 추울 테니 들고 올라가라는 것이다. 그러고는 늦은 시각이라 이미 운영이 끝난 로비 한 귀퉁이의 작은 바에서 따뜻한 커피까지 내려서 건넨다. 나는 내가 아는 유일한 포르투갈어인 '오브리가도Obrigado'를 고개까지 숙여가며 외치고 방으로 올라갔다. 그러나 이 동굴은 이불 두 개를 추가한다고 해결될 일이 아니었다. 나는 양말을 신고 외투를 제외한 모든 옷을 입은 채, 피로와 얼마 안 남은 알코올 기운에 의지해 포르투에서의 첫날밤을 보냈다.

2일차 - 여행을 하면 늘 배가 고프다

호텔의 친절한 직원들 덕인지 아니면 전날 먹은 따뜻한 포르투갈의 전통 요리 덕분인지 그것도 아니면 그저 피로 때문인지, 차가운 숙소에도 불구하고 나는 푹 잤다. 호텔을 나서니 우중충한 날씨에 하늘은 금방이라도 비를 쏟을 것 같다.

숙소에서 내려와 조금 걷다가 파스텔(Pastel, 페스츄리 빵과 디저트를 의미하는 포르투갈어)이라는 단어가 가장 먼저 보이는 한 식당으로 들어갔다. 입구의 바와 그 앞의 키 높은 의자가 담배와 신문, 잡지 등을 팔며 때로는 커피와 간단한 음식도 제공하는 프랑스의 따바Tabac를 연상시킨다. 나는 안으로 들어가 자리를 잡고 에스프레소 한 잔과 나타Nata, 즉 포르투갈식 에그타르트를 한 개 시켰다. 주위를 둘러보니 커피를 마시며 신문을 보는 아저씨 한 명이 있을 뿐이다.

정식 이름, 파스텔 드 나타Pastel de Nata는 우유와 달걀, 설탕 등을 넣어 만든 과자, 즉 일종의 커스터드 타르트다. 와인이 그렇듯, 포르투갈의 전통적인 과자들도 대부분 수도원에서 만들어졌다. 19세기 초, 수도 리스본 근처 벨렘 지역에 있는 제로니무스 수도원이 입헌 군주제를 표방한 자유주의 혁명과 함께 문을 닫게 되자, 한 수도사가 나타의 레시피로 팔기 시작했다고 한다. 층층이 쌓인 바삭한 페스츄리와 겉을 살짝 태워서 느껴지는 버터와 캐러멜의 달콤함이, 다른 에그타르트와는 또 다른 맛이다. '수도사들, 맛있는 거 먹으며 살았구나.' 상점들이 늘어선 산타 카타리나 거리를 지나 볼량 시장에 다다랐다. 1839년에 문을 연 이 재래시장은 야외 2층 구조로 되어 있는데 빵과 채소, 해산물, 치즈 등의 식재료부터 꽃과 각종 생활용품, 그리고 포르투 하면 빠질 수 없는 포트와인까지 모든 것이 망라되어 있었다.

여행을 하면 늘 배가 고프다. 하지만 나는 오늘 풍성한 저녁 식사를 할 예정이기 때문에 점심은 시장에서 산 옥수수빵으로 해결하기로 했다. 그리고는 리베르다드 광장을 거쳐 다음 목적지인 클레리구스 탑으로 향했다. 포르투를 상징하는 클레리구스 탑은 1763년에 완공되었는데 75미터 높이에

240개의 계단을 가진 매우 높은 탑이다. 그래서 도우로 강에 도착하는 배들의 등대 역할을 하기도 하고, 19세기에는 매일 정오마다 이 탑에서 대포를 쏘아 마을에 시간을 알리곤 했다고 한다. 탑 내부는 돔 모양의 천장과 웅장한 파이프 오르간을 갖춘 교회 그리고 각종 성화와 금은 세공품, 조각품 등이 있는 전시실을 함께 운영하고 있었다. 전시회가 포함된 3유로짜리 티켓(현재는 무려 6유로라고 한다)을 들고 좁고 가파른 나선형 계단을 오르기 시작했다.

유럽을 여행하다 보면 계단 오를 일이 많다. 공항에 내려 무거운 짐 가방을 들고 허름한 숙소를 찾아가는 순간부터 계단과의 씨름이 시작된다. 그중 압권은 방문한 도시의 전경을 보기 위해 이처럼 도시의 상징적인 탑을 오를 때다. 계단은 대체로 발판, 통로 할 것 없이 폭이 좁고 경사는 심하며 구불구불 나선형으로 되어 있다. 이렇게 긴 계단을 오르다 보면 나는 의식의 흐름 같은 것에 빠지곤 한다. 다음에는 가뿐하게 계단을 오를 수 있도록 평소에 운동을 소홀히 하지 말아야지라는 각오부터, 힘이 빠지고 숨이 가빠질 즈음 내가 왜 이 먼 곳까지 와서 돈을 내고 이런 힘든 수고를 해야 하나 하는 의문, 그리고 계단 오르는 것이 조금 익숙해지면 오히려 정신이 맑아지며 마침내는 앞으로의 삶의 방향에 대한 알 수 없는 긍정적인 기운이 느껴지는 지경에 이르는데, 그때가 바로 탑의 정상에 도착하는 순간이다.

춥기만 했던 1월의 포르투지만 꼭대기에서 느껴지는 바람이 시원하다. 포르투 시내의 붉은 지붕들이 한눈에 들어오고 포트와인의 저장고 역할을 하는 지역 빌라 노바 데 가이아Vila Nova de Gaia와 포트와인을 생산하는 여러 와이너리들이 보인다. 날씨가 맑았다면 도우로 강 너머 바다까지 보였겠지만 흐리고 안개 낀 날씨가 주는 포르투만의 정취가 느껴진다.

여유가 생긴 나는 근처 거리의 이름을 딴 레스토랑으로 들어갔다. 매우 깨끗하고 모던한 분위기로 벽에 장식된 아줄레주 타일마저 시크하다. 우선 타파스로 대구 크로켓과 트리파스, 즉 포르투식 내장 요리를 주문했다. 돼지머리고기와 송아지 내장을 샐러리, 당근, 양파, 마늘 등 각종 채소 그리고 흰콩과 함께 조리하여 빵 혹은 밥과 함께 먹는 트리파스는 순댓국을 즐겨 먹는 한국인이라면 누구나 좋아할 만한 맛이다.

전설에 의하면 이렇다. 15세기 초반, 서아프리카 연안 탐사와 대서양 탐험을 이끌어, 포르투갈의 대항해 시대를 개막한 '항해자' 엔리케Henrique 왕자는 어느 날, 포르투 시민들에게 아프리카에 있는 포르투갈 군대에 공급할 고기를 기부하라는 명령을 내렸다. 포르투 시민들은 어쩔 수 없이 남은 내장을 먹을 수밖에 없었고 그래서 탄생한 요리가 이 포르투식 트리파스라고 한다. 그래서 포르투에서 태어난 사람들은 트리페이루Triperio, 즉 내장고기 먹는 사람Tripe eater이라는 별명을 얻게 되었지만, 따뜻하고 푸짐한 요리 덕에 포르투갈에서는 후한 인심과 정을 상징하는 음식이기도 하다.

레스토랑 바의 선반에는 포트와인 병이 즐비하지만 모레테일러스 와이너리에 갈 예정이기 때문에 포트와인은 잠시 아껴 두기로 했다. 대신 도우로 지역의 레드 와인 한 병을 주문했다. 포르투갈 하면 포트와인이 가장 먼저 떠오르는데 포트와인에 들어가는 품종으로 만든, 맛있고 진한 드라이 레드 와인은 상대적으로 덜 알려져 있는 것 같다. 내가 주문한 것은 포르투갈의 대표 품종인 토리가 나시오날Touriga Nacional, 토리가 프랑카Touriga Franca와 템프라니요Tempranillo의 포르투갈식 이름인 틴타 호리스Tinta Roriz가 블렌딩된 것이었다. 진한 루비색만큼이나 풍부한 무게감과 익은 베리류의 맛이 오크향과 잘 조화되었다. 산도도 적당하여 트리파스로 가득 채운 입안을 상쾌하게 만든다. 와인에 두 가지 타파스 요리를 느긋하게 먹고 나니 잊고 있던 메인 요리, 타이거 새우 요리가 나온다.

아직 밤 8시밖에 안됐는데 밖은 이미 어둡고, 상점들은 거의 문을 닫았다. 푸짐하게 먹었으면 다시 몸을 움직여야 하는 것이 여행자의 의무가 아닌가. 나는 언덕 위에 지어진 포르투 대성당을 지나, 포르투와 빌라 노바 데 가이아를 잇는 '동 루이 1세 다리'를 보기 위해 걸었다. 끝이 보이지 않는 내리막길 계단을 걸으니 도우로 강이 나오고 저 멀리 클레리구스 탑 꼭대기에서 보았던 와이너리들이 점점 가까워 온다. 한참을 더 내려가니 드디어 동 루이 다리와 강 주변의 황홀한 야경이 펼쳐진다. 그런데 가만 보니 파리 에펠탑의 저층 부분을 떼어 와 양쪽으로 길게 죽 잡아당긴 모양새다. 포르투갈의 국왕 루이스의 이름에서 유래한 이 철교는 알고 보니 파리의 에펠탑을 만든 구스타브 에펠Gustave Eiffel의 제자, 테오필 세이리그Théophile Seyrig라는 인물이 설계했다고 한다.

끝나지 않을 것 같은 계단을 오르고 오른 후 포르투 시내를 하염없이 걸어 숙소에 도착했다. 그런데 호텔 로비에 걸린 거울 속에는, 목에는 무거운 카메라와 한 손엔 셀카봉을 든 산발한 머리의, 그야말로 만신창이 여행객이 있었다. 후다닥 샤워를 하고, 숙소의 온도 변화를 확인할 새도 없이 나는 그대로 쓰러져 잠들어 버렸다.

3일차 - 자연의 영역을 만나다

갈매기 소리에 깼다. 서울에서만 나고 자란 사람에게 시내 한복판에서 들리는 갈매기 울음소리는 여간 신기한 게 아니다. 오늘 아침은 몸이 더 가벼워진 느낌이라 흡족해하며 휴대폰을 보니 아, 시계는 이미 정오를 향해 가고 있었다. 나는 그냥 여유를 부려 보기로 했다.

포르투갈식 샌드위치, 프란세지냐Francesinha가 맛있다는 곳으로 향했다. 길눈이 어두운 나는 지도상의 움직이는 화살표에 의존해 엉금엉금 걸어 간신히 피코타PICOTA 라는 간판을 발견했다. 새로운 음식을 처음 접할 때에는 무조건 오리지널로 선택하는 나는, 이번에도 노멀 프란세지냐를 주문했다. 앞과 옆 테이블에서 프랑스어를 비롯한 다양한 언어가 들리는 것을 보니 관광객들 사이에서 이름난 집이 맞는 것 같다.

따뜻하게 데워진 접시에 담겨 나온 프란세지냐는, 두툼한 정사각형 모양의 샌드위치에 맨 위에는 치즈가 올라가 있고 진한 오렌지색 소스가 흠뻑 끼얹어 있다. 말이 샌드위치지 손으로 들고 먹을 수 없는 형태라 나이프와 포크를 사용해야 한다. 한 입 먹으니, 마치 햄버거에서 빵을 뺀 거대한 패티에 소스를 부어 먹는 맛이다. 나이프로 자른 단면을 보니 고기 패티와 여러 종류의 소시지, 베이컨, 치즈 등이 지구상의 모든 육고기를 다 넣으려는 기세인가 싶게 켜켜이 쌓여져 있다.

음식의 유래를 찾아보는 것만큼 재미있는 일이 또 있을까? 축구를 굉장히 잘할 것만 같은 이름을 가진 다니엘 다 실바Daniel da Silva라는 사람이 있었다고 한다. 프랑스에서 막 고향 포르투로 돌아온 그는, 프랑스에서 먹던 크로크 무슈를 포르투갈인들의 입맛에 맞게 새로 만들고 싶었다. 스테이크와 달걀, 훈제 돼지고기로 만든 포르투갈의 소시지 링귀사Linguiça, 가늘고 작은 치폴라타Chipolata 소시지 등과 베이컨, 치즈를 추가했고, 이것이 오늘날 포르투의 유명한 프란세지냐가 되었다고 한다. 그래서 '프란세지냐'란 포르투갈어 이름도 '프랑스에서 온 작은 사람'이라는 뜻이다. 물론 다홍색의 특제 소스도 빼놓을 수 없는데 토마토와 맥주를 넣는 것이 비법이라고 한다.

그래도 그렇지, 의욕이 너무 과했던 것 아닙니까, 다니엘 다 실바 씨! 그 맛의 풍부함과 양이 혼자 다 먹을 수 있는 정도가 아니어서, 반을 채 먹지 못하고 포크를 내려놓을 수밖에 없었다.

식당을 나오니 맑았던 하늘이 다시 흐려진다. 해변으로 가는 트램을 타기 위해 다시 길을 나섰다. 칙칙하고 흐린 골목길 사이로 안개가 피어오르는 듯하더니 멀리 강가에 정착한 배들이 보인다. 가로등 위에 앉은 갈매기 두 마리가 같이 날씨 걱정을 하듯 하늘을 쳐다보고 있다. 인펑티 트램 역에 모인 몇몇의 무리들과 함께 나는 대서양을 면한 포즈행 전차에 올랐다. 성수기에는 승객들로 붐빈다는데, 추운 겨울에 온 덕에 자리에 앉아 창밖의 해변을 감상할 수 있었다. 강 맞은

편의 집들이 듬성듬성 보일 무렵 이내 바다가 가까이 느껴진다. 아라비다 다리 아래를 지나 서쪽으로, 서쪽으로. 마침내 도우로 강과 북대서양이 만나는 지점, 파세이우 알레그르 공원 역에서 트램이 멈췄다.

거대한 파인애플을 닮은 야자나무 너머로 탁 트인 바다가 보인다. 가슴이 뻥 뚫리는 느낌이다. 맞은편에는 야자수만큼이나 크고 아름다운 저택이 줄지어 있다. 파도가 부서지는 광활한 바다와 야자나무를 정원 삼아 산다는 것은 어떤 느낌일까? 인간이 만들어 낸 찬란한 문화예술이 잘 보존된 유럽에 있다 보면 어디를 가든 그 건물이 그 건물 같고, 오밀조밀 잘 차려진 거리들이 답답하게 느껴지는 순간이 있다. 바람을 쐬러 근처 강으로 나가 봐도 강물의 색이나 물줄기가 영 시원찮은 것 같다. 그럴 때는 이렇게 인간이 어찌할 수 없는 자연의 영역으로 가고 싶어진다.

방파제와 등대에 무서운 속도로 돌진하여 사납게 부서지는 파도를 보니 쌀쌀한 날씨지만 시원한 음료 생각이 난다. 나는 해변의 전경이 한눈에 들어오는 카페로 들어가 '비뉴 베르드Vihno verde'를 주문했다. 직역하면 그린 와인Green wine이 되는 비뉴 베르드는, 포르투갈의 북서부 지방에서 주로 화이트 와인으로 생산되며 살짝 기포가 올라오는 것이 특징이다. 내가 마신 것은 대서양의 서늘한 기후를 머금은 포도, 알

바리뉴Alvarhino와 로레이루Loureiro를 블렌딩한 것으로, 전형적인 비뉴 베르드답게 알코올 도수가 낮아, 지금처럼 잠시 쉬어 갈 때 가볍게 마시기에 제격이다. 바다를 보며 마시는 비뉴 베르드에서는, 레몬과 자몽의 상큼한 맛에 조금 짭짤한 풍미도 느껴졌다. 때마침 카페에서는 오래전 즐겨 듣던 노라 존스의 노래가 흘러나온다. 나는 갑자기 이 모든 것이 신기할 정도로 고맙고, 또 흘러갈 순간들이 아쉽다.

마지막 날 – 내가 이걸 먹으러 포르투에 왔구나!

7시에 맞춰 놓은 알람 소리에 간신히 눈을 떴다. 일어나 물 한 모금을 마시니 목이 따끔하다. 이럴 때는 눈을 뜨는 이곳이, 모든 것이 익숙하고 아늑한 내 집, 내 방이면 얼마나 좋을까 하는 생각이 든다. 짙은 자주색 커튼을 젖히니 폴폴 먼지가 날리고 창밖으로는 오늘도 어김없이 뿌연 하늘이 보인다. 시인 보들레르는 늘 프랑스의 일상으로부터 벗어나기를 소망했다고 한다. 그는 포르투갈, 네덜란드 혹은 인도 등 여기가 아닌 다른 곳으로 떠나는 꿈을 꾸었지만 얼마 못 가 시큰둥해지곤 했다. 그곳도 여기와 다를 바 없다는 것을 느꼈기 때문이다. 그런 그가, 챙겨온 감기약 한 알을 삼키는 내 귀에 대고 작게 속삭이는 것 같다. 너도 그만 돌아가고 싶지? 그의 속삭임에 나는 단호히 말할 수 있다. 그럴 리가요! 목이 따끔할 뿐입니다. 좀 더 눈을 붙인다는 것이 깨어 보니 10시 20분이다. 더 이상 무슨 변명을 하랴. 나는 그저 잠이 많은 사람이다. 어제 봐 두었던, 호텔에서 1분 거리에 있는 작은 레스토랑 '미니셰프Mini Chefe'로 향했다. 주인 할아버지께서는 영어를 전혀 못하는 분이었다. 서로 통하는 언어가 없으니 진지한 표정으로 열심히 손짓을 해야만 했다. 수프를 먹을 거냐는 의미로 수저를 들어 보이는 할아버지에게 고개를 끄덕이자 곧 음식이 나왔다. 호박죽을 연상시키는 노란색 국물에는 언뜻 보기에 배춧잎 같은 것이 들어 있었다. 뜨거운 수프를 한 수저 떠먹으니, 채소와 마늘 향이 구수하게 밴 감칠맛이 일품이다.

'아! 내가 이걸 먹으러 포르투에 왔구나!'

포르투 여행의 마지막 날, 말 그대로 물에 젖은 솜 같은 몸을 끌고 숙소를 나와 포르투갈의 전통 수프, 칼도 베르드Caldo verde를 한 입 먹은 순간, 나는 정말 그런 생각을 했었다. 직역하면 그린 수프Green soupe가 되는 칼도 베르드는, 포르투갈의 북부 미뉴 지역의 전통 음식으로서 케일 등의 녹색 채소와 감자를 올리브 오일, 양파, 마늘과 함께 조리하는데, 때때로 몇 가지의 소시지가 들어가기도 한다. 분명 재료가 다른데 어째서 국물 맛이 시원한 우리의 우거지 된장국 맛이 났는지 모르겠다.

수프만 한 그릇 먹어도 충분히 만족스러웠기 때문에 메인 요리는 덤이다. 나는 '아호스 드 프랑고Arroz de Frango', 즉 닭고기 밥을 주문했다. 내 영혼을 달래 줄 치킨라이스가 될 게 틀림없다. 음식을 기다리는 동안 할아버지는 와인이 필요하냐고 물으신다. 나는 좀 전에 먹은 감기약을 떠올리고는 쭈뼛쭈뼛 물을 의미하는 단어 아구아Água를 외쳤는데 의아하다는 표정으로 쳐다보신다.

밥은 금세 나왔다. 삶은 닭고기 조각들과 밥이 팥죽색의 국물과 함께 푸짐하게 그릇에 담겨 있다. 고기와 밥 알 하나 하나가 진한 국물에 정성스레 말아져 있는 모습이 꽤 인상적이었다. 한 입 먹어보니 정확히 무슨 맛인지는 모르겠으나 무언가 아주 진한, 농축된 맛이 느껴진다. 나는 안 되겠다 싶어 급히 와인을 주문했다. 와인이 꼭 필요했다.

'Arroz de Frango de Cabidela, 아호스 드 프랑고' 뒤의 조리법을 나타내는 Cabidela 라는 단어의 의미를 알았어야 했다. 이것은 날개, 염통, 머리, 발 등 닭의 모든 내장을 이용한 조리법을 의미한다. 어쩌다 먹는 음식들이 계속 고기 내장 요리라니, 포르투에 와서 진정한 트리페이루가 되어 가는 느낌이다. 그러나 가장 충격적인 건 이 요리의 자줏빛 걸쭉한 소스가 사실은 식초를 가미한 닭의 피라는 것이다! 닭 피는 귀신을 쫓을 때나 쓰는 줄 알았지 이렇게 음식에 색과 윤을 내고 맛을 위해 사용할 줄은, 내 좁은 미식의 세계에서는 상상도 못할 일이었다.

선명하고 진한 레드 와인이 작은 유리병에 담아져 나왔다. 눈이 마주친 할아버지는 '내 그럴 줄 알았다' 하는 표정이다. 고기 조각과 밥을 한 모금 입에 넣고 삼키기 전에 와인을 조금 마셨다. 포르투갈 특유의 강렬하고 풍부한 과일향이 입안을 감싼다. 무겁고 진한 소스가, 소스에도 지지 않을 풀바디 레드 와인과 잘 어우러져 입안이 한결 상쾌하다. 그제야 고기가 매우 부드럽구나 하는 것도 느낀다. 이럴 때 와인의 역할은 새삼 대단하구나 하고 생각한다. 눈을 즐겁게 하기 위해 혹은 구색을 맞추기 위해 존재하는 것이 아니다. 비싸고 이름 있는 와인일 필요가 없으며 복잡하고 심오한 맛도 필요 없다. 향이 풍부하고 음식 맛을 살려줄 적당한 산도가 있는 와인이라면 무엇이든 좋다. 이때 와인은, 반드시 필요한 음식의 일부가 된다.

주방에서 요리를 하다가 나오신 인심 좋은 얼굴의 아주머니께서 테이블에 다가와 물으신다. '따봉tá bom?' 맛있냐는 저 포르투갈 표현을 특별히 배우지 않고도 아는 한국인답게, 나는 웃으며 고개를 끄덕여 보였다. 무뚝뚝해 보이는 할아버지도 옆에서 같이 웃으신다. 나는 이때다 싶어, 휴대폰의 포르투갈어 회화사전의 '냅킨 주세요.' 문장을 보여드렸다. 재밌어 하시며 필요한 만큼보다 훨씬 많은 냅킨을 건네주신다. 서로 할 수 있는 말이 적은 대신 웃을 일은 더 많다. 내가 조금만 더 넉살이 좋은 사람이라면 얼마나 좋았을까. 음식과 가격, 분위기 할 것 없이 한 시간만에 이곳과 정이 든 나는, 두 분 주인장의 사진을 찍고 싶었으나 차마 말하지 못하고 몰래 요리사 아주머니의 뒷모습을 찍는 걸로 만족하고 레스토랑을 나왔다. 언젠가 다시 오면 옆 테이블의 할아버지 손님이 드시던 정어리 튀김을 먹고 싶다.

배를 두둑이 채웠는데도, 와이너리 테일러로 가는 오르막길이 어째 클레리구스 탑의 계단보다 가혹하다. 테일러에 도착해서는 곧바로 와이너리 투어에 들어갔다. 포도 재배와 양조 과정이 담긴 사진이 걸린 어두운 복도를 지나 서늘한 와인 저장고에 이르렀다. 파이프Pipe라고 불리는 550리터의 전통적인 나무통들이 차곡차곡 쌓여 있고 더 깊숙이 들어가니 루비 포트 등의 가벼운 스타일의 포트와인을 위한 대형 오크통도 보인다. 통에 붙은, 숙성기간을 의미하는 10년이라는 숫자에서 와인을 위해 공들이는 사람과 나무통의 인내가 전해지는 것 같다.

포트와인은 발효 과정 중 알코올 농도가 상당히 높은 브랜디, 즉 아구아르덴테Aguardente를 넣어 알코올 도수를 높인 강화 와인이다. 이때 넣은 도수 높은 브랜디가 발효를 중단시켜, 당분은 알코올로 변하지 못하고 결과적으로 감미롭고 달콤한 포트와인이 탄생한다. 원래는 일반적인 레드 와인이었는데, 해외로 수출하면서 장기간의 항해 중 상하는 것을 방지하고 와인을 안정화 시킬 목적으로 브랜디를 넣기 시작하는 데서 유래했다고 한다.

포트와인은 숙성 방법에 따라 다양한 종류가 있다. 스테인리스나 큰 나무통에서 짧은 기간 숙성시켜 포도가 주는 과일향을 그대로 느낄 수 있는 루비 포트Ruby Port와 그보다 작은 파이프 통에서 최소 3년이 넘는 장기간의 숙성을 통해 연한 갈색을 띠는 토니 포트Tawny Port 그리고 특별히 수확이 좋은 해에 잘 익은 포도로만 만드는 최고급 포트인 빈티지 포트Vintage Port 등이 그것이다. 한편 이름도 거창한 레이트 보틀드 빈티지 포트Late Bottled Vintage Port, LBV라는 것도 있다. 단일 빈티지 포트이지만 4~6년간 나무통에서 숙성을 거친 후, 말 그대로 늦게 병입한 것을 의미한다. 어떤 종류의 포트가 됐건 숙성에는 새 것이 아닌 이미 사용한 오래된 통이 쓰인다. 새 오크통의 강한 향은 포트와인에 적합하지 않기 때문이다. 생각보다 짧은 투어가 끝나고 정원을 마주한 로비에 앉아 화이트 포트와 LBV 그리고 10년산 토니 포트의 시음 시간을 가졌다. 마침 구름이 걷히고 해가 나기 시작해 정원의 가지런한 풀과 진홍색의 꽃들이 선명하게 보인다. 그래서 그런지 진한 붉은색 LBV 포트와인에서 장미꽃 향이 그윽하게 피어오르는 것 같다. 어쩐지 꼬냑이 연상되는 부드러운 토니도 좋지만, 경쾌한 활기가 필요한 지금은 달콤한 꽃 향기에 더 마음이 간다.

와이너리에서 나온 후 걷고 쉬고를 반복하다, 나는 관광객이 아니면 타기 힘든 그것, 케이블카를 타기로 했다. 빌라 노바 데 가이아에 정박한 바지선들과 붉은 지붕들 그리고 여럿 포트 와이너리가 한눈에 들어온다. 그런데 케이블카가 나를 내려놓은 곳은 한국의 수도권 신도시 어디쯤 되어 보인다. 포르투 신시가지다. 현대적이고 쾌적한 전차와 버스가 다니고, 길 건너에는 무채색 콘크리트 건물들이 늘어선 이곳은 또 다른 세상 같다. 한국의 집이 생각나서일까, 콘크리트 도시에서 은근한 향수가 느껴진다.

포르투에서의 마지막 저녁을 나는 걷고 또 걸었다. 같은 길도 빙글빙글 돌아가면 더 많은 것을 볼 수 있을 것 같다. 내일도 부지런히 승객들을 대서양 해안으로 데려다줄 트램이 노란 가로등 불빛 아래에서 아침을 기다리고 있다. 괜히 불 꺼진 식료품점의 여러 와인들과 그 아래 선반에 알차게도 진열된 소시지들을 쳐다보다가, 문득 밤하늘 아래에서 보는 아줄레주 타일의 빛깔이 원래 푸른 바다색인지 아니면 하늘색인지 갑자기 기억나지 않는다는 것을 깨달았다. 떠날 때가 다가오니 마음이 조급해진다. 나는 빵 하나를 우물거리며 방향을 돌려 다시 동 루이 다리의 높다란 2층 길에 섰다. 생각보다 낮은 난간에, 전차가 지나갈 때마다 울리는 바닥이 아찔하다. 나는 이곳에서 한참을 있었다.

이후 몇 개의 나라로 종종 여행을 떠났지만, 카메라보다는 작은 수첩을 들고 다닌 처음이자 마지막 여행이었다. 기억력이 좋지 못한 나는, 모든 순간의 생각과 느낌을 담아두고 싶었다. 볼량 시장은 현재 대규모 리모델링 공사가 한창이라고 한다. 난방을 포기한 대신 그 대가로 넘치는 친절함을 베풀어준 호텔은 아직도 그 방침을 고수하고 있을까? 레스토랑 미니 셰프의 두 분은 지금까지 건강한 모습으로 여전히 따뜻한 음식을 만들고 나르느라 분주히 보내고 계실 거라는 확신이 든다. 도우로 강의 차가운 안개가 피어나고 따듯한 사람들이 살아가는 그곳, 2016년 1월의 어느 날들에 나는 포르투에 있었다.